[英]安迪·韦斯特 —— 著

李亚迪 —— 译

Andy West

THE ◇ LIFE ◇ INSIDE

自由活动时间

A Memoir of Prison

Family and Philosophy

贵州出版集团
贵州人民出版社

图书在版编目（CIP）数据

自由活动时间 /（英）安迪·韦斯特著；李亚迪译. -- 贵阳：贵州人民出版社，2023.7
  ISBN 978-7-221-17678-3

Ⅰ. ①自… Ⅱ. ①安… ②李… Ⅲ. ①回忆录－英国－现代 Ⅳ. ① I561.55

中国国家版本馆 CIP 数据核字 (2023) 第 099697 号

The Life Inside: A Memoir of Prison, Family and Philosophy
by Andy West

Copyright © Andy West 2022
This edition arranged with ROGERS, COLERIDGE & WHITE LTD (RCW)
through Big Apple Agency, Inc., Labuan, Malaysia.
Simplified Chinese translation copyright © 2023
by United Sky (Beijing) New Media Co., Ltd.
All rights reserved.

著作权合同登记号 图字：22-2023-052 号

ZIYOU HUODONG SHIJIAN
自由活动时间

[英]安迪·韦斯特 著
李亚迪 译

出版人	朱文迅	
选题策划	联合天际·社科人文工作室	
责任编辑	杨进梅	
特约编辑	闫默凡　庞梦莎	
美术编辑	夏　天	
封面设计	木　春	
责任印制	赵路江	

出　版	贵州出版集团　贵州人民出版社
地　址	贵州省贵阳市观山湖区会展东路 SOHO 公寓 A 座
发　行	未读（天津）文化传媒有限公司
印　刷	三河市冀华印务有限公司
版　次	2023 年 7 月第 1 版
印　次	2023 年 7 月第 1 次印刷
开　本	880 毫米 ×1230 毫米　1/32
印　张	10.75
字　数	215 千字
书　号	ISBN 978-7-221-17678-3
定　价	68.00 元

本书若有质量问题，请与本公司图书销售中心联系调换
电话：(010) 52435752

未经许可，不得以任何方式复制或抄袭本书部分或全部内容
版权所有，侵权必究

致我的哥哥

思想是忧伤的替代物。

马塞尔·普鲁斯特

通过我的犯罪，我争得了拥有聪明才智的权利。

让·热内

作者的话

本书中人物的名字及细节特征、地点和事件已经过改换或糅合，事件发生的时间也做了变动。这样做是为了保护隐私，不伤害到他人，避免危害监狱和个人安全，同时方便将我的经历讲成个人故事集。监狱或囚犯是无法定义的。世上监狱有那么多座，监狱中的每个人都有自己的经历。虽然本书旨在捕捉个中存在的多元性，但它首先是以我的主观视角记述的，我的家人曾进过监狱，而且我本人目前在监狱里教书。课堂对话来自四年的监狱教学生涯，虽然我有时无法逐字逐句地回忆起交流的内容，却也尽量去呈现这些对话的精髓。我按照记忆写下了我的经历，并尽可能地去做调研或与他人商议，核查记忆的真实性。不过，有些人的记忆与我的仍可能有出入。

监狱里的学生不能使用社交媒体，没有司法部的允许，他们不能公开发表任何东西，而且其中许多人书写有困难。他们中的很多人背负着社会污名，也就是说，一般没有人能听到他们的声音，而如果谈论会暴露出他们囚犯或前科犯的身份的话，他们可能也不想谈论自己的经历。在写这本书时，我意识到我正在描述的这些人通常没有机会书写自己。每个人都有自己的故事，但只有部分人有幸与更多的人分享。当我被赋予这个机会，我始终谨记我肩上随之而来的责任。必要时，我请教了已出狱的囚犯、同事和学术界人士，保证我的理解无误。

另外，感谢我的亲人将故事的讲述权交托给我。希望我的讲述诚实谨慎，终不负所托。

目　录

身份　1

自由　4

羞耻　13

欲望　24

运气　29

快乐　54

时间　80

疯狂　95

信任　114

救赎　135

遗忘　159

真实　166

凝视　182

欢笑　185

种族　203

内在　222

变化　245

故事　263

家庭　285

善良　304

教学资料及来源　329

致谢　331

身份

正义。时刻准备承认：当他人在场时，他与人所阅读到的东西（或人们设想中的他）不同。

西蒙娜·薇依

电梯厢里，站在我旁边的男人酷似我的父亲，自从父亲入狱后，我们已经二十年未见。他身材矮小，指尖泛黄，西装外套肥大，袖口耷拉到指关节。以前在公共汽车和火车上，或者在酒吧厕所的小便池边，我都见过长得像父亲的男人。在伦敦、曼彻斯特、柏林和里约热内卢，我都见过。

我打量着电梯厢里的男人，认出了他永远紧绷的下巴，像肺气肿患者喘息一样的呼吸。我把衬衫袖子拉到手腕上遮住手表，向他询问时间。他的回答没有利物浦口音，所以不是我父亲。德国或巴西的那些人也不是。我们在沉默中又上了五层楼。然后电梯停下，门打开，他走了出去。

明天早上，我将第一次踏进监狱，为囚犯讲授哲学。几个月前，我在《卫报》上登了一篇关于哲学教学的文章，其中提到我的父亲、哥哥和舅舅都在狱中服过刑。上个月，本地某大学哲学家杰米邀请我到监狱里共同授课。我猜我之所以能收到项目邀请是因为我比较有人文关怀，因为我可能会以一种大多数恪守理论的人所不能的方式理解罪犯的逻辑。自从杰米邀请我加入他们以来，我总是注意到一家商店橱窗里摆着的一双长及脚踝的厚黑靴。现在是春天，我原本习惯软皮牛津鞋配磨白牛仔裤，裤腿再挽起两道。这天下午，我走进了这家商店。那种靴子只有十号的，而我穿九号，但并不碍事，于是我把它买了下来。

第二天早上到监狱后，杰米和我把椅子摆成一圈，等待着学生到来。这间教室兼作美术室，与我小时候去的美术教室一样，只是窗户上装着铁栅栏，铅笔、画笔以及其他有尖头的东西都放在挂锁的柜子里。

我翻看了几页我们关于洛克身份理论的教案，想象着父亲理解起来吃力的样子，我用红笔将很多段落删去。"要讲得浅显易懂，"我对杰米说，"很多人可能不识字，或者在学校没读到毕业。别给他们太大负担。"之后，我听到沉重的金属门被打开的当啷声，还有外面走廊里男人说话的回声。学生们快到了。我穿着新靴子，光洁的鞋头让我有种第一天上学的新鲜感。

一个男人来到门口。"是讲心理学吗？"他嘴里有晨起的口臭，眼睛布满血丝。

"哲学。"我答道。

他耸耸肩，走进来找了个位子坐下。

另一个男人走进来，握手时把我的手攥得生疼，眼睛望向我的肩膀后方。下一个人皮肤黧黑，牙龈萎缩。还有一个人拎着塑料袋，上面印着"利兹大学"字样；袋子的接缝处已经开裂，但他仍用它拎着图书馆的书。有一个脸盘圆圆的人，但身份证上的照片看着却瘦骨嶙峋。我在学生中四处走动，介绍着自己，同时脚却疼到抽搐。新靴子十分磨脚。我感到脚后跟有新生水泡的刺痛感。学生越来越多，最后共有十二个人。杰米和我最后看了一眼今天的备课笔记。"要浅显易懂。"我再次提醒他。

他们围坐成一个圈，我开始讲洛克。

"讲得不太对。"一个叫马卡的学生说。

"什么？"我问道。

"洛克关注的不仅是记忆，"他指着我的白板说，"他更关注意识。"

十二个人的目光齐刷刷地聚到我身上。我踮起脚，避开脚后跟钻心的痛，走到白板旁边，把"记忆"一词擦掉，改写成"意识"。他们哄堂大笑并窃窃私语起来。我试着重拾洛克这个话题，同时轻移脚步，小心不让全脚掌着地。几分钟后，另一个刚刚拿到远程教育学位的学生解释了卢梭会如何驳斥洛克的观点。二十分钟后，我们已经"弹尽粮绝"。杰米从教室另一边望向我，我们的目光相遇时，"浅显易懂"这个词发出了无声的回响。

杰米给学生们布置了一些小组作业，然后喊我到教室一角的课桌旁商议对策。杰米先走过去，我蹑手蹑脚地跟在后面。

自由

你的一部分可能在内部独自生长

就像井底的一颗石头

但另一部分

一定被深深卷入

这个世界的喧嚣

以致内部的你也在发抖

四十天后,当你探出外部,一片树叶簌簌颤动

纳齐姆·希克梅特

几个月过去了,我现在每周都穿着平常穿的软皮牛津鞋去监狱。我刚从泰国回来,在那儿独自旅行了三周。我的皮肤晒成了古铜色,头发变成了驼棕色。我穿过监狱里被灯管点亮的走廊,去往授课的教室。一个由狱警押解着的男人迎面走来,与我擦肩而过。他的额头苍白,双眼下面正在脱皮。我放下衬衫长袖,遮住被晒黑的皮肤。到教室后,我在白板上写下了今天课程的主题:"自由"。

二十分钟后,外面的警官到走廊上喊道:"自由活动。"自由活动是指在这段时间内,监狱内的门锁打开,犯人可以走出

牢房去教室、作坊，或参加其他活动。几分钟后，有人来到我的教室。一个四十来岁的男人走了进来，他叫扎克，穿着带尼龙搭扣的灰色平底鞋。这种鞋是监狱给没有鞋的囚犯发的。他的套头衫袖子撸到肘部上方，露出小臂从上到下几十条横向伤疤。扎克原应在上个月参加假释听证会，但在听证会的前一天，他将一名医护人员的脸打伤了。

其他几个人陆续进来。一个叫朱尼尔的学生来到教室门口。他身材高大，穿了一件浅粉色无袖健美衫，展露出圆实的肩膀和胸肌。脚上还蹬着一双新的耐克专业训练鞋。几周前，有一个人问朱尼尔为什么会进来。他回答说："我赚钱鬼点子多。"

他迈步走进教室，同我握了手。"您的归来真令人开心，先生。"他嗓音洪亮地说道。他眉毛的两端修成了圆弧状。他进来以后，一边与每个人握手，一边注视着他们的眼睛，叫着他们"先生"。

朱尼尔坐在扎克旁边的位子，双腿叉开。扎克则双手交握放在腹部。

华莱士是最后一个到的。他走路时身姿笔挺，没有挺胸抬头，只是对自己的桶形身材感到踏实安心。他坐在朱尼尔旁边，但并没有和他搭话。华莱士和大部分人都不来往。二十年的刑期他已经度过了十六年。他不去健身房锻炼，却更喜欢独自在牢房锻炼。他每天都会给儿子写一封信。

自由活动结束。我关上了教室的门。

我与他们围坐在一起,开始讲:"在荷马史诗中,特洛伊战争结束后,奥德修斯驾驶着他的船返回家乡伊萨卡。但他即将遇到塞壬。塞壬是种半人半鸟的怪物,住在海中的岩石岛上。她们的歌声太美妙迷人,以至于任何听到歌声的人都会意乱情迷地跳下船游向歌声的源头。塞壬专吃这些神志不清的水手。"

"没有听过塞壬的歌声却还能活着回来讲述自身经历的人,"我说,"于是奥德修斯命令船员们用蜡把耳朵塞住,这样就不会听到歌声,被歌声迷惑。而且他们还可以正常做事,准备食物,张绳结索。"

我继续讲:"但总要有人去听歌声什么时候结束,以防船员们过早地把蜡从耳朵中取出来。奥德修斯便让船员们把他绑在桅杆上。这样既能听到歌声又不至于跳海。他还让船员们忽略他发出的任何松绑的命令。

"他们起航了。奥德修斯听到了歌声。歌声渗入心灵,紧紧攫住了他。他被欲望吞没,哀求船员们为他松绑,但船员们只是继续做着日常活计。有一个船员在海上待得太久,他的思乡之情已经麻木。他看到奥德修斯表现出的热切疯狂后停下了手中的工作,想听听塞壬的声音究竟什么样。于是,他把耳朵里的蜡取了出来。接着,他深深迷醉其中,跳海丧命了。

"驶过塞壬岛后,奥德修斯被松了绑。从那天起,他的心里就有种痛楚,因为他再也听不到像塞壬的歌声那样美妙的声音了。"

"塞壬们好酷,"扎克说,"她们还能住在岩石上呢!"

大家都哈哈大笑，除了华莱士。

我问他们："故事里提到用蜡封住耳朵的人、奥德修斯和把蜡取出的人。哪个人最自由？"

我把我的"话筒"——手掌大小的豆袋——递给华莱士。

"耳朵里有蜡的人，他们是最自由的，"他答道，"他们只是在继续日常生活。就像我们在这里，不需要付账单或接送小孩上学等。我有他们没有的自由。"

"比如？"我追问。

"我没有选择。就像耳朵里有蜡的人一样。"华莱士说。

坐着的朱尼尔往前倾了下身，对华莱士说："但如果你没有选择，你就不是自由的。"

"在外面，有太多地方会惹上麻烦。在这里，我可以集中精力。"华莱士回答。

过了片刻，我问朱尼尔："你觉得谁是自由的？"

"奥德修斯啊，"朱尼尔答道，"他是国王。他说的话人们都得听。"

"但奥德修斯是最容易受困的，"华莱士说，"无论他的经历多好，他总是想要更好的，永不满足。"

"但奥德修斯的生命是有成就的。"朱尼尔说。

"他每次想到自己的作为，都会感到痛苦。还是在监狱里更自在。"华莱士说。

"耳朵里有蜡的人之所以不像奥德修斯那样痛苦，是因为他们的生命中从来没有做成过什么。他们只是小兵。"朱尼尔说。

"他们行事低调，是为了完成自己的分内工作安全回家。"华莱士说。

"如果要像这样生活，那回家又有什么意义呢？"朱尼尔反驳。

我又把豆袋递给学生基思。他把豆袋放在腿上，开口说道："好吧——这个问题可以从不同角度来看。"

我刚开始到监狱教书时，图书管理员告诉我基思已经服刑十三年了。他住在单人牢房里，每两三天就能读完一本书。基思满嘴浓重的格拉斯哥工人阶层口音，偶尔会蹦出"命名法"这样的词。"你可以从神经科学的角度看。"他说。他说话的语速与很多自学成才的人一样，好像要将自我从自己的思想中释放出来，而其他学生却开始失去兴致，颓然地盯着地面。

"跳下船的人是自由的，就像在莎士比亚笔下，小丑在某种程度上是自由的，但国王不自由。"他接着说。我想打断他，而且很乐意打断他。对我来说，打断别人是教师的一个特权。出了教室，我是一个轻言慢语的人，总是被语调高、语速快的人打断。我选择教书的一个原因就是能正大光明地打断别人，以对此进行报复。基思还在滔滔不绝："量子力学告诉我们，事情其实并不具有确定性。"但我无法打断他。你怎么能对一个在牢房里度过了十三年的人说"要注意把握时间"呢？

最后，基思终于把豆袋还给了我。扎克把套头衫的袖子放下来盖住了双手。我问他会怎么选。

"跳下船的人。"扎克说。

"他被蛊惑了，不会获得自由的。"朱尼尔说。

"但是，向塞壬的诱惑投降或许也需要勇气。他可能是唯一敢于获得自由的人。"扎克说。

"他是想逃跑，但他的所作所为就像你逃出牢房，爬到屋顶。然后你还能去哪儿呢？这比待在牢房里还凄惨。"

"他跳船是因为他意识到这是他在那种情况下所能获得的最大自由。"扎克说。

"他跳船是因为他放弃了自由。"朱尼尔答道。

课上了一小时，该让他们休息一下活动活动腿脚了。我打开教室的门，但外面走廊上的一名警官告诉我必须关门，所有人都要待在教室内。牢房所在的一个片区发生了一起事故。一个男人为了抗议，跳到了网上。监狱片区的上下楼层中间都张着金属网。一来防止楼上的犯人丢掷物品，二来防止他们跳楼轻生。如果有人跳到了其中一张网上，安保警员出于安全考虑，并不能靠近实施抓捕。如果安保警员无法说服他自行下网，就不得不派出戴头盔持盾牌的特种队伍来解决。

警官对我说，跳网的那个人是情急所致，因为他要被遣送到委内瑞拉，在那里的监狱继续服刑。他不想去。跳网是为了能在这个监狱多待一段时间。

我关上门，落了锁。我们在教室里课间休息十五分钟。扎克的手穿过栅栏,把窗户推开了几厘米。朱尼尔走到白板旁边,拿我的一支笔画了图表,教另外四个人如何变成比特币富豪。他正在跟他们讲接下来六个月要怎么做才能买得起劳力士手表或奔驰汽车。

一个叫格雷格的学生走到我旁边。他姜黄色的胡楂里有一道刺眼的疤。"这个哲学,有什么用?"他开口问道。

"嗯,"我说,"哲学是古希腊人用来——"

"你能用它来干什么?做什么工作?"

"有些朋友,就是我认识的一些人,现在应该在伦敦商业区工作。"

"你是做什么工作的?"他追问。

他刚听完课就立刻来问这个问题,让我觉得一句"哲学教师"打发不了他。"有些人拿到哲学学位后转修法律了。"

格雷格充满期待地看着我,好像我要说的话只说了一半。

"塞壬的故事里你觉得谁最自由?"我反问。

"谁都不自由。所以才叫所谓自由。只有傻子才相信所谓自由。"

华莱士坐在自己的位子上,整个课间十五分钟没有跟任何人讲话。几周前,监狱里出现安全问题,他们不得不每天在牢房待上二十三个小时,只剩一个小时留作警局所说的"集合"——在这段时间,他们可以走出牢房打电话、洗澡、交流并活动腿脚。到了集合时间,华莱士通常还是待在牢房里,躺在床上读书。

学生们又围成一圈坐好。

我讲道:"哲学家爱比克泰德生于奴隶制的枷锁中,但他坚信自己在根本上仍享有自由。他说枷锁限制的是他的身体,而不是他选择的权力。"

"你的思想仍然能够自由。"华莱士接话。

我继续讲:"爱比克泰德相信,如果你知道自己能控制什么,不能控制什么,就可以学着变得自由。"

"每天晚上狱警来锁牢房门的时候,我都会抢在狱警之前把门关上。"华莱士说。

"为了控制?"我问他。

"同样的道理,我总是在狱警说该挂电话的前一分钟挂掉电话。"华莱士回答。

"不这么做会怎样?"我又问。

"我会做出让自己后悔的事。几年前,我看到一个人在狱警说了挂电话之后还在讲,一个警官就把手指按在了他的听筒上。如果换作我,我知道我肯定会揍那个人。所以我从来不让自己陷入那种局面。我会早早挂掉。"

"算是自由吗?"我问。

"只是让事情变得简单点儿。"华莱士回答。

半小时后,一个看守在门外喊"自由活动",这是下课的信号。我打开门,大部分学生拖着脚步出去了,但有几个还在逗留。其中一个人指着我晒黑的脸问我去了哪里。我尽可能答得简略,担心监狱里这些人听到普吉岛的热带海滩和满月派对会失落。但他们继续不停地追问。"你去浮潜了吗?""你最喜欢哪里?""你会移民过去吗?"然后一个人突兀地问:"你是和男朋友一起去的吗?"

我打量着他的脸,想看他是否在幸灾乐祸地笑。但是并没有。他很真诚。于是我回答:"我这次是一个人。"

他们还在不停地问我泰国的问题。有些人去过,想知道曼谷的这家或那家卡拉 OK、酒吧是否还在营业。他们问我机票有没有捡到大便宜,在泰国的时候有没有拉肚子。我一边回答,一边考虑把话题引向我有个女朋友那里,但现在教室里的气氛太和善宽容,我不忍心告诉他们我不是同性恋。

羞耻

"但是我并没有罪,"K说,"这是一个误会。何况,事情真的到了那种地步,又怎么能说某人有罪呢?我们不过是普通人,彼此都一样。"

"这话很对,"教士说,"可是,一切有罪的人都是这么说的。"

弗兰茨·卡夫卡

这天晚上,我在网上申报所得税结算。点击"完成"按钮后,我立刻感到郁郁不安。我爬上床却睡不着。如果我操作有误,税款没缴够,是会被起诉的。

恍惚睡去,我梦到我和父亲在同一个监狱的操场。我站在他旁边,但旋即走开,不想让看守看到我们在一起。梦里是一个冬日的下午,很冷。两个监狱看守大笑着,互相开着玩笑。我走上前,跟他们说我在这儿工作,下班了就会离开监狱。他们俩继续聊着天,仿佛听不到我讲话。我摸索着找钥匙,但钥匙包是空的。我问看守能否听见我说的话,但无人回应。

清晨五点,太阳刚升起时我就醒了。大雨斜着倾泻下来,我出门往监狱走去,没有带伞。耳朵和脖子后面都湿了。到监狱安检门口，我脱掉泡湿的鞋、手表和腰带，穿过金属探测仪，踩着湿透的袜子，感受着硬邦邦的地面。我有点眩晕，心跳也变快，像是背负了一桩疯狂而荒谬的罪。我的帆布背包正穿过X光机。安检员严肃地看了我一眼，又盯着面前的机器判读我的罪行，我想象扫描器上的灯马上就要变红，发出哗哗的报警声，然后他们会在我的背包里发现一千克毒品。

没有刺耳的警报声。我有气无力地张开双臂让安检员检查，套头衫的衣袖也是湿漉漉的。虽然通过了安检，我心里却仍然感到恐慌。我穿过监狱的空地，经过一堵开着一排排牢房窗户的墙，一下子听到很多台电视机发出的声音。酸奶广告曲、紧急新闻报道、罐头笑声……

我曾偏执地认为，无论我自己做什么选择，父亲的罪过都会传给我，不过好几年没有出现过这种无端的恐惧了。这种认定自己会入狱的感觉在我十八岁时最强烈，那时我担心的不是被捕，而是如何被捕。我希望被捕的时候是白天而不是晚上，希望我是独自一人，不要有朋友在旁。我听到警笛声就心生恍惚，会停住脚步听声音是否越来越近。在监狱过道里，一名警员用绳子牵着一只德国牧羊犬迎面走来。我放慢了脚步，似乎想引诱它冲我吠叫，但它只用黑眼珠盯了我一会儿就走了。

我的学生戴维今天有人探视，不能来上课，所以我趁课前的午饭时间到他牢房送些阅读材料。他的狱友开了门，一股味道扑鼻而来。薰衣草香混杂着臭袜子味、煮泡面味和狭小空间里两个男人身上的味道。他们窗台上放了四盒紫色的空气清新剂，他跟我说戴维今天负责派午餐，还没回来。我到餐饮区一看，那里大排长龙，不知道晚点儿来是否会好些。我问一位看起来约莫七十岁的老人午餐一般什么时候结束。他说："我们半小时前就该吃上饭了。"他和我父亲操着同样的利物浦口音。"我问他们什么时候开饭，他们说等几分钟，他妈的已经等了二十分钟了。这种鬼地方就没有时间概念。"

于是我打算晚点儿再找戴维。回到教室，我发现一个女人正在往箱子里装玩具。泰迪熊、乐高积木、一架彩虹色木琴和一台费雪牌玩具电话，电话上装着轮子，前面还有张笑脸。她说她教会其他人玩玩具，这样探监的时候他们就可以哄孩子了。

她走了。我把椅子摆成一圈，等待看守喊自由活动。

* * *

我出生的前几年，父亲曾蹲过十八个月的监狱。我童年时，他又接二连三地触犯法律。我两岁时，有一次父母带我去泽西岛度假。我当时太小记不清，但母亲说假期的第二天晚上，父亲因为一名帅气的服务生对母亲彬彬有礼而吃醋。后来母亲和我返回旅馆，父亲自己则在外喝酒。凌晨一点钟，他摇摇晃晃地进了门，把一袋珠宝扔在她脚边。里面都是金戒指和钻石耳环。

"给你。"父亲说，浓重的酒气喷到母亲脸上。

"你干了什么？"母亲问。

他们听到警笛声越来越近。父亲站在那儿，手里还晃着一串珍珠项链。

他砸了一家珠宝店的橱窗，拿了陈列台上不少东西。几分钟后，警察赶到并逮捕了他。第二天，他出庭应诉。如果不是因为他拿的黄金、钻石和珍珠只是仿照正品做的塑料版，他就又回监狱了。法官判处了他财产破坏罪，责令他付了一笔罚金。母亲将留着度假用的钱交了上去。然后她改签了车票，我们当天就返程了。

父亲不想让邻居发现我们回来得这么早，因为他们就可能要问东问西了。于是，那周剩下的几天，我们都拉上窗帘在屋里待着。

我七岁的时候，父母离异，父亲搬去了距离我们三十分钟车程的地方。他做起了保险推销员。我每隔一周去他那里过周末，和同一条街上的孩子玩耍。十八个月后的一个周日，大约中午时分，电话响了。父亲还没起床。后来电话转到留言机，我听到一位老人指责父亲骗了他几千英镑。

两周后，父亲到学校接我，开车四小时去了他的新家。为了消磨时间，我看向窗外，数着高速上的交通灯，从一个数到一千个，然后再从头开始，又数了一千个。最后我们来到一个海滨小镇，他在那儿租了一个顶楼的单间公寓。

晚上，我们去了酒吧。他很快就喝醉了，还用假名跟酒吧的女侍和其他酒客搭讪。我们的桌子在角落。我啃着指甲，用手指绞着头发，坐立不安。

"老实坐好。"他说。

我把双手放在大腿上，紧张到想吐。

他推了我一把，然后朝吧台边两个魁梧的男人点了点头。

"如果这里谁想动我，那俩家伙就会出手。他们是我的保镖。"但那两个人丝毫没有理会他。父亲仰头又灌下一杯酒，对我说："如果有人跟你说话，不要告诉他们我们之前住的地方。"

在他的公寓里，墙上没有挂任何照片。床尾没有桌子，而是一块展开的烫衣板，上面堆着他的杂物：笔、打火机、一卷透明胶带、钥匙、一把梳子、几小盒超高温灭菌牛奶、一袋吃了一半的果汁软糖，以及外卖菜单底部潦草的名字：赛马。他晚上酗酒，早上睡到很晚才起来。我坐在电视机旁，把音量调到最小看动画片。他从睡梦中惊跳起来，大喊"不要！"然后翻身又睡过去。

我看动画片是为了尽力排解心里郁结的焦虑。中午时分，动画片放完了。我把所有频道换了一遍，但所有节目都是给成人看的。于是我坐到窗台上，看着下面街道来来往往的行人。

下午，父亲想跟我玩闹一番。他屈膝跪下，将脸凑到我面前。

"打我。"他说。

他把脸别过去，指了指自己的下巴。

"来呀，打我。"他催道。

我把双手贴在体侧。

他一巴掌抽到自己下巴上。

"来呀，打我。"他又说。

我的双臂在身侧夹紧。

我们又去了酒吧。他往我的柠檬水里倒了一滴啤酒，说我应该尝尝。但我把杯子放在了桌上。我想确保自己跟他不一样，然而心里已经感到一种同流合污的羞耻。周一早晨，他将我送回学校，我走进教室时心里有种恐惧，好像自己惹了什么麻烦。老师们对我的友好和热情也未能驱走那份罪责感。我只能把它像秘密一样藏在心里。后来，宗教研究老师给我们讲天堂圣徒时，我问他什么样的人会下地狱。

九个月后，父亲又搬了家，比上一个住处还要远一小时。当我们再遇到陌生人时，他就编造一个新名字上去打招呼。这次他住在一个大篷车里。晚上，我们把沙发摊开变成床，铺满整个地面。他睡觉的时候，枕头旁边会放一根棒球棍。我心里越来越紧张。我开始着了魔一般担心自己已变成坏人。待父亲睡着后，我便跪下来祈求上帝再给我一次机会，让我做个好人。

又过了六个月，父亲再次搬家，这次的住处离一个轮渡码头只有几百米远。他又换了一个假名，睡觉时床边仍然放着棒球棍。他酒喝得更多了，暴力倾向也更加严重。中午时分，他还在睡着。我跪下祈祷。外面，离港的渡轮发出长鸣。十二岁时，我在母亲的家里收到了父亲寄来的一封信。他说他跟警察起了纠纷，他的律师觉得他可能又要坐牢了。那之后我就跟他断了联系。我改名换姓，跟他不再有瓜葛，但恐惧却在我心中久久不散。

在十七岁时的一个周末，我和最好的朋友约翰尼进城，看中了某家店里的一件红色衬衫，但我买不起。第二天，约翰尼把它买下来当作礼物送给了我。他把衬衫递给我，我心里却有种莫名的罪责感。我想象这是最后一次有人送我礼物了，因为他们很快就会发现我的真面目，不愿再同我做朋友。我穿上衬衫，感到自己迫切需要坦白。其实没有任何可坦白的，但这没有分毫缓解我心里迫切的需求。

仿佛我的脑海中有一个刽子手，随时准备将我的生活结束在此刻。十几岁到二十岁出头的时候，我总是控制不住地臆想，我所拥有的一切很快都会被夺走。我和朋友们在海滩上度过的每一天都带着绝望的色彩，就像行刑前的最后一餐。我试着提醒自己，我实在没有犯任何应当有罪责感的罪行，但刽子手给我设了一个卡夫卡式的困境：我为自己的清白辩解只能证实我有所隐瞒。我无话可说，也无能为力。太晚了。

现在我三十一岁，罪责感仍然根深蒂固。自从我开始在监狱里工作，那个刽子手便越发咄咄逼人。我看到牢房里的犯人们，想到我也可能或应该经受他们受的惩罚，就浑身战栗。

* * *

自由活动开始了。基思来到教室，找位子坐好，开始看自带的符号逻辑读本。有人在教室门口徘徊，是二十岁出头的青年罗德尼。一个月前，他在牢房里阅读关于刑法的书籍，直到得知自己已失去上诉的权利。他现在服刑的这家监狱，距离他的家乡格拉斯哥有六百多千米。

他从侧面看向我，说："我下周不来了。"

"你来我总是欢迎的。"我说。

他耸耸肩。"我这周来是因为他们给我们开了锁，下周就不来了。"

罗德尼过去三周都是这么跟我说的。

"但你能来我很高兴。"我说。

他走进教室，落了座。

我关上了门。

我开始讲课。"在古希腊神话中，宙斯要惩罚为人类盗取火种的普罗米修斯和厄庇米修斯。他把普罗米修斯绑在山上，让兀鹫每天来啄食他的肝脏。然后在厄庇米修斯大婚当日，给了他的新婚妻子潘多拉一只漂亮的盒子，但又警告她不能打开。此后几天里，潘多拉的好奇心越来越强，一天晚上她终于忍不住打开了盒子。七个恶魔瞬间飞了出来，它们是仇恨、羞耻、贪婪、烦恼、懒惰、妄想和痛苦。之后，潘多拉听到盒子里还有一个声音在呼喊，就又打开了盒子。这一次出来的是希望。"

罗德尼揉了揉眼睛。

我问他们："如果你可以把其中一个关回去，你会选哪个？"

"希望。"罗德尼答道。

"希望让那几种恶更加不可忍受。"他说，"如果没有希望，痛苦就不会如此锥心。与其希望没有痛苦，不如去适应痛苦的生活。"

"但没有希望就没有改变啊。"基思接过话头，"没有希望，痛苦却仍然存在，而且会变成绝望的痛苦。"

"如果你希望事情发生改变，但落空了，那岂不是比原来更糟？"罗德尼说。

我看向窗外,视线落在拧成麻花的带刺的铁丝上。屋顶和墙壁上,一圈圈的都是;监狱里,头顶上方到处都是这种带刺的铁丝圈。

"没有希望,痛苦也就没那么难受。"罗德尼还在讲。我的注意力又回到教室里。

"希望比魔盒中的其他恶魔来得晚些。你受苦的时候,希望会提醒你苦尽甘来。"基思说。

"我才不浪费精力去希望痛苦消散。我就尽力去适应。"罗德尼说。

讨论在继续。我把潘多拉魔盒里飞出来的东西列在白板上。基思说:"去年我有一场听证会,我做了各种准备,希望他们能把我放出去。真的是各种准备。我在监狱里表现满分,是出了名的好囚犯。我曾希望我能出去。结果,听证会只开了八分钟左右。他们否决了我。后来我绝食抗议。同时暗自决定,再也不期待哪天能出去了。"

罗德尼打了个哈欠。

"但我做不到,"基思继续说,"没有希望,我感到空虚。我打不起精神出门,也不想跟别人说话。空虚得连觉都睡不着。过了几天,我那一层有三个小年轻发现我很久没吃饭,就把餐盘送到了我门口。我忍不住又开始产生希望。"

"故事不错,但我才不要当那个企图逆流而上的傻子。"罗德尼说。

"但身边好人那么多,很难不生出希望啊!"基思反驳。

罗德尼指着白板上那一列恶魔的名字,说:"如果你把希望关进盒子,妄想自然也就不存在了。"

接下来的一小时,更多人参与了讨论。罗德尼看起来有点厌倦了。他暗自笑了两次,但不知道是在笑什么。另一个学生叫艾德,刑期六年。他是个光头,留着花白的山羊胡子。我问他会把什么关进盒子。

"羞耻。"他低声说。

"然后你就能安心做坏事了。"罗德尼接道。

"做坏事前我其实知道做了就会感到羞愧,但还是会做。"艾德说。

"如果你做坏事不觉得羞愧,就永远学不了好。"罗德尼回答。

"也许正是因为羞耻才会去做坏事。"

"那你他妈还怎么学好?"

"可能靠同理心吧。或者懊悔。反正不是羞耻。"

一个小时后,课上完了,学生们陆续走出教室。我背上帆布背包。格雷格还留在教室里,他告诉我下周不能来了,因为要出狱了。"他们在地铁上给我找了份活儿。"

"开地铁吗?"我问。

他皱了皱眉。我立刻感到我又没搞清楚基本状况。

"晚上修轨道。那里的人不介意我有犯罪记录,因为也没有其他人。"他说。

"你觉得怎么样？"

"还不错。"

想到格雷格出狱后能做的"还不错"的一件事是在地下干体力活儿，我的胃里顿时翻腾起来。

格雷格跟我道了别，离开了教室。我把背包摘下来，打开。然后我跪下来，伸手摸了摸书包里面，再次确认包里没有任何违禁物品。

欲望

> 我的梦境是一间愚蠢的避难所，就像闪电下撑开的雨伞。
>
> 费尔南多·佩索阿

  学生们仍旧认为我是同性恋。有一次上常识讨论课，一个叫马库斯的学生用了"巴蒂曼"①这个词，其他学生纷纷朝他投去不悦的目光。马库斯抬头看向我，说："对不起啊，老大。"我对他宽容温和地笑了笑。我隐匿了自己的异性恋身份，继续在监狱里教课。做同性恋似乎能让学生感觉少些威胁，而我自己在教课时也更自如一点。

  某次为了备课，我和杰米前一晚去复印些关于佛教哲学的资料。然后我们发现复印的材料里有众神在天庭交欢的密宗图片。安保人员交代过，任何包含交媾的图片都不允许带进监狱。最近，一名狱警也在各楼层的墙上贴了宣传报，列明了淫秽图片的类型，并将其归入违禁品中。犯人可以在牢房墙壁上张贴内衣模特照，但模特不能露点。禁止展露女性私处、女性小便，男性勃起或半勃起的阴茎等图片。

---

① 原文 batty man，是牙买加文化中对男同性恋的蔑称。——译者注，全书同。

所以我们又复印了一份纯文字版，然后拿起剪刀，慌慌张张地把众神交欢图剪掉；印着阴茎和胸部的碎纸片散落下来，桌面上到处都是。

躺到床上后，我打开搜索引擎："英国监狱允许配偶探视吗？"答案是不允许。

几周后，我来到监狱的教育区，发现我常用的教室被占了，一家健康快餐连锁店的招聘人员正在举办出狱人员就业讲座。一个人高马大的安保人员——下巴很宽，脸上坑坑洼洼，小臂文满图案——巴克斯特告诉我可以用九号教室。我打开九号教室的门，发现教室中间立着高高的书架。书架装有轮子，所以我抓着书架的一侧想把它们推开，但它们纹丝不动。"你能行吗？"我转过身，看到巴克斯特站在门口。教室里的书桌旁还坐着一个女人，我从来没有和她说过话，但我知道她叫阿妮卡。

"没问题。"我答道。于是巴克斯特走了。

阿妮卡正在填写什么材料，头也没抬。

"不好意思，我没看到你在这儿。"我说。

"没关系。"她依然头也不抬。

她染成金色的头发落在脸颊的一侧。我知道她叫什么，因为我以前看到她在监狱教书，跟同事打听过她的名字。我觉得她很美，监狱里的其他人也不例外；那些谋杀犯和纵火犯在阿妮卡身边都表现得像绅士一样。我蹲下去，打开一个书架底部轮子上的制动闸，然后站起来，再次试着移动书架，但它还是毫不松动。

"打扰一下。"我说。

阿妮卡的笔停了下来,眼睛从眼镜上方看向我。"我想问一下,"我说,"你知道怎么让这些轮子活动吗?我明明松了闸,书架却还是不动。"

她摘下眼镜。"你松开闸的话书架就可以移动了。"

"那我肯定哪里搞错了。"

我看到她的腿在桌下不耐烦地晃着。她下巴尖利,颧骨高耸。在男子监狱里,她原本凌厉的美被披上了一层无情的色彩。我看着她,心里为牢房里数百个焦渴的男人感到抱歉。我的意思是,阿妮卡看着我——直直地看穿我——我自己感到抱歉。

我曾见过父亲在酒馆斗殴或找警察麻烦时,他的女伴们不满和厌倦的样子,所以我认为女人最想要的不是健壮的愣头青,而是深情温柔的男性。我把肩膀抵在书架上,使出吃奶的力气,然而书架还是一动不动。

巴克斯特又回到门口,这次直接说:"我来试试!"我走到一边,他抓住书架就把它们移开了。

"谢谢你,长官。"阿妮卡说,然后叹了口气。

"是啊,多谢。"我跟道。

一个小时后,学生们陆续来到教室。罗德尼进来之后又对我说他这周来下周不来了,跟之前四周说的话一样。教室里来了个新学生,叫杰克,将近六十岁,原先是会计,第一次入狱,刑期大约六年。他戴着文雅的眼镜,穿着鲜亮的宝石绿 polo 衫。衣服还没开始褪色。他旁边是"监狱通"所罗门。杰克正在抱怨他还没有拿到收音机的替换电池。所罗门说:"如果有人要买你的收音机,先跟我讲。我认识几个人。"

我关上了门。

接着,我开始讲课:"笛卡尔问过一个问题——有什么方法能证明我们现在不是在做梦?"

所罗门说:"如果这是梦,那我醒来可要好好捶自己一顿。"其他人哄堂大笑。

"我知道这不是梦,因为我永远不会做梦进监狱。"杰克说。

"这说明你待的时间还不够长。"罗德尼说。

所罗门双手指着自己的脸说:"我的梦都在家里呢!"

"臭显摆。"罗德尼说。

所罗门举起双手,努着嘴,得意地跳了一段舞。

"我有一次梦见我在家里,"罗德尼说,"我想把东西捡起来,但手却直接从物品中穿过。"

我又问:"你们怎么知道自己不在那个梦里了?你们怎么知道这就是现实?"

"真的有什么分别吗?"所罗门说,"几年前,我醒来时身在医院,医生说我从阳台摔下来了。我当时嗑嗨了,什么也不记得。甚至可以说,事故发生时我是缺席的。有时候我会做梦,真切地感受到自己在往下坠,还能感受到胳膊上的气流。"

"那你觉得区别是?"我追问。

杰克敲着眼镜中间的梁,插道:"现实是讲得通的。这一切都太能说得通了,不像是梦。它是现实的。我能摸到椅子,也能摸到我的手表。"

"梦也可以现实啊,老东西。"所罗门说。

"梦不是可知可感的,跟现实不一样。"

"有天晚上,"所罗门讲道,"我狱友大叫着他女人的名字醒来,短裤湿了一片。他说他梦到和她在一起。"所罗门向前伸出双手,仿佛在抓类似西瓜的东西。"他能闻到她,吻到她,感觉到她。"

我情不自禁咧开了嘴,但我环顾教室去找另一双揶揄的眼睛时,却发现其余的人都在津津有味地听所罗门讲。"梦可以是现实的。比如他必须起床换短裤。"

雷往后靠回椅子里,抚摸着下巴。

"那么,"我问,"梦遗对于笛卡尔的问题来说意味着什么?"

运气

  一个在沙漠里的男人会用双手捧着空虚，心里明白这对他来说比水还珍贵。他知道厄塔吉附近有一种植物，如果有人把它的心挖去，原来长着心的地方，便会流出具有草药疗效的汁液。每天早上他就可以从这棵植物上喝到相当分量的汁液。这种植物即使缺少了某个部分，也还能枝繁叶茂地活上一年。

迈克尔·翁达杰

  七年前，我哥哥贾森搬了新家。他往新家的墙上刷了五层乳胶漆，虽然只要两层就够，但贾森说他要确保家里是纯粹的白。

  三天后，我去找贾森，他的公寓里还弥漫着浓重的漆味。我把他公寓各处的窗户都打开透气。到他的卧室，我跪在床单上，探过身够着窗户，把它打开。然后，我双手撑着身体下了床，却发现把羽绒被弄皱了。

  我知道贾森常年不睡床。他会在扶手椅上睡觉，睡着时头垂到膝盖上。但在过去的374天里，贾森早上起来第一件事就是叠被理床。在戒毒所，他还学会了医院床单折角铺叠法。

  我抓着被角，把被面理平整。

回到客厅，我看到一辆新婴儿车，上面挂着贾森还没拼完的太阳系饰品。土星、地球和金星还在地毯上。我坐到沙发上，贾森跪在地板上，看着身边七个月大的儿子。斯科特在玩一只黄色的小塑料杯，小手拢着杯子，握紧又松开。

当时我 24 岁，贾森 36 岁。但他看着比实际要显老。他以前肤色暗沉，现在面庞却有些红润。他穿着新买的蓝色短裤。而在过去的二十年里，他一直穿喇叭牛仔裤和派克外套，外套拉链拉到下巴，哪怕外面的温度有 30 度。以前他的两条腿很瘦，而且因为脓肿变得疙疙瘩瘩，但现在他会去健身房，因此小腿肌肉逐渐显露了出来。

那天是我在这儿四个月来第四次见到贾森，堪比之前四年里见到他的次数。他晒黑了，所以身上的疤痕更加明显。他的脸颊上、发际线上、胡楂里、手上都有伤疤。他把 T 恤掀起来时，我看到他的肋骨下有一个鹅卵石形状的疤。我一直想知道他的每道疤都是怎么来的。那天，我注意到他膝盖上方两厘米处有一道疤，一直向上延伸，最后没入短裤。我歪头看着它。

"这道疤怎么来的？"我问。

贾森伸直腿，把短裤拉上去，指着大腿内侧一个相对小的疤说："它的源头在这儿。"

"什么源头在这儿？"

"现在想想，我自己要负一半的责任。我不该跟那些人混在一起。我醒来时是在一间厨房里。凌晨三点钟，在一座福利房里。还有一个爱尔兰小伙和他的父亲。我欠他们钱。我能听到他们在磨刀机之类的东西上磨刀的声音。当时,我脑子立刻清醒,记得其中一个人说'把他弄到拖车车厢里'。然后这两人朝我走过来。我完全无力招架。嗑药嗑得身体太虚了。其中一个说:'你想让我们从哪里下刀?'"

我的脚趾蜷了起来。我掐着肘部皱起来的那块皮肤,试图将紧张感引到别处。

"我说'哪里都不想'。但其中一个人突然拿着刀斜刺过来,我慌忙闪避,却一屁股摔下来,卡在炉灶和冰箱中间。我真是吓死了。我知道这两人之前用枪杀过人。如果我还手,肯定会被大卸八块。所以我跟他们说从腿下刀吧。"

斯科特的头发支棱在头顶,像只椰子。贾森轻轻帮他抚平。他跟我说:"你还是不要听这种事了,老弟。不如我给小家伙穿上鞋,我们一起去公园?"

"他们捅了你。"我说。

贾森把斯科特掉在地板上的一只黄杯子捡起来放回他腿上。"他们分开蹲在我身体两侧,一人担着我一条胳膊,把我抬了起来。我在厨房台面上躺平。那个父亲挥刀扎进了我的腿。当时,我的第一反应是,这条牛仔裤是我上周才买的。"

斯科特双手双膝撑地,若有所思地前后摇晃。

"那感觉就像被人狠狠揍了一顿。不过不像我想的那么狠。但他们没拔刀,其中一个人往后退了几步,又跑过来一脚踢在刀上。我滚到地上,痛得大骂。"

贾森用手掩住嘴。"对不起啊,宝贝。爸爸不该骂人。"他扭过身问我："你觉得他能听懂吗？"

我说："你怎么活下来的？别担心，斯科特还听不懂。"

他摸着斯科特的小脸。"我就大声号着F开头的脏话。其中一个说：'他这样会惊动其他人的。'那个父亲把厨房临路的门打开。那个儿子又摇晃了一下刀，刀尖从我腿的另一侧钻出。我又痛得大叫，其中一个跟另一个说让我消停点。然后，他们把我从地板上抬起，扔到街上，就扬长而去了。我把手机拿出来想打字，但意识已经不够用了。我扔下电话，看到停车场另一边有一个小伙子和一个女人。我拖着腿一面呼救一面朝他们走，后来倒在了碎石上。那个小伙用手臂环着女伴，往反方向走去。我听到他说，'酒鬼'。"

斯科特扭着身子，脸朝下看向地面。贾森把他抱起来，闻了闻尿布。"他拉屎了。"他边说边伸手去拿地板上的婴儿袋，上面印着蓝色的小动物。

"我努力振作精神爬起来，蹒跚着向前走，脚下咯吱咯吱地响，因为运动鞋里泡满了血。我走到塔楼前，按下了每一个对讲机的蜂鸣器。我的眼皮又热又重。对讲机里传出一声招呼。'我被人捅了，'我说，'你能叫辆救护车吗？'那声音说了一大堆，但好像说的是种外语。我喊道：'救命！叫救护车。999。我流了很多血。'接着我听到了他们挂电话的咔嗒声。"

贾森把斯科特放在塑料垫子上，把他的连体衣纽扣解开。又从婴儿袋里拿出尿布和湿巾，把一片干净的尿布放在斯科特身下。

"我斜靠着墙,一瘸一拐地往有亮光的地方走,那可能是个加油站,但我在巷子里又把脚扭了。我瘫倒在地上。我想用双臂拖着身体往前爬,但我的髋骨在碎石上磨得太厉害了。后来我躺在那儿闭上了眼。你知道大家都说人死前生命中发生的事会闪现在眼前吗?我很多年都没想过的事,此刻清晰地泛上心头。我能感到自己的生命正在流失。"

我有点想吐。乳胶漆的味道突然又很重。斯科特号了一声。"不怕,宝贝。"贾森一边说,一边低下头用鼻子蹭了蹭他儿子的鼻头。斯科特摸着父亲的脸,安静下来。

"然后我闻到了那个味道。我张开眼,看到旁边有一坨狗屎。我想,我无论如何不能死在狗屎旁。于是,我又打起精神爬出去,爬到路上。后来我只记得一个小伙在给我盖毯子,跟我说救护车很快就到。"

贾森撕开斯科特尿布边上的粘扣,把它扯下来放进卫生袋。我向后将身体靠近沙发,好似自己也筋疲力尽。

他又拿出一片婴儿湿巾,把斯科特双腿和腹股沟之间皮肤褶皱中的污物擦拭干净。

* * *

辅楼里在打架,所以狱警今天只放了两个学生出来上课。我坐在桌子的一边,对面是萨姆森和帕特里克。萨姆森眼睛下面有眼袋,眉毛位置很高,看起来既疲惫又永远是一副惊奇状。他太阳穴处的皮肤苍白,下面蓝色的血管清晰地显露出来。上课已经十分钟了,他一句话也没讲。明天是帕特里克三十岁的生日。他仅仅出狱了两周，就在两周前又回了监狱。因为吸食毒品，他的牙龈萎缩，显得牙齿很长。

我对两个学生说："请想象两个虚构的世界。在其中一个世界，好人有好报，恶人有恶报。我们叫它公正世界。在那个世界，人们对自己的行为处事负责，获得的与应得的完全等价。"

"我同意。问题是大部分人并不这么想。他们太过自怨自艾。就像在监狱，很多人怨来怨去，觉得自己不该被关起来。"帕特里克说。

"在另一个虚构世界——运气世界，他们可能不会被抓。在那里，所有一切都由掷骰子决定。例如你的收入、教育、心理健康状况。你可能是判决别人的法官也可能是入狱的囚徒，甚至你想活多久都凭运气决定。在运气世界，好事某一天也可能发生在恶人头上，然后才是恶报，也或许没有；这完全看运气。人们对自己的行为处事不负责任。"

"你说得对，"帕特里克接道，"那个世界的确是虚构的。"

"所以你觉得我们的世界更像公正世界，而不是运气世界。"我说。

"我进监狱因为这是我的选择。"

帕特里克继续说："说自己不走运总比承认自己不成熟容易。"

"如果不成熟无罪呢？"我问。

"我他妈三十岁了，还是没长大。我儿子今年都要七岁了。我不能一直进监狱这样的地方，不然我还没反应过来，他就成年了。"帕特里克说。

我看向萨姆森，但他出神地盯着不远处。

我继续讲："在运气世界里，人们会玩蛇梯游戏，因为输赢跟你的技术水平无关，纯粹靠运气。而在公正世界里，人们会玩国际象棋，因为它没有随机因素，谁下得好，谁就赢。"

我把手肘支在桌上。"但是我们呢？"我说，"我们就生活在公正世界和运气世界之间的灰色边界地带。这里的游戏既要求技术，又存在随机因素。"

我又看向萨姆森。他立刻眨了眼睛，但没有回看我。

我接着讲："我们只能对自己掌控中的事情负责，但我们大部分身份却是由无法掌控的事情塑造的。比如，创伤性的童年或成瘾的性格，都不是我们能决定的。"

"有行为就有后果，"帕特里克说，"我听厌了各种借口。人们总是说自己多不走运、童年多悲惨的屁话。我想告诉他们：'你们悲惨的童年可没给你们买毒品。是你们自己买的。'如果我又犯了毒瘾，他们从我尿检里测出来的可不是坏运气。"

"我想我们成为现在的自己纯属偶然。每个人都可能是另一副模样。"我说。

"你只要改变自己的行为，就能变成另一个人。如果你想远离犯罪活动，就不要再穿连帽衫，去买条休闲裤穿啊。如果你换了装，那帮混混对你就再没兴趣了。你就能继续过自己的日子。"

"有些人很幸运，根本不用操心那些混混。"我说。

"如果他们盯着你看，你就穿过马路，从他们身边泰然走过。"

"所以，生活是一场没有随机因素的游戏？"我追问，"你确定？"

"这次我把自己送进监狱。下次，我能让自己不再进来。"帕特里克说。

我看着萨姆森。他好像已经神游天外。我问他："你觉得我们的世界更像运气世界还是公正世界呢？"

他直直地凝视着前方，开口说："我是因为危险驾驶出了人命被关进来的。我不知道自己是谁了。我杀了人，但我不是个杀手。"

一个小时后，当我正穿过囚犯所在的楼层时，听到后面有人叫我的名字。我转身一看，是奥斯曼，今天本该来上课的一名学生。我们碰了碰拳头，我闻到了一股茉莉和檀香混合的香味。他涂了花香精油，那是监狱在餐厅清单的"清真产品"部分列出的一款香水。奥斯曼说他不能再来上我的课了，因为他在厨房找了份工作。他说这份工作他已经候补了将近一年。他的刑期还有四年，而我的哲学课只有十周。所以他需要期限更长的事情来打发时间。

"你们今天讨论了啥？"他问。

"运气。"我回。

"我从来不知道运气是啥。"

"你从来没走过运？"

"你还是去问别人吧。我从来没想过运气。运气会让人有非分之想。"

"那你从来没倒过霉?"

"我就一直洗锅碗瓢盆,然后把它们烘干,再收起来。"奥斯曼笑道。

"然后呢?"

"然后第二天再来,继续清洗、烘干、收好。"

我童年的前半段跟哥哥生活在一起。每次他剃了头,我便也想剃。每当他玩一种电脑游戏,我便也想玩。有一次他为了消遣,跟母亲说我曾对路过的警车竖中指,还骂他们,我说我没有,还委屈得哭了。我情绪平静之后,他跟我道了歉。

"我会那么讲只是因为你绝对不会那么做。"他说。

"一点儿都不好笑。"我回。

在我童年的后半段,我一年只能见贾森几次。他总是在监狱里,而他在外面时,生活又是乱七八糟。他那晚被刺时,我大概十四岁,跟继父住在一起。继父的父亲是孤儿,而继父是非常努力的双层玻璃推销员,还自己买了套房子。当贾森在按对讲机上的蜂鸣器,希望有人来帮他时,我大概已经上床熟睡了。

我总是想到贾森。青少年时期,每当我去参加家居派对,朋友给我递酒和毒品时,我一概拒绝。如果我嗑嗨了,就好像在说贾森所经受的一切并不真实或无关紧要。我会在派对气氛渐浓时离开。在走回家的路上,我因错过欢愉而升起的惆怅会被一种更强烈的情感笼罩。我哥哥还在监狱里,如果我在外面吃喝玩乐，就会觉得自己面目可憎。为了贾森，我滴酒不沾。这就是他不在时我爱他的方式。

贾森觉得斯科特出生前自己大概进了监狱十二次。有时候是几周，有时候是十八个月。入狱的罪状几乎都与毒品有关。有一次在法庭上，他嗑嗨了，在听证席上睡着了。还有一次，凌晨时分，贾森喝得醉醺醺的，他看到一辆警车开过来，于是走到马路上，在警车经过时踢了车身一脚，喊道："出租车。"警察没有停车，贾森就走到路中间，看着那辆车开走。

贾森第一次入狱是在十六岁。十几年后，十六岁的我坐在一个公园的秋千上等他，他那天早上刑满出狱，而公园距他服刑的监狱只有三千米。我的背包里装着一个信封，里面有87英镑，是我的一个舅舅托我转交给贾森的。

他比约定的时间晚到了两个小时，而且身上有一股大麻味。看到他的样子，我心里很难受，实在太久没有见过他了。我把信封递给他，陪他去了一家药店。药剂师给贾森开了那天要喝的美沙酮。足足100毫升——这是能开的最高剂量。贾森背对着我，一饮而尽。

我们走到街上。

"你每天都要喝美沙酮吗？"我问。

"对。我希望你永远不要这样。"他说。

"我不会的。"

"如果你喝了我刚才的药，小命就没了。"

我觉得我活着就意味着欠了他的恩情。

我们走进城里。当时我特别痴迷《星际迷航》,为了它我可以在电视机前连续看上几个小时,沉溺于人类已然战胜了所有战争、饥饿和疾病的世界。贾森说要去购物,要去商场的某家店给我弄全套的 DVD 盒装版。

"真的不用去。"我说。

"可我想去。"他说。

"我心领了,但我不想让你去。"

"不过也挺难搞的。我都不能进商场。"

"别想啦。你有那份心就够了。"

到商业街上,贾森冲正在卖《大志杂志》(*Big Issue*)的朋友克里斯点头示意。克里斯旋即喊道:"欢迎回来,贾森。"两名警官注意到这两人的交流,就走过来对贾森说他们要截查搜身。贾森把口袋里的东西掏空,又伸出了双手。克里斯抗议说他们无权搜查贾森,然后他们把克里斯也搜了一遍。

我把口袋里的手机、钥匙和钱包拿出来,朝警官走过去。

"不用搜查你。"其中一个说。

我停下脚步,把手里的东西递了过去。

"请让开,先生。"那个警官说。

* * *

我的生活没有贾森那么坎坷,这一事实几乎决定了我对一切事物的体验。我最喜欢的一种感觉是放映厅里灯光熄灭、电影即将开始那一刻的兴奋。我二十岁的时候,哥哥入狱一年。再去电影院,灯光熄灭时,我没有任何期待。相反,我对曾经让我兴奋的体验感到惆怅。那种快乐已被一个基本问题取代：我怎么会如此幸运？

　　我没有为贾森的离去而流泪。我总是想哭，却不曾落下泪来。我感到嗓子很难受，几乎要哽咽。悲伤，一如兴奋，就在那里。而"就在那里"，却相隔了整个世界。

　　那段时间，我沉浸在与监狱有关的电视节目和电影中，如《监狱风云》（*Oz*）和《监狱岛》（*Scum*）。我希望这样能和贾森保持某种联系；也尽量不再回避电视上的暴力画面。我还读了一些监狱回忆录，如约翰·希利的《格拉斯竞技场》（*The Glass Arena*）和杰克·亨利·阿伯特的《野兽腹中：来自监狱的信》（*In the Belly of the Beast*），试着去了解人们如何或能否在非人性化状态下生存。我看了普里莫·莱维以奥斯维辛的囚禁经历写成的回忆录《这是不是个人》（*If This Is a Man*）。它讲述的是有史以来最极端的非人性化，所以当我看到开头写着"这是我的运气……"几个字时，心里极为震惊。

　　莱维目睹了无数个人走向生命的终点，但在残忍而随机的规则下，他活了下来。能捡一条命确实是他的运气。但他却被那运气搅得无法安生；他总感觉是自己夺走了别人生存的机会，好像他就是"弑兄的该隐"。在《被淹没和被拯救的》（*The Drowned and the Saved*）的前言中，他说读者不应当将他视为奥斯维辛"真正的见证人"。他认为真正的见证人是那些死去的人。在《休战》（*The Truce*）的结尾，他描述了一个反复出现的梦：他和朋友坐在花园里。起初，他感到心神安宁，但有一种莫名的苦痛侵入。渐渐地，一切都崩塌了，毁坏了，美景、围墙、人物，都不见了，只留他自己在灰暗阴沉的虚空中心。拉格①外面的一切都是虚浮。

阅读莱维的作品挑战了我的理解能力。与我自己的弑兄该隐故事相比，他的故事要宏大得多，身处的险境也残酷得多。尽管如此，我还是很感激他，因为他准确地描述了幸存者的罪责感会在多大程度上摧毁其对真实世界的感知。大约在那段时间的一个周日下午，我躺在当时的女友埃莉诺的沙发上，脚放在她的腿上。她吃了水果，房间里弥漫着橙子的香味。然后，她开始用她纤细、优美的手指帮我按摩脚底。我闭上眼睛，享受着那种放松的感觉。但一段记忆却清晰地显现了出来。

最近一次见贾森是我俩在一家酒店客房里同住。上床前，他要注射毒品，不然无法入睡。他拿着针管在脚底扎了大概一个小时，才找到血管。他不停地对我说抱歉。他看起来好痛苦。

埃莉诺还在按摩我的脚。我睁开眼睛，看她的手指揉捏着我的脚趾，但放松的感觉没有了。仿佛我的脚变成了空心的。埃莉诺把头发别到耳朵后，但这个动作看起来也不太对，她似乎变成了双手被人操纵的提线木偶。她跟我聊天，讲了她这一天的见闻，但她的话似乎碎裂成了一个个单独的音节。我不知道要怎么把它们拼凑成句，我慌了。我有种很强烈的感觉，一切都是虚浮。我想回应她点什么，但我的声音听起来尖细刺耳。

---

① 原文 Lager，莱维常用这个德语词来指集中营。

我听到我的声音从嘴里传出来。

在我十八九岁到二十岁出头那几年,经常会出现这样的时刻。当我正在享受自己的生活时,一想到贾森,他所经历的事情就会猛烈地将我的生活打碎。无论我身在何处,我都必须牢记我哥哥受的苦。

七年前,贾森当了父亲,之后就没再进过监狱。现在,他过得很开心,我也应当容许自己多一点儿欢乐。但在监狱工作,我遇到了一些依然在自己的磨难中煎熬的人。一个月前,我课上来了新同学,他年纪与我相仿,叫赖斯。他留着金色的大爆炸头,小臂内部近手腕的地方有几条横切的疤。他跟我说他想用文身把它们遮住,可能文些玫瑰、卡通人物,或将整条胳膊文成黑色。

两周后,一名狱警在课前来到教室,递给我一个红色的文件夹,里面是赖斯的自杀观察材料。我打开,看到狱警们前一天的记录:"吃了一点食物""很安静""看起来很疲惫"。凌晨两点,一名警员通过赖斯牢房的检查窗观察并记录:"已上床。看起来有呼吸。"下午四点,又有一条:"动了。看起来还活着。"

接下来那个周末,我到乡间拜访一个朋友,然后到山上越野跑。我突破了身体的极限,以至大脑里的内啡肽倾泻而下。天空是一望无际的蓝,苹果树上开满了白花,我脑海中浮现出赖斯在牢房中的画面。他还困在牢房里。

我不能再想。

我眺望着远山。这些东西赖斯没能看见。

给帕特里克上完课的第二天，我去了我哥哥的公寓。他沙发上有两只蜡染风格的靠垫，这是他在戒毒人员互助组里做的，上面有模板印刷的蓝色大象。贾森每次从沙发上起身，都要拍一拍靠垫，把它们整齐地放回原处。这是他康复过程中一项持久的仪式，此外还有吃完饭后立即清洗盘子和餐具，以及每天检查窗台上的蕨类植物是否需要浇水。

贾森缺席了我的青少年时期，但他总萦绕在我的心头。如今，他就在我面前，我却不知道该如何表达。每次来他的公寓，我都想张开双臂拥抱他，但又觉得尴尬，不知道该站在哪儿，也不知道手该往哪里摆。贾森不再吸毒后，就像死而复生一般，但我还没有走出他离开的悲伤。我需要他给我讲他身上的伤疤来历。但是，当他讲了大腿上那个伤疤的故事之后，我发现自己更难以相信他还活着这个事实。

贾森公寓的墙壁已经粉刷过去七年，但我对他就在这里这件事仍旧半信半疑。有时候我看着他房子里的物件——沙发上的靠垫、盘子、碗、马克杯、电视和咖啡桌——想象这些东西可能会突然被装进箱子，丢到街上。陌生人可能会在里面挑拣，把某些东西拿到自己家。缺席的贾森才是伴我成长的哥哥。我对他的爱一如既往地执着。

他现在还有个两岁大的儿子，叫迪恩。我们坐在沙发上，他想给我看他两个儿子一起在公园玩耍的照片，于是把手伸进口袋。

"犯傻了。"他说。

昨天，有人骑自行车把他手里的手机抢走了。

几分钟后，贾森想查一场足球赛的比分，于是将手又伸进了口袋。"浑蛋！"他骂道，"我的照片、联系人，都没了。我发誓，安迪，我再也不会抢别人的手机了。"

我忍不住笑出声。

贾森有时候就会这样，当他成了某种罪行的受害者，就会想起自己曾经是那个作恶者。去年有一天早上，他走出家门，发现他女朋友的汽车风挡玻璃被砸碎了。这让他回忆起十五年前，有次他一晚上砸了三十多辆车。他本来已经忘了，但当迪恩在宝宝椅上捡起玻璃碎片时才又想起。

二十分钟后，我和贾森到了厨房里。他正在用微波炉加热一个素食香肠卷——因为我要来，他专门为我买的。

"你还在监狱教书吗？"他问。

"对。"我回。

"你之前那份工作有啥问题吗？"

"我喜欢这份。"

"我劝你小心点。有人搞你吗？"

"只问了我跟我男朋友出去玩得怎么样。"

"你为啥一定要去监狱工作呢？"他问。

我十八岁时，贾森跟他的一个朋友介绍我，说："这是我老弟。从来不沾毒品，不喝酒，连烟都不抽。"几个月后，那个朋友嗑嗨了，倒头睡在草丛里，再没醒过来。第二年，贾森又向另一个朋友介绍我："你敢信这是我弟弟？他一点儿不良嗜好都没有。"那个朋友后来进监狱待了四年。出狱那天,他偷了辆车,撞到墙上死了。现在,贾森再跟他的朋友介绍我时,还是说:"他没有任何不良嗜好,不嗑药也不喝酒。"贾森不喜欢我去监狱工作。他希望能保护我的单纯。

在厨房,贾森又伸手去口袋摸手机。"王八蛋!"他骂道。

我又笑了他一遍。

"你在哪个监狱工作?"他问。

"一座高警备监狱,几座维多利亚式监狱,一座开放式监狱。下个月还会增加几家。"我说。

微波炉叮的一声响了。他打开炉门,取出盘子,把香肠卷递给我。

"真是的,老弟,"他说,"你现在进的监狱数量都快赶上我了。"

两天后,我正在往监狱走,感觉嘴里有颗大牙很疼。我经过两家药店,但没停下来买止痛片。二十分钟后,我来到监狱辅楼上。五百个人,在被关了十四个小时禁闭后,正在"出笼"。我听到楼上的牢房里传来叫喊声、一阵杂乱的脚步声和警报器声。肾上腺素顿时涌入全身,牙齿也不觉得痛了。

几分钟后,我在教室里摆好了一圈椅子,因为奥斯曼不来了,所以去掉了一个。我的桌上放着观察赖斯的红色文件夹。幽暗的光线从面对监狱围墙的窗户洒落进来,教室里郁郁沉沉。只听外面一名警官喊道:"自由活动。"

巴里第一个到教室，他是威尔士人，右手缺了一根手指。他之前跟我说他进监狱是因为朋友觉得他开的玩笑不好笑。他的笑声很尖。这笑声穿透我的身体；牙齿又开始隐隐作痛。

赖斯进来找了个座位。他穿着干净的白色T恤，表情呆滞。不是困倦，而是心不在焉，好像精神有点恍惚，或者刚服了别的药。剩下的学生渐渐到齐，都落了座。赖斯身边的两个人攀谈了起来，而赖斯只是呆呆地盯着自己的指甲。

我关上门开始上课。

"罗马政治家波爱修斯被关在监狱的牢房里。哲学女士在他面前现身了。"

"有女人进了他的牢房？"巴里打断我。

"哲学女士是波爱修斯想象出来的，这是种文学手法。他正在悲叹自己被囚禁的厄运。于是哲学女士来劝导他。"

"那我在牢房里抱怨的时候可能也见过哲学女士。"巴里接道。

几个学生窃笑起来。我的牙齿痛了一下。

巴里问："他为啥被关起来？"

"因为背叛，"我说，"虽然他只是在权力更迭之际选择效忠旧政权。他在等待被处决时，哭喊道：'这样惩罚一个无辜的人，命运应该感到羞愧。'所以哲学女士就让他看到福尔图娜——罗马的幸运女神——的真正面目。"

"所以他牢房里来了一位女士和一位女神？"巴里又说。

"我们的配偶连探视都不行。"杰罗姆说。杰罗姆五十出头，从十几岁开始就经常进出监狱。他说话时,童年的爱尔兰口音和现在的伦敦腔来回切换。他的手臂苍白粗壮,透过皮肤看不到一根血管。他认识这家监狱的监狱长,当时还是一名正在接受培训的警官。他笑起来有点儿孩子气,还有一只手止不住地抖。

我继续讲:"哲学女士对波爱修斯说他其实很幸运。"

"没错,"杰罗姆说,"被关起来并不等于不幸运。"

学生们七嘴八舌地表示同意。一个小声说自己很幸运,因为母亲还会来探视。另一个则是因为自己有台收音机。讨论逐渐热烈起来。他们讲着自己如何幸运:住单人牢房、被刺伤但没死、有份打扫楼层的工作。赖斯说:"进监狱能保护我爱的人。"

里面的大牙一阵疼痛。我用手捂着腮帮,闭上了眼睛。

"牙疼吗?去看医生吧!"巴里说。

我把手挪开,说:"不要紧。"

"让牙医给你开点药。或者你去辅楼问问,可能有比药更猛的东西。"巴里说。

巴里被自己开的玩笑逗乐了。我用舌头按摩着牙龈,试着缓解疼痛。

"你能带我一起去吗?"巴里接着说,"这几个月我一直想让医生给我看看。但每次预约的时间快到了,就会因为关禁闭不能去。"

"你都要脓肿了。"我说。

"现在疼得能忍了。"巴里说。

"我就是牙齿太敏感了。"我说。

"你怎么知道?你要照顾好自己啊,安迪。"

过了一会儿,赖斯拔掉笔尖上的笔帽,把它放在门牙中间咬着。然后又把笔帽塞到大牙中间,嘎嘣咬下去。我听到了塑料碎裂的声音。

我往下讲:"哲学女士对波爱修斯说他其实很幸运。她跟他讲,他的岳父因为他所受的折磨愤怒不已,他的妻子仍然深爱他,他的孩子乖巧可爱。她教导他:'世上本无悲,唯思想使然。'"

"运气就是一种感觉,"杰罗姆说,"无论你的处境多差,都仍能觉得自己幸运。我同屋的狱友是厄立特里亚人。他都不敢相信我们这儿条件这么好。他说,他们国家会把犯人关在海运集装箱里,扔到沙漠中央,一次三十个。我听完他的话,看事情的眼光客观了不少。"

"但如果处于哪种处境都觉得幸运,也是自欺欺人。"巴里说。

"倒不如说是他还没丧失想象力。"杰罗姆反驳。

"我同屋的狱友白天一句话也不说,但睡着了会在梦里笑一整夜。"巴里说。

"你也可以积极去看待啊!"杰罗姆说。

"等你跟我一样失眠的时候再说这种话吧。"巴里说。

杰罗姆的手颤抖起来。"我也不是说积极乐观总是好的。"

我往前倾了倾身体,问道:"哪里不好?"

"在监狱里真的很容易觉得自己幸运，"杰罗姆答道，"我只要看看周围，立马就能找到比我更惨的人。有的不知道自己的父亲是谁，有的没见过自己的父亲或母亲，有的是被领养的，有的从没上过学。认识到自己的幸运能让我振作起来。但我现在却不再为自己总能振作而骄傲了。因为我知道我能从一片混乱中爬起来，反而就不在意自己是否会陷入那种境地了。"

"你的意思是你不该再认为自己幸运了？"我又问。

"我不是那种肯接受自己不幸的人。但我也不能一直说自己幸运。我要换个词。"杰罗姆说。

"换哪个词呢？"我追问。

这时，我听到门口钥匙转动的声音。一名警卫开了门，奥斯曼走了进来。他从教室墙边搬来一把椅子，坐到圈里。警卫在他身后关上门，上了锁。

"我以为你——"我开口。

"别提了。"他说。

"好吧。我们正讲到福尔图娜，罗马的幸运女——"

"都是我那杀千刀的弟弟！"奥斯曼说，"我妈没跟我说他也在这儿。不过也不稀奇——她觉得他根本不会干坏事。"

"到底怎么了？"杰罗姆问。

"之前几天我一直在厨房干活。整天埋头苦干。感觉挺好，晚上睡得像婴儿一样。但是今天再去，他竟然在那儿，我的好弟弟。他去厨房给自己骗了一份工作。"

"你也不用放弃啊，奥斯曼。尽量无视他好了。"杰罗姆说。

"他根本不喜欢烧饭洗碗。他要那份工作纯粹是想气我。"奥斯曼说。

其他学生面面相觑，尴尬地扮着鬼脸。奥斯曼把胳膊拄在膝头，大拇指按起了太阳穴。

几分钟后，杰罗姆和巴里就哲学女士那句"世上本无悲，唯思想使然"争论起来。

巴里一边打手势一边说："幸福的人喜欢说自己运气好，对吧？反过来说，波爱修斯说自己幸运，正是想制造一点儿幸福。就好像哲学女士给了他印钞的权限。但我们都知道他并不是真的幸运。他只是臆想出一个女人对他这么说，以免自己把自己的脑袋打爆。"

我看向赖斯。他用舌头把笔帽挪到了嘴的另一侧。他把唾液吸回，咽下，接着咀嚼。

杰罗姆往前倾着身体说："但波爱修斯被囚禁是没道理的。我曾经被无辜关过十一个月。我蹲过很多次监狱。有一次蹲了六年七个月，每一天都不亏，因为我确实有罪。但那十一个月比六年更难熬。"

"为什么？"我问。

他继续说："那六年多，我心态很乐观。读书，去健身房，参加互助组，帮助刚进监狱的狱友。但那十一个月，我只有愤怒。太不公平了，我心里过不去那道坎。那段刑期的每一天，我都备受煎熬。"

"这是否意味着波爱修斯应该觉得自己幸运？"我问。

"他不这么想的话就会被自己的怒火烧死。"杰罗姆回。

我的牙齿又一阵疼。环顾学生们，奥斯曼一副谁都别来招惹我的架势。赖斯垂着眼帘，看不出他的情绪，于是我问他："波爱修斯是否一定要觉得自己幸运？"

赖斯从嘴里拿出笔帽。黑色的塑料笔帽上布满了凹凸的牙印。他把挂出来的唾沫吸回去，问道："波爱修斯要关多久来着？"

"关到行刑前。没多久。"我说。

"如果波爱修斯被关了十年，哲学女士出现的时候还会说他幸运吗？"赖斯问。

"我不知道。她该不该说呢？"我反问。

赖斯耸了耸肩。

我接着讲："德国哲学家黑格尔认为，波爱修斯这种态度久而久之会对人产生奇怪的影响。"

赖斯的脸上闪过一丝情绪。"比如？"

"黑格尔说，如果你不断强化世界上本没有真正的坏，只是你的想法使然，有了这种认知，那么久而久之，你会与世界失去关联。你的整个宇宙就会变成头盖骨那么点儿，而且会与社会脱节、疏离，导致自己不开心。"

"但波爱修斯不会再回外面的世界了，"赖斯说，"他反正要死在里面。"

巴里接过话茬："黑格尔说的意思是，波爱修斯不要在臆想出来的女人身上花这么多时间了。不然，等他面对一个真实的裸女时，就不知道该做什么了。"

巴里又被自己的玩笑逗乐了。赖斯把笔帽塞回嘴里，又开始嚼。

二十分钟后，一名安保警员在外面走廊喊："自由活动。"学生们是时候回牢房了。他们慢吞吞地走向门口。巴里拍拍我的胳膊，让我一定要去看牙医。奥斯曼留在后面。"刚才很抱歉，安迪。全都因为我弟弟该死。"

"家人可以是——"

"我对那份工作尽心竭力，做得很开心。现在他却出现了。老实跟你说，我现在只想逃出监狱。"

奥斯曼说完走了，我在他身后关上门。我走到桌边，打开那个红色文件夹，得把赖斯今天的状态记下来。我翻到干净的一页，记录如下：赖斯看起来有些恍惚，但他参与了讨论，基本跟得上讲课内容，有时候会笑，但没嘲笑别人。

我感到牙齿又疼了一下。看着自己写的话，我看不出有何意义。于是又添了几笔，说他比较放松，没有那种让人担心的冷静。但添完似乎感觉也好不到哪里去。我用舌头按摩着牙龈，提笔又补充：他看起来没有攻击性，也能和其他同学相处。写完觉得自己只是在堆砌空洞无用的语句罢了。

过了几分钟，一名姜黄色头发的警官来到我的教室。"我们要找一个红色文件夹，先生？"

"马上就好。"我说。

他走到我背后,越过我的肩膀向下看。"你的自杀观察报告写了这么多,怎么回事?"

"他今天表现不错。"

警官从桌上拿起文件夹,夹在胳膊下面。"午饭时间到了,出去吧。"

快乐

正是那种极端的不适,狂风、严寒和焦渴,让我们翻腾在虚渺的、无尽的绝望中。

普里莫·莱维

为了去监狱讲课,我需要填写各种安全调查表。其中一份文件问道:"你是否有亲属在服刑?请选择是或否。"我在"否"的框边标注:"目前没有。"

两年前,母亲发信息给我,说舅舅弗兰克服完三年刑刚出狱,目前住在伦敦东区外婆的福利公寓。我上次见他是在十年前家里某个亲戚的婚礼上,他当时穿着价值两千英镑的阿玛尼西服。当时,我正好需要一台新电脑,他跟我说他最近搞到三百台笔记本电脑,不过可惜里面什么组件也没有。

我坐公交车来到外婆的公寓。公寓楼的混凝土楼梯井有一股尿臊味。楼对面有座房子,四个窗口全挂着圣乔治十字旗。房子旁边是一座福音派教堂,由红砖砌成,有双层玻璃窗。一群带着类似尼日利亚口音的女人在门口聊天。

我敲了敲外婆家的房门,弗兰克来应门。他的脸看着比婚礼那次见到时更加圆润,这是托了监狱里三年规律饮食的福。

"你状态不错啊,舅。"我问候道。

他拍拍肚子,说:"我要变成个死胖子喽!希望体重能保持住。"

弗兰克带我到厨房,泡了两杯茶。他在自己那杯茶里放了三块糖,问我要几块。我说:"不要。"他卷了根香烟,又从旧彩票上撕下一角,做了烟嘴。"你来一根不?"他问。

"我不抽烟。"我谢绝。

我们走到客厅。墙上是一幅已经褪色的玛丽莲·梦露,是外婆四十年前挂的。浅绿色的地毯柔软蓬松,因为外婆隔一天吸一次尘。我坐进一把扶手椅,弗兰克坐在沙发的扶手上。透过窗户,我看到了伦敦金融区。外婆在看日间烹饪节目,假牙在咖啡桌上的一只瓶子里。

弗兰克也没戴假牙。他一边嘬着香烟,一边给我讲八九年前他在一座低警备监狱里服刑时发生在运动场上的事。

"那天热化了。网球场只有我和维尼两人。"他说。

我凑上前,努力从电视声音中辨听他说的话。

他接着说:"我们本来只有一个小时,但看守们多给了点儿时间。他们散着衣领,状态放松,我们都享受了一会儿阳光。"

外婆叹了口气。弗兰克爱讲监狱逸事,但外婆不爱听。她把假牙从咖啡桌上的瓶子里取出,塞进嘴里。这是她表达不满的方式。

"我们正在把球打过来打过去,然后……"弗兰克挪到沙发角里,双手摊开,"墙上有只蜂巢。显然已经有段时日了。每个人都躲着走。所以,维尼给我递了个眼色。但我起初以为他要再玩一会儿,因为天气实在是太好了。"

外婆拿起遥控器,调高了一个购物频道的音量。频道里正在展卖抗衰老眼妆。

"看守们准备叫停,让大家集合了。维尼看到一名看守把哨子放进嘴里,便立刻把球踢到了蜂窝上。你真应该看看,安迪。遮天蔽日的蜜蜂,到处都是。"

外婆关掉电视,嘟囔着慢慢走出了客厅。

"因为这件事我们受了罚,"他说,"不得不在监狱里多待三天。他们不知道该定我们什么罪,就在材料上写了'惹怒蜜蜂'。"

"你们为什么那么做?"我问。

"什么意思?"

"为什么要踢蜂巢呢?"

"因为它让原本美好的一天更美好了!"

* * *

弗兰克十四岁时,从伦敦东区一家商店偷了一板条箱的可口可乐。他因此被抓,进监狱在押候审了四个月。最后终于开庭审理时,法官说把弗兰克这么大点儿的孩子拘留那么长时间已是骇人听闻,驳回了案件。不到一年,弗兰克又因盗窃罪入狱。他逐渐变成一个专业扒手,但他从来不盗民宅,也拒绝了持械抢劫的提议,因为用他的话说,"那种事超纲了"。他只挑仓库和百货公司的库房下手。

两年前弗兰克出狱后,他发现大部分同伙要么死了,要么正在服超长的刑期,要么年纪太大干不动了。维尼成了一个哈瑞奎师那①信徒,却因他在皈依前犯下的罪行被捕。在监狱里,其他犯人都嘲笑维尼手腕上戴着的念珠。所以关押期间,他右手都挎一个手提袋,用于遮挡那串珠子。从那以后,维尼就不想再进监狱了。

弗兰克舅舅出狱的那个夏天,我见了他六次。他知道我对他很好奇,于是每次一见面就开始讲他的监狱故事。有一个周中的下午,我和弗兰克在外婆的公寓里。他讲起三十年前的旧事,那次他和维尼不得不坎特伯雷监狱服刑两年。

"第一天,他们都讨厌我俩。我们走过楼道时,他们冲我们喊:'两个伦敦来的臭婊子。'我看了一眼维尼,说:'我们估计要死在这儿了。'第二天在淋浴间,两个家伙走进来。我心里早有准备,所以提前从桌上拆了一块木头带着。其中一个家伙拎着一只装着电池的袜子。"

"安保人员呢?"我问。

"他们才不管呢,安迪。"

"为什么?"

"你要知道,安迪,那个年代,监狱看守制服上都别着国民阵线的徽章呢!接着说,那个家伙拿着一只装了电池的袜子进

---

① 原文 Hare Krishna,是基于古印度吠陀的大型宗教团体。

来,但那是只长筒袜,他又抓着袜口,所以袜子垂了大概三十厘米长。我看到这个就知道他们并没有什么经验。他的手应该握到电池上方几厘米的地方才对,所以这家伙刚抡起袜子去砸维尼,我就抓住了袜子中间的空当,这武器立马失效。然后维尼拿木块揍了那俩蠢货,打得其中一个脑袋鲜血直流,然后他们都跑了。"

"后来他们又来找你们的事儿了吗?"我问。

"后来就经常和那些家伙一起嗑药。坎特伯雷这个地方特别好,因为它挨着多佛,码头总会来很多卡车。我在那个监狱里尝到了我听都没听过的毒品。两年后,我和维尼刑满,不得不离开。但我们并不想走。"

"但你不是一直在服用镇静剂?想把那些日子吞下去。"

"我们还在牢房里嗑药。警卫让我们低调一点儿,因为我们晚上笑得太嚣张。我经历的这一切——见识过监狱里各种类型的人,尝过各式各样的毒品——一点儿都不后悔。"

我打量着他的脸,想分辨他说出口的话是否违心。但我猜不透他的心思。

"那你被逮捕的时候呢?"我追问,"不会后悔吗?"

"我们倒数第二次被抓的时候,警察问我们茶里要不要加牛奶和糖,还尊称我们为先生,还询问有什么能效劳的。他们真是太好了。这些警察一般只是四处搜查,抓几个无足轻重的罪犯、扒手和毒贩。但我们可是专业扒手。他们过去两年一直想逮到我们。还在墙上挂了英格兰的地图,用大头针标明了我们所有的作案地点。"

柏林墙倒塌之后,一些东柏林人经历了"脑海里的柏林墙"这种心理障碍——感觉自己仍然无法前往城市的另一边。有些人从监狱出来后,也会残留有类似的拘禁感。他们虽然身体出来了,心理却仍然留在监狱里。去年夏天,我在跟弗兰克舅舅聊天时,经常会打断他的故事,问"你为什么要这样做?"或"你这么做不会有问题吗?"之类的问题。他就不得不倒回去解释其中的基本逻辑。他讲完一个笑话,我的笑声经常滞后。我不确定他什么时候是开玩笑,什么时候是认真的,只能忽而感觉不可思议,忽而感觉一头雾水。我觉得我是在另一边经历头脑中的柏林墙。我无法进入那禁锢之地。

这种感觉加重了我长期以来的伤痛。我失去了入狱的哥哥,而且虽然父亲离开后我感到解脱,但心里仍然怀念拥有父亲的感觉。这些人经常去我遥不可及的地方。在舅舅身上,我再次经历了这种隔阂。

* * *

今天,我来到一座维多利亚式监狱。它有五层高,还有独立的辅楼,辅楼的容量比某些监狱的总容量还大。我走过二楼廊道——或他们说的"两楼",走向我的教室。一个男人透过牢房门上的检查窗大喊大叫。他咆哮的对象是监狱的警官。"不公平!我要让你们吃不了兜着走!"他号道。但在其他人此起彼伏的呼喊声和敲打牢房门的声音中,他的喊声被淹没了。

我放慢脚步，瞥向门开着的牢房。其中一间里，我看到一个穿着运动长裤的中年男人。他正坐在床上看电视，喝着用马克杯泡的茶，抽着电子烟。过去几十年，我舅舅进过这家监狱几次。他应该住过这里的某间牢房。

我沿着金属楼梯走上三楼。一个年轻人无精打采地靠着牢房外的栏杆说："女士，这根本没道理啊。"他穿着件背心，锁骨上文着"NO REGRETS"（不悔）两个字。一名女警官抱着电视从他牢房里走出来。如果犯人违反规定，警官就会将他们降为"基本状态"，也就是说，监狱会减少犯人的探视时间，减少他们原本赚取的工钱，并拿走他们的电视。

女警官抱着电视往办公室走去。

"妈的，我才不在乎！再搞一台好了。"

有时候，如果被降到基本状态，他们就会从其他牢房偷电视。

我想去厕所，但是去员工厕所再折返回来的话，上课就晚了。于是，我走向教学区走廊里师生共用的那个单人卫生间。厕所门上全是涂鸦，还有一个拆掉玻璃留下的大方洞。我推开门，走了进去。强烈的尿臭味蹿上来，我不得不屏住呼吸，以免恶心。水槽已与墙体脱离；马桶的瓷面上留着一道道铜黄色竖斑，仿佛镶嵌在上面一样；U形弯管腐烂成了黑色；马桶里水面上还漂着一层膜，闪烁着蓝绿色。

我小便完，用指尖压下冲水杆。水哗哗冲下，使得尿臭味更重了。我掩着鼻子，急忙走出了厕所。

几分钟后，我来到教室。我从书包里掏出今天上课要用的书，把它们放在桌上。接着把椅子摆成一个圆圈。我抬头看墙上，那儿本来挂着钟表，现在却被拿掉了。我又没戴手表，因此我从门口探出头，看到一名安保警员沿走廊走过来。

我叫住他："不好意思，请问我能不能从其他教室借只钟表？"

他走进我的教室。他约莫六十岁，精瘦结实，小臂上有一个斑驳的美人鱼文身。身份卡上写着名字——亚当森。他上下打量着我。

"我应该戴手表的。"我说。

"这里丢东西都是有原因的。上个月，有个教室丢了一张CD。最终查明是被一个犯人掰断做成了匕首。"

"他们难道会用钟表互殴？"我问。

"在这种地方，最好戴自己的手表。"

"有道理。我只是想着问一嘴。"

"你都想不到他们会把什么做成武器。这些人有的是时间搞新发明。"

亚当森和我舅舅一样操着老派的东伦敦口音。"他们会把马桶刷折断做成匕首。下课的时候记住：一支笔都不能让他们顺走。我可见过他们是怎么对别人的脖子下手的。"

我必须回去做课堂准备了。警官们一般不会跟我说这么多话。他们的回应通常生硬简短，好像我分散了他们对某件事的注意力一样。但亚当森还在给我列举教室里不能有钟表的理由。

我不断点头,并表示"理解""对的""没错",希望他能尽快结束这滔滔不绝的说辞,离开教室。

"他们还会把钟表里的电池抠出来,装进袜子,用它砸别人的头。"他说。

我走到电脑前面,点击鼠标激活了显示屏。

"看,这里有时间。"我说。

亚当森还在讲:"然后就会出事故。"

我指着显示屏右下角:"都已经这个时间啦!"

"出事故就要填一堆材料。"

我闭紧嘴巴,希望如果我不再说话,他或许也就不说话了。

"那你是来这儿做什么的?"他问。

"我是个哲学老师。"我说。

"所以,你来这儿做什么呢?"

他低头看向我桌上放的一摞哲学书,用手指敲着那本《快乐的哲学》(*The Philosophy of Happiness*)。我感觉很尴尬,就像一个少年做了什么见不得人的事,被祖父逮到了。

"他们很多人在这座监狱里都很快乐。"他摇头叹道,"而我以为监狱应该挺难熬才对。"

这时,走廊里有一名警官喊"自由活动",亚当森转身离开了教室。

第一个进来的学生叫吉姆。他原是英国特种空勤团的士兵,他的胸膛宽厚,双臂健壮。他打招呼的方式照例是和我撞肩膀。

撞完痛得我缩紧腹部。

"早。"我说。

他叹了口气,环视着教室。吉姆的精神程度堪比身体强健程度。他的耳朵上盖着几簇褐色的头发,仿佛是为了屏蔽廊道上的声音。

进来一个新同学,他介绍说自己叫萨尔瓦托。他的眼睛是明亮的蓝色,T恤前面印着美剧中常见的词"Cheers"。他那套握手动作很复杂,我跟不上。他又来了一遍,详细地跟我讲分解动作:先握手,再按大拇指,扭动手指,最后击掌。"早啊,老兄。"他说。

"你好吗?"我问。

"我很好。"他回。他把手放在心口,说:"我一直很好,老兄。"他转身想和吉姆握手,但吉姆始终抱着胳膊。他又把手放在心脏的位置,说:"有礼了[①]。"

萨尔瓦托看着二十五岁出头的样子。他告诉我他的刑期是九个月,目前已过了二十二天。这是他第一次入狱。

"非常抱歉听到这个。"我说。

"为什么要抱歉?"他说,"我已经接受了。我不抗拒这个事实,所以时间过得很快。我既然进来了,说明我该来此一遭。我不会因此让自己痛苦难受。这也是个学习经历嘛。我正在学习。不要为我抱歉,老兄。我已经接受了。正好趁现在做些回馈社

---

① 原文Namaste,是印度人常用的问候语,梵语原意为"向你鞠躬致意"。

会的事。我跟我的同屋狱友说要教他蜥蜴式弓步——一种能让你接受现状的瑜伽姿势。我们越快接受自身的境遇,时间就过得越快。时间是一种价——"

"我们抓紧上课不好吗?"吉姆打断他的话。

吉姆的刑期是十四年,刚过去三分之一。他挑了圆圈中跟萨尔瓦托相对的位子坐下。

又来了六个学生。年仅二十一岁、名叫尤瑟夫的学生进来后,就坐在一张桌旁,背对着用椅子围成的圈。我过去看他是否出了状况。他正在填一张申请表,要求调到单人牢房。他解释说,上周一名警官问他是否想要一个同为穆斯林的狱友,他说想。

"但我跟这家伙处不来,"尤瑟夫说,"他把我的巧克力饼干全扔了,因为他觉得那些不是清真食品。还有一天晚上,我在看电影,看到二十分钟的时候,出来一个穿短裙的女人,他就换台了。他说看这种画面是亵渎神灵。他每次在电视上看到女人光着的腿就要换台。甚至看到肩膀也要换。他妈的就一个肩膀啊!"

"填申请表吧。填好了坐进来。"我说。

"狱警们最好给我换。我急需一间单人房。受不了了。"

我走到门口,把门关好。然后在白板上写下"边沁"和"快乐=快感"几个字。我开始讲:"哲学家杰里米·边沁——"

教室门被打开,亚当森走进来。他手里拿着一座白色的挂钟,并把它竖着靠在一台电脑旁。

我有点儿困惑,指着身后的电脑屏幕说:"我可以用——"

亚当森走出去,并带上了门。

学生们都望着我,等我继续往下讲。

我讲道:"边沁认为快乐和快感是一回事。当我说我很快乐,那么我便正在体验快感。当我说我体验到快感,那么我就是快乐的。"

"在监狱里也可以快乐,你知道吗?"萨尔瓦托说。

尤瑟夫转身看向萨尔瓦托,眼睛里似乎要射出激光束。

"虽然身陷囹圄,但我每天仍有快感。我今天早上喝了咖啡。我决定要真正去品味它,而不是抱怨它的味道不够好。一旦你接纳了自己的处境,就能够再度享有这些快感。"

萨尔瓦托每多说一个字,吉姆的表情就更疲惫一分。

萨尔瓦托还在讲:"有些人跟我说他们感到无聊。你们知道他们是什么意思吗?我不理解。我的生活从来不会无聊。我的心没有被牢房禁锢。人们问我:'萨尔瓦托,你为什么总是乐呵呵的?'我就跟他们说——"

"他设计了监狱。"吉姆打断他,指着白板上写的"杰里米·边沁"说,"就是他设计了圆形监狱。"

"设计了什么?"萨尔瓦托问道。

"我还以为你对监狱了如指掌呢!"吉姆说。

萨尔瓦托回了他一个牧师式的微笑。

"边沁设计了米尔班克监狱,"吉姆说,"那是座圆形建筑,监视点在圆心。看守们能看到你,但你看不到他们,所以你永远不知道看守们是否在注视着你。这座监狱就是以它为原型建的。"

"所以,如果边沁设计了这种地方,你觉得他知道什么是快乐吗?"我问。

"我不知道。我想起这人是谁就把他逐出脑海了。"吉姆说。

"别这样,老兄。你知道吗?皱眉要牵动的肌肉是微笑的两倍呢!"萨尔瓦托说。

"把你的嘴闭上要牵动多少?"吉姆反问道。

两天之后,我坐在外婆家的客厅,旁边是弗兰克舅舅。客厅里烧着炉火,关着窗户。晚餐炸鱼的香味还残留在空气中。咖啡桌上,外婆放了一盘企鹅巧克力棒、十几块巧克力饼干和三根巧克力手指饼。

因为我现在在监狱工作,所以弗兰克更是毫无预兆地就会讲起他在监狱的逸事。不过,自从我到监狱工作以后,再听他讲那些故事,感觉就不同了。就好像他说的话周围有了更多空间。比如,他提到辅楼时,我觉得我似乎可以绕着楼行走。我还能听到廊道里的嘈杂声,呼吸到其中污浊的空气。

我告诉弗兰克我开始在他服过刑的一座监狱教书了。

"你还记得你的牢房号吗?"我问。

"我只记得那个运动场原来是个坟场,"他说,"往年绞死的犯人都埋在那儿。"

他闭上眼睛思索着。

然后说:"在那座监狱,维尼老是生我的气,因为我的屁太臭。那时候,拉屎是拉在桶里。我经常把我的屎用报纸包起来扔到窗外。好多人都这样干。整个运动场都是这种屎包。如果看守不待见你,就会派你去把屎包清理干净。"

"你还记得你在哪个辅楼吗?"我又问。

"不记得了。如果没记错的话,我可能只去过那里两三次。"他说。

客厅里又暖又闷。我用胳膊肘碰了碰弗兰克,说:"下周天气应该不错,我们去一趟医疗中心?"

"可以啊,"他耸耸肩,"想不到你竟然在我待过的监狱工作。那里现在怎么样?"

"现在意见比较大。"我说。

弗兰克一脸八卦相。

"颁布了禁烟令之后他们就很暴躁。"我说。

"禁什么?"

"去年整个监狱都禁烟了。庭院区也不例外。"

"我的天啊!"

"香烟成违禁品了。他们现在抽的是电子烟。"

"这叫什么事儿啊?就这样吧。我以后再也不进监狱了。他们真是狗胆包天!"

弗兰克小时候曾经逃票上火车,还成功避过乘务员验票,到肯特郡的桑威奇下车。他会去海边的自然保护区,坐在岸边,看太阳一点点落下。

弗兰克给我俩泡了那天下午的第六杯茶，然后回到客厅，把茶杯递给我。我吹着茶水冒出来的热气。他坐在我旁边的沙发扶手上，肘部碰到我的肩膀。我闻到他衣服上的香烟味。窗外，阳光正在金融区闪烁。

我又推了推弗兰克说："去桑威奇怎么样？"

"我小时候经常去那儿掏蛋。"

"掏蛋？"

"偷鸟蛋。我那时候会收集鸟蛋。我收集过一只绿松石色的乌鸦蛋，还有一只棕色带斑点的茶隼蛋。不过现在收集不了了。保护措施太多。"

"我们去桑威奇吧？可以一起去呼吸点儿新鲜空气。"我提议。

"好啊，等天晴了去吧。天晴的时候，你会看到天上和树上有无数种不同的鸟类。有翠鸟、布谷鸟和鱼鹰。"

"现在天气就不差。"我说。

"没错，但还是等天晴吧。"他回。

过了片刻，弗兰克讲起他十五岁时在一家少年犯教养院待过六个月，那家教养院当时以"3S"① 制度著称。我把马克杯放到咖啡桌上，等茶变凉。

"开饭的时候，你必须在牢房外立正站好，他们会点名，点完你要齐步走下去。"他说。

---

① 原文为 Short Sharp Shock，意为刑期短、纪律严和威慑力大。

他从沙发扶手上站起身，抿着嘴摆出严肃的表情，在客厅里非常滑稽地走起齐步。

"但我就这样走着下去。"他说。

他转身，脚搓着地，极其夸张地摇晃着走了几步，在蓬松的地毯上压出不少脚印。

他坐回沙发扶手，说："看守因为这个打了我的肚子。但第二天我还是这样，不走齐步。天天如此。他们每天都打我的肚子。"

他咧开嘴笑了。

"后来看守们换了策略。他们点到我的名，我就溜达下去。他们正常给我饭，但整个盘子铺满了盐。我只能用刀把盐全刮掉。但我每天仍然坚持不走齐步。他们坚持给我的餐盘上撒厚厚的一层盐。一周后，他们就把我关进了隔间。"

隔间就是隔离关押室。

我从咖啡桌上拿起我的马克杯，双手捂着。

他说："进了隔间就只能睡在混凝土台子上。看守每天早上来叫我，把我带到外面，再给我一把铁锹，让我挖一个两米多深的坑。下面的土又湿又黏。等一天快结束的时候，我还得把坑填上。第二天早上，他们还是把我叫醒，把我带到外面，让我做一样的事。挖坑，再把它填上。"

"你后来没拿铁锹削某个人的脑袋？肯定憋疯了吧。"我说。

"等看守早上再打开我的牢门时，我就从床上跳下来，给他一个灿烂的微笑，并且跟他说：'我喜欢挖坑。'"

"可你讨厌挖坑吧？"我疑惑。

"我只是经常装作喜欢。我喜欢挖坑。"

我感觉我跟他之间又隔了一堵墙。我把马克杯放回桌上,扭头望着弗兰克的眼睛。

"但你不喜欢挖坑,对吧?"我说。

他从沙发扶手上站起来,从耳后拿出卷好的香烟放进嘴里。"我喜欢啊,安迪。我只是经常装作喜欢。"

几天后,我换到一座高警备监狱。在教员休息室里,烹饪老师对我说,两天前出了一起安全事故,所以课上暂时不能用任何刀具、热水和大部分厨房器皿,以防有人把它们顺到辅楼里做武器用。烹饪老师也禁止自带食材,因为安保部门正在严厉打击员工走私毒品的行为。她跟我讲了早上如何在没有刀和洋葱的情况下,为学生表演切洋葱;指关节如何移到指尖前面,这样刀就不会切到自己。学生们模仿着做了动作,她在必要的时候予以纠正。有个学生甚至假装被洋葱味辣出眼泪。

第二天早上,我走进那座维多利亚式监狱,穿过那间恐怖的厕所,闻到了飘出来的尿臭味。我走进我的教室,看到白板上满是上周愤怒管理课的板书。"尊重""升级""愤怒"三个词全大写,并由红色箭头连接。我拿起板擦去擦这些字,但根本擦不掉。我加大力道,还是没有用。写这些字的人用的是永久性记号笔。

我探头望向走廊,看到了亚当森警官。我朝他挥手示意后,他便朝我走过来。他拿着一个超市售的培根生菜番茄三明治和一袋哈瑞宝果汁软糖。

"这里应该没有白板清洁剂,对吧?"我问。

"那类液体想带进来的话必须是未拆封的。"他说。

"那我试试热肥皂水吧。"

他盯着我,就像看一个外星人一样。"你想端着热水穿过这栋楼?"

"但我的白板上都是别人课上的板书。能去别的地方借一个吗?"

"如果我现在去给你的哲学课搜罗一个白板,我这边就要离岗——"

"我用纸写板书好了。"

"如果我离岗期间发生了什么事——"

他的对讲机响了,他把听筒凑近耳朵。我抓住这个机会抽身离开,回到我的教室关上了门。

我找到一张 A4 纸,画了一个人推着巨石上山,然后把这张纸放在椅子围成的圆圈中央。

走廊里,警官喊道:"自由活动。"一个叫古尔曼的学生最先来到教室。他二十几岁,进监狱之前是户外教练。他刚刮过胡子,很是精神。十分钟后,还是没有其他人来,因为监狱里最大的辅楼出了起事故,还没解禁。

"我们不能就这么开始吗?"古尔曼说。

"可是其他人来了我还要把讲过的再重复一遍。"我回。

"那可有的等了。"他说。他走到教室后面存放报纸杂志的桌旁,翻找最新的报纸。最终找到了两周前的。他翻看了四五页,把它扔回桌上。

几个月前,古尔曼让母亲给他寄一只钟表,放在牢房里用。结果她寄来的那只表的秒针不会嘀嘀嗒嗒走,而是一刻不停地、顺滑地转圈。古尔曼说他发现它"残酷无情"。没过几天,他就拿它置换了一袋饼干。

十分钟后,吉姆进来了。"有个傻瓜朝看守泼了一杯尿,"他说,"我们就只好延迟开门,等他们把他送到隔间,清理完现场。我他妈真是受够了这些逞英雄的人,一上午全毁了。"

萨尔瓦托拖着脚步进来,蓝色的眼睛看起来又红又肿。他挨着吉姆坐下。吉姆一脸的不乐意。

人到齐了。我坐到椅子围成的圈里,指着地板中央的那幅画,开始讲:"这是西西弗斯。他——"

"他们把我同屋的狱友带走了,"萨尔瓦托说,"把他关进了隔间。现在牢房里只剩我了。"

"有啥好抱怨的?我就喜欢自己独占一间。"吉姆说。

"他会灭蟑螂啊,"萨尔瓦托说,"昨天晚上,我老能感觉它们在我身上爬。一宿都没合眼。那些畜生到处都是。"

一个同学站到萨尔瓦托身后,挠他的耳朵。萨尔瓦托把他的手赶开,说:"饶了我吧。"声音听起来带着哭腔。"简直不敢相信我还要在这里待八个月!八个月啊!"

"你能不能试着稍微有点同理心，"吉姆说，"我们有些人要服十几年或二十几年的刑。你觉得我听到你抱怨你那八个月的刑期会是什么感受？"

四五个学生咕哝着表示同意。其中一个说："我才出狱九天就又被送回来了。"另一个说："我那些孩子过来看我需要坐三个小时火车，返程也要三个小时。你知道车票多贵吗？"

萨尔瓦托说："对不起。我不该抱怨，但——"

"我从来没说你不该抱怨。"吉姆打断他。

萨尔瓦托的脸色柔和下来。他似乎被吉姆的话鼓舞了。"我们在一条船上，我懂。只是有时——"

"你想怎么抱怨随你，"吉姆说，"别冲我抱怨就行。我每天醒来都挺开心的。明天，后天，我一样要开心。我不会让任何人破坏我的好心情。"

萨尔瓦托的脸绝望地皱了起来。"他们为什么不再给我安排一个狱友呢？我以为这鬼地方应该人满为患才对。"

"我以为你来这儿是为了回馈社会。"吉姆说着，嘴角漾起一抹笑意。

萨尔瓦托颓然地耷着肩膀，面如死灰。他很安静，不再大讲特讲那些自我救助的口号。他终于意识到他是在监狱。我从椅子上站起来，走到教室的一个角落，那里有我放的瓶装自来水和塑料杯。我倒了一杯水，递给萨尔瓦托，然后重新坐下。萨尔瓦托把杯子放在了椅子腿旁边的地上。

萨尔瓦托的另一边是埃米尔,二十一岁的年轻人。他有两个狮子文身,其中一个文在两条小臂上。"你要充分利用在这里的时间。"他说。接着,他像拳击手一样把拳头举到脸前面:"监狱就是我的训练场。"

"这里还有拳击课吗?"萨尔瓦托问。

所有人都笑了。

"监狱就是拳击台,"埃米尔说,"我遵循弗洛伊德·梅威瑟的三大法则:保持距离;用好刺拳;避免斗殴。"

萨尔瓦托一脸蒙。

"保持距离:我听人说话只听十五秒。如果他们谈话的内容消极,我就走开。用好刺拳:我的进出都干脆利落。拿到食物,回牢房;冲完澡,回牢房。我从不在廊道上闲逛,与其他人混在一起。我只自己待着。现在不是交朋友的时机,这里也不是交朋友的地方。避免斗殴:我从不涉入无聊的争斗。这儿的人把打架斗殴当娱乐,但不过是虚耗精力。我不想当暴徒。我是个勇士。"

"谢谢你,老兄,"萨尔瓦托说,"你觉得今天晚上之前,那些警官会给我安排个新狱友吗?"

"我什么也不觉得。我只要保持距离,用好刺拳,并且不参与斗殴。"

萨尔瓦托眨眨眼,脸上的焦虑更重了。

我坐在萨尔瓦托、吉姆、古尔曼、埃米尔及其他学生坐的椅子围成的圆圈里。我指着地板上那幅一个人推着巨石上山的画说:"这是西西弗斯。在冥界,众神让他把一块巨石推上山。当他把巨石推到山顶时,它又会滚下来。他必须下山,然后再把巨石推上去。但他到达山顶时,巨石又会滚落下来。"

学生们哄堂大笑。萨尔瓦托的表情更凝重了。

"他不得不回到山下,把巨石推到山顶,推到顶它又会滚下来,然后他又要下山,把它推到山顶,一遍又一遍。"

"我们也要做类似的事情,不过我们有工具。"布兰登说。他今年七十三岁,声音中有种苍老的鼻音,这是长年大量嗑药的缘故。"我十六岁的时候,他们以逃兵的名义把我关进了军事监狱。"他吸了口气继续说,"他们给我们发了这么大的黑色垃圾桶,我需要把桶上的黑漆全部磨掉,露出里面的钢铁,然后把钢铁磨光,直到拎起来能照出人脸为止。"他又吸了一口气。"如果看守觉得满意,就会给我们一罐黑漆,让我们再给桶上漆。"

"我倒更愿意做这个,"古尔曼说,"我以为进到监狱真的会受罚,结果只是整天坐在牢房里看电视。这个地方纯粹是浪费我的时间。"

布兰登看了看古尔曼。"你不喜欢看电视的话,不如把电视给我。"

"有一位叫加缪的哲学家说,西西弗斯是个英雄。"我说。

吉姆无精打采地看着我。

我接着讲:"西西弗斯活着的时候,是个反叛者。死神来给他戴手铐,想把他带到冥界,但西西弗斯用计把死神自己的两只手铐在了一起。后来,当死神终于把西西弗斯带走后,西西弗斯又用甜言蜜语说服冥后让他返回人世间一个下午。他承诺当晚会回到冥界,但他并没有回。诸神因而被冒犯,想压制他的反叛精神。所以他们罚他不断地把巨石推上山,直到永远。"

"他早就不是个英雄了,对吧?"吉姆说。

"加缪认为西西弗斯即便只能推巨石,也仍是个英雄。"我说。

"怎么会?"吉姆问。

"因为西西弗斯并不指望巨石会停留在山顶,他知道他一定会失败,但他还是把巨石推到了山顶。西西弗斯的英雄时刻,并不是在他到达山顶的时候——"

"而是在他往回走的时候。"埃米尔说。

"没错。西西弗斯决定要快乐地再把石头推上山。这是他对众神最大的反叛。他用本应使他感到空虚的东西来充实自己。"

"他这样怎么会快乐呢?"萨尔瓦托说,"他应该很生气才对。"

"西西弗斯没有生气。他是在反抗。"埃米尔说。

"生气。反抗。说明他还是不快乐。"萨尔瓦托说。

埃米尔挺直了肩膀。"如果他生气,就是说他还没有接受他的处境。如果不接受自己的处境,你就不可能快乐。反抗是指你接受你的处境,但你仍然要这么做。西西弗斯是快乐的,因为他在反抗。"

门开了。亚当森拿着一块白板走了进来。有警官在场,学生们都不再讲话。他把白板架设好,并确认了支架平稳,不会摇晃。

我发现，如果我找亚当森警官要东西，他都会断然拒绝，但我让他详细说明拒绝的原因后，他就会在晚些时候回来，把我想要的东西给我，虽然这时候没有那东西也能上课。

"谢谢你。"我说。他没有点头就离开了。

二十分钟后，埃米尔在记事本上勾勒了一幅西西弗斯推巨石的画。萨尔瓦托双手搓着脸，像在打磨它一样，但他还是没碰那杯水。

"如果西西弗斯说'他妈的，我再也不想推这块破石头了'会怎样？"吉姆问。

"众神会把他降为基本状态。"布兰登说。

"如果西西弗斯可以在推石头和无所事事中选一个的话，我猜他会选推石头。"古尔曼说。

"西西弗斯只要期待这件事结束就行。"萨尔瓦托说。

我接道："加缪说如果西西弗斯开始期待这件事结束，他就无法再面对他所背负的任务。"

"因为如果西西弗斯有期待，心里就会有疑惑，"埃米尔说，"那他就不会对自己的反抗深信不疑。如果他期待巨石停在山顶，那么当他到达山顶时，就会感到欣喜若狂，但当他看到巨石滚回山下时，就会感到沮丧。正是因为没有期待，他才能开开心心地走下山。因为他不去期待，所以才能不断自我实现。"

萨尔瓦托垂下眼帘。眼睫毛被流淌出的泪珠润湿。埃米尔把视线从他身上挪开。

我指着圆心处的画,问道:"如果西西弗斯跟你们说他很快乐,你们相信吗?"

萨尔瓦托说:"我可以想象巨石从山上滚下来时,西西弗斯对旁边山上推着巨石的人喊道:'他妈的太惨了,是吧?加缪还到处跟人说我很快乐。'"

其他人的目光纷纷投向别处。古尔曼听到萨尔瓦托声音中崩溃的情绪时,强忍住没笑。吉姆对萨尔瓦托的绝望则露出了明显的厌烦。

我指了指萨尔瓦托椅子旁边的水杯。

"喝水,萨尔瓦托。你现在必须把自己照顾好。"我说。

一个月后,在外婆家,我到厕所小便。马桶的瓷面光洁白净,还散发出柠檬消毒剂的香味。

小便完,我回到客厅,挨着舅舅在沙发上坐下。他的肚子把T恤撑得鼓鼓的。他正在看一部叫《荒野猎人》(*The Revenant*)的影片。影片讲述了一个人在冰雪荒原上独自求生的故事。电视屏幕上,莱昂纳多·迪卡普里奥将一匹死马开膛破肚,躲进马肚子里睡觉。弗兰克的脸上挂着温和的笑容。

我问他:"你待过的那个少年犯教养院,就是让你挖坑的那个——你是一直在反抗吗?你是否曾希望它尽快结束?"

他把目光从屏幕上移开,转脸跟我说:"是这样的,安迪,你特别讨厌它,那说明你同时热爱它。工作安排得太满,所以你也必须付出全副精力,根本没有时间想别的可能性。"

"那你回到自己的牢房后呢?如果没有警官在场,你不需要假装喜欢的话,又是什么感觉呢?"

"我睡得很沉,毕竟挖了一天的坑。"

"那你醒来之后呢?你在一个混凝土牢里啊。"

"看守来把我叫醒。而我会跳下床跟他们说:'开始干吧。'"

他眼睛又盯着屏幕。

今天是个晴天,但现在天渐渐阴了。我和弗兰克没去海边,而是坐在沙发上看电视。他穿着运动长裤、人字拖,喝着茶,抽着手卷香烟。

影片中间插播了一段广告。弗兰克又扭头看向我。"不过我只在隔间里待了一周。后来他们把我送回主楼层,开饭时候叫到我时,我还是不肯齐步走,于是他们又往我餐盘上撒盐。但我还是不肯走齐步。"

"你真的喜欢挖坑吗?"

"然后,有一天我溜达下去,他们把饭递给我,餐盘上一点儿盐都没撒。"

"你赢得了他们的尊重。"

"他们放弃我了。那家伙把餐盘递给我,我转身问看守:'你开玩笑吧!我他妈的盐呢?'"

时间

我在跟你开玩笑!没有更好的办法在等待的时候消磨时间。玩笑催时间走快些。

约翰·伯格

从二十五年前我第一次去监狱探望哥哥到现在,监狱人数翻了一番,但牢房数量却没有同步增多,于是单人牢房里引进了上下铺。本来要放两张单人床的牢房变成了三人间。犯人数量增加主要是判罚过往罪行和刑期延长的结果。

几个月前,课上有个叫卢克斯的学生,三十五岁左右,一头浅金色的头发,头发经常挡眼睛,他要不停地把它们拨到一边。他有过几次去监狱理发厅剪发的预约机会,但从来不愿意去。他可以很自信地说出我们课上使用的古希腊术语,但几乎从不接受我的发言邀请。大部分课上,他就坐在一张桌前,往横格纸上抄写《圣经》中的某些选段。厚厚一沓纸,上面全是他难以辨认的字迹。一个多月后,他又抄起了《古兰经》。

有一周,他在我课上抄写《妙法莲华经》。我笑着说:"抄这个要用掉你整个记事本了。佛教典籍很多,能填满一个小图书馆呢!"卢克斯并没有笑。他仍然一只手按着书页,另一只手不停地在纸上抄写。

下课时，另一个学生告诉我，卢克斯服的是不定期刑。我懂他为什么不笑了。

因公共保护而被监禁的人有一个最低刑期，比如说五年，但国家具有特许权力将其关押 99 年。五年服刑期满后，犯人可以向假释委员会申请获释。如果被委员会否决，他就必须待在监狱，两年后再试。不定期刑出台于 2005 年，意在惩罚最恶劣的犯人。政府原本计划宣判 200～300 个不定期刑，但实际上判了 8000 多个。一些人因入店行窃、偷盗手机或不足二十英镑的刑事损害而被判处不定期刑。2012 年，不定期刑被废止，但废止并不溯及以往。所以，像卢克斯这类犯人不知道自己还要在监狱里待多久。

在古希腊神话中，宙斯想对自己的父亲克罗诺斯施以最疯狂的惩罚，所以他让克罗诺斯一秒一秒，一分一分，一小时一小时，永不停歇地数时间，直到永恒。不定期刑就是法律上的克罗诺斯酷刑。2007 年，一个名叫肖恩·斯托顿的十九岁男孩被判处两年半的最低刑期和九十九年的不定期刑。十年后，他在牢房里上吊自杀了。

卢克斯带着《妙法莲华经》继续上了几个月的课。他一直不怎么说话，我也不想逼迫他。我只是照常上课，目光偶尔瞥过去，确保他还在抄写那些玄奥经书的段落。

讲完西西弗斯那堂课的后一周，我来到一座低警备监狱，在廊道中跟一名头发花白的安保警员戴维斯聊天。戴维斯跟楼层里的大部分犯人关系都很好。我碰到过一名即将出狱的学生，在我的课上给他写了两页的信。信中说："谢谢你看到了我身上的潜力。谢谢你保障了我的安全。"他用钢笔把"你"这个字描了五六遍。

戴维斯说："G辅楼的斯金纳有一天跟我提起你的课，拿那些我们如何知道自己是否自由的问题来问我，把我搞糊涂了，真的。我想去你的课上听十分钟，想听听他们对这个世界的看法。"

他说到一个叫弗雷德里克的犯人，两个月前去参加了听证会，结果刑期还延长了。自那时起，他就不愿意再参与监狱提供的任何课程、零工和活动。戴维斯说："我有点担心他。他太安静了。我想给他报你的课程。我不确定他的参与度有多高，但老实说，只要他能从牢房走到教室，就是好迹象。"

下一周，弗雷德里克来上课了。他的一只眼睛半闭着，那是十年前十几岁的他在监狱楼层里打架的结果。他穿的polo衫褪色但笔挺，纽扣扣到最上面，似乎是为了抵御接下来要面临的任何无礼的举动。右臂肘部以上，文了一条一条的标记，一直延伸到短袖下方。我问他这些是什么意思。他把衣袖卷到肩部。一共四十六个标记。是几年前，他服完四十六个月刑期刚出狱时文的。

我开始上课。这节课讲芝诺的箭矢悖论。"芝诺说，箭矢到达目标之前，必须先走过到目标的一半距离。然后，要走完剩余的距离，箭矢必须先走完剩余距离的一半。之后，它就必须走完此时剩余距离的一半。"

学生们嘟囔起来。

"即使它离目标仅剩一毫米,它也必须在到达之前先走半毫米,然后再走半毫米的一半,然后是剩下的一半,之后又是剩下的一半。芝诺说,箭矢永远无法射中目标。无论多么接近,它都要走剩余距离的一半。"

他们讨论起这个悖论。大部分人觉得它是诡辩。他们七嘴八舌地说:"但它会射中目标的。""在现实里能射中。""它肯定会非常靠近目标,然后再靠近一些,射中目标。它会射中的。"

他们看起来很烦躁,都不在状态,所以我让他们课间休息十五分钟。他们去走廊上抽电子烟。我走过去站在他们中间。这时,我注意到弗雷德里克的左臂短袖下也露出了一些标记。他发现我在看,于是卷起了袖子。这边大概只有二十几条伤疤。

"这次又进来后,我开始标记刑期,"他说,"每个月加一条标记。但我后来看到胳膊上未标记的皮肤那么多,就感到很沮丧。于是我开始每个星期加一条。感觉更丧。最后就放弃了。"

* * *

我的朋友戴维·布雷克斯皮尔在监狱里待过许多年。他十几岁时,会和伙伴们报警告发自己,然后挂上电话逃窜。二十几岁时,监狱就像他的家一样。最近,他跟我说:"人们会告诫我:'如果不能忍受刑期,就别犯事儿。'但我想获得刑期。犯罪也是一种消磨人生的方法。惩罚就是犯罪的犒赏。"我问他之前在监狱里是如何消磨时光的。"晚上出去玩。"他说。"晚上出去玩"

是嗑药的委婉说法。下午五点,看守会把他关起来过夜,他就趁这时候吸食些毒品,然后进入一个没有时间的世界。醒来后,他开始猛灌水喝。他知道,如果要求做尿检,监狱就会发现他体内有毒品,那么刑期就要延长三十天。"晚上出去玩"是一场赌博,可以消磨时间,但也可能导致刑期延长。一般来说,吸食毒品后七十二小时内,尿检都会有显示,但戴维会灌下大量的水,确保每二十分钟尿一次——这样在第二天中午十二点前就能把体内的毒品冲刷干净,屡试不爽。

戴维最后一次出狱已将近五十岁了,最近五年,他积极地奔走活动,促进监狱改革。如今,他的日常生活与在监狱时别无二致。在家里,他按照时间规划表起床、睡觉、进食、午睡。"但我再也不用'晚上出去玩'了,"他说,"要忙的项目实在太多,恨不得每天能多几个小时。"

周末,我坐在家里的书桌前,在笔记本电脑上寻找教学灵感。我看到一篇文章,说20世纪60年代,加利福尼亚州的圣昆丁州立监狱演过萨缪尔·贝克特的戏剧《等待戈多》。演出地点是一座拳击台,那里原是绞刑架下面的活板门。

我二十岁出头的时候,曾买过萨缪尔·贝克特两部戏剧的票——《克拉普的最后碟带》(*Krapp's Last Tape*)和《不是我》(*Not I*)——演出时间间隔一个月。当时十分激动,因为那是我第一次体验伟大的贝克特剧。我来到剧场,找到自己的位子坐下,准备观看《克拉普的最后碟带》。灯暗下去,我看到一个老人在昏暗的房间听自己的录音，接着又录了更多自己的声音。然后戏剧就结束了。我松了口气，离开剧院，去了距那儿几家之遥的意大利餐厅，吃了一块提拉米苏。一个月后，到该去看《不是我》的那天，我下班回家，打开了电视机。我听说，《不是我》在一个黑漆漆的舞台上表演，唯一亮堂的是女演员的嘴。那张嘴以迅疾的速度讲着凌乱而混沌的话。几个小时后，该出发去剧院时，电视上开始连播《老友记》。我拿起电话，点了一份玛格丽特比萨外卖。

　　笔记本电脑前，我往下滑着鼠标滚轮，继续读那篇文章。作者谈到瑞克·克鲁奇，后者在圣昆丁监狱服刑的时候认识了贝克特。出狱后，克鲁奇和那位剧作家成了朋友，还在贝克特的指导下出演了《等待戈多》。研究贝克特的学者兰斯·杜尔法德称克鲁奇"能够渗入贝克特的角色，那是演艺学院出来的人做梦都难以企及的高度"。

　　我抬起头，目光越过电脑，凝望着不远处。现在应该是某个免费频道播放怀旧老剧《辛普森一家》的时间了。

　　我又看向屏幕，想集中精神。接着，我下载了一份《等待戈多》的文本，做了些笔记。

　　两天后，我来到教室。第一个来的学生叫瑞格。他有一张窄窄的脸和两撇长长的小胡子，胡子梢向上翘起。今天，他手里多拿了一件T恤。他瘫在椅子里，然后把那件T恤盖在脸上。

　　"你还好吗，瑞格？"我问。

他把 T 恤半掀起来，蒙在头上，仿佛裹了一条头巾，然后开口反问："我们昨天有课吗？"

"昨天是周日。"我说。

"有个鬼跟我聊了一整晚。我几乎没睡。"

"那他不怎么体谅别人啊。"

瑞格抓住 T 恤，把胳膊肘向上打开。"其实，他还挺可爱的。"

"是个女鬼吗？"我问。

"这是个男性监狱。"瑞格回。

"他被关在鬼魂监狱吗？"

瑞格"啧啧"了两声。"我的牢房正好在以前的绞刑架边上。"

"可以经常见到邻居呢。"我说。

"我能感觉到，他是个不错的家伙。"

"不知道他为什么被绞死。"

"我也不想问。"瑞格把 T 恤放下盖到脸上，抱起了双臂。

过了一会儿，韦恩进来了。他服的是不定期刑。被判的最低刑期是六年，不过那已经是十三年前的事了。四个月前被转到这个监狱之前，他在原来的监狱参加了时尚课，因为可以出牢房。他每节课都缝同一条裤子，但在下课前二十分钟，他又把一些针脚拆掉，因为这样就有理由继续上课。但转狱通知来得太突然，他还没来得及把裤子缝完。原来监狱的时尚老师就把那条裤子装进信封，寄了过来。他上周收到了。

韦恩没有就座，而是站在他的椅子后面问我："你多大了？"

"三十二。"我回。

"你他妈怎么才三十二？我都三十八了！"

韦恩看了看头上蒙着 T 恤的瑞格，又看向我。

"他狱友太能聊。"我说。

"我狱友是个白痴，"韦恩说，"他只是因为无家可归，想在冬天有地方睡才进监狱的。昨晚他开始长吁短叹，因为他收到通知说他表现较好，十二月份就可以出狱。他知道我是不定期刑，还不停地叫唤说自己不想走。"

瑞格把 T 恤从脸上掀起。"你不会想服不定期刑的。有这种刑罚之后，我都不再暴力犯罪了。太恐怖了。"

"我他妈就是不定期刑。"韦恩说。

"哦，你牛。"瑞格又放下 T 恤，盖住了脸。

过了一会儿，维姆来了。他是荷兰人，四十岁出头，过去九个月成功戒掉了毒瘾。他长发飘飘，看起来比监狱发的身份证上的照片年轻了十岁。他看到瑞格的样子，惊奇地又看了一遍。"我们是在阿布格莱布监狱吗？"

"有人叨扰得他整晚没睡。"我说。

"上周，他们把一个十九岁的小年轻关到我牢房里过了一晚，"维姆说，"他第二天一早就会被保释出狱，但还是忍不了。他一直不睡，每隔十分钟就按蜂鸣器问看守：'你知道我明早要上法庭的吧？'过二十分钟，又按，'你确定我在明天去法庭的人员名单里吧？不要忘了啊！'后来他终于睡着了。我却火冒三丈,睡不着了。我不断想象着自己冲他咆哮,让他不要浪费生命。"

维姆走到瑞格的椅子旁边,问:"你和谁住一间啊,瑞格?"

"我住的单间。"瑞格的回答从T恤下面闷声传来。

维姆挠了挠头。他嘴唇嚅动着,似乎要说什么,却沉默着坐下了。

最后几个学生进来,在圆圈里找了位子坐下。安德鲁最后进教室。他三十岁出头,是英属牙买加人,戴着眼镜,眼镜腿上缠着透明胶带。我上次跟他说话是在十四天前。在这十四天里,他出狱又入狱。我都没注意到他什么时候不在。

"我又进来了,好生自己的气啊。"他说。

"是很难受。这次待多久?"我问。

"十个月,"他叹了口气,"但我希望时间快点过去。进监狱就是这一点奇怪。从被判刑的那一刻起,你会意识到时间多么宝贵,因为想要出狱,所以会开始祈祷时间快点过去。"

安德鲁坐下来。我关上了教室门。

"剧作家萨缪尔·贝克特住在巴黎,家对面是一座监狱,"我讲道,"他从窗口能看到监狱围墙内的情况。于是,他站在阳台上,拿着手电筒和镜子跟牢房里的犯人交流。"

"他是个毒贩子吗?"维姆问。

"他写了一出戏,讲了两个分别叫狄狄和戈戈的老人,穿着破破烂烂的衣裳,站在一棵枯树边。他们在等待一个叫戈多的人。

他们等了整整一天。在太阳快要落山的时候,一个孩子来告诉他们,戈多先生今天不会来了,但明天会来。太阳下山了,狄狄和戈戈继续等着。"

瑞格调整了一下盖在头上的 T 恤,以防它滑下去。

"第二天,狄狄和戈戈又等了一天。在夜幕要降临时,那个孩子又来跟他们说,戈多先生今天不会来了,但明天一定来。狄狄跟孩子说他昨天说过同样的话,但孩子说他昨天没来,那一定是他兄弟说的。然后孩子就走了。戈戈说:'我不能这么等下去了。''那只是你的想法。'狄狄说。"

韦恩眯着眼睛看向我。

我接着讲:"时间不断流逝。狄狄和戈戈急切地想要分散注意力。在整部剧里,他们经常问对方'我们现在做什么呢?','接下来做什么?',以及'等待的时候应该做点什么?'。"

"那他们做了什么?"安德鲁问。

"他们尝试了很多事情。有一次,他们为了消磨时间,还打了一架。"我说。

"我隔壁牢房的两个人昨晚真的打了一架,"维姆说,"看守不得不把他俩分开。只因为一个人想看 BBC,另一个人想看 ITV。"

安德鲁说:"你知道吗,刚进监狱的时候,你看到牢房里有电视,会想'有救了'。但现在,电视里就是些重复的东西而已。"

安德鲁开始讲昨晚看的那集《东区人》(*EastEnders*),里面有两个人在打斗。维姆和他聊起来。还有几个学生聊起了《辛普森一家》和《爱之岛》(Love Island)。我举起一只手，想唤回他们的注意力。他们看到了，但几乎所有人都在讨论电视剧。于是，我把手放下，靠进椅子里，等他们讨论结束。他们还谈到了《圣橡镇少年》(Hollyoaks)、《恶搞之家》(Family Guy)和一部叫《深入全球最难熬的监狱》(Inside the World's Toughest Prisons)的系列纪录片。

我在椅子里靠了三四分钟，等这场关于电视剧的讨论结束。他们讨论完之后，我直起身，继续讲《等待戈多》。"狄狄和戈戈想用睡觉来消磨时间。但当另一个人开始做梦，他们又厌恶起这种方法。"

"睡觉是最漫长的服刑方法。就像在水下服刑一样。"维姆说。

瑞格半掀起他的T恤说："我昨晚都没合眼呢。"

"狄狄和戈戈为什么不离开呢？"韦恩问。

"有一次，他们说好了离开，但说完还是站在原处。"我说。

"戈多到底是什么？"韦恩又问。

"狄狄和戈戈也不知道戈多是什么。他们试着回忆戈多要见他们的理由，但想不起来。他们大概想到戈多说他只能提出'不那么确定的事情'，他'不能做任何承诺'。"

"所以这只是个恶作剧。戈多什么也不是。"

"我们都在等待，"维姆说，"等待上帝或死亡。有感而发。"

"你觉得你的认识很深刻，维姆，但我敢说并不是这样，"

韦恩说,"戈多就像恐怖电影里的怪物。你看不到它,只能感觉到它,所以总是惧怕它。恐怖片制作人都精于此道,但这并不深奥。贝克特只是想跟你开个玩笑。"

"也许,我们甚至不知道你在等待什么,你只是在等待那个能使我们一直在等待的原因变得有意义的东西。"维姆说。

"这话听着挺深奥,但我听不懂你在说什么。"韦恩说。

维姆用手捋了捋头发。"我在乞讨时,最坏的事就是失去耐心。如果你发脾气或者说风凉话,就讨不到钱。不管你被拒绝多少次,你还是要继续下去。"

韦恩露出嘲弄的笑容,摇了摇头。

我接着讲:"狄狄试着讲笑话来消磨时间。但刚要讲到好笑的地方,却要去小便,因为他的前列腺有点问题。后来,狄狄又想为一条死去的狗唱首歌,却总是忘记歌词。他们尝试的每一件事要么失败,要么适得其反,要么迅速放弃。"

"他们可以告诉自己,如果想了结,可以选择自杀,"韦恩说,"我并不是说他们应该自杀,只是说知道有这种选择,事情就会简单许多。"

我回道:"在这部剧的最后,他们拉扯着戈戈的腰带两端,想看它是否结实到能用来上吊。结果腰带断了,两个人差点摔倒。戈戈的裤子掉到了脚踝上,全剧终。"

韦恩张大了鼻孔:"贝克特这是想搞我们啊。"

我问他们:"狄狄和戈戈应该如何等待戈多呢?"

"也许戈多还是会来的,只不过他说的是 BPT——黑人时间(black people time)。"安德鲁说。

有几个黑人学生笑了。

安德鲁一边说话,一边摇晃眼镜。"如果一个黑人跟你说十二点见面,那意思就是他大概会一点半出门,就这他还是提前了一个小时。我想这就是为什么他们能把我们这么多人关进监狱,而我们还不反抗的原因。老实说,狄狄和戈戈应该试试去牙买加等待戈多。"

瑞格仍然瘫在椅子里,头上盖着 T 恤。韦恩越来越烦躁。

维姆把挡眼睛的头发拨开,说:"如果狄狄和戈戈老是跑到路上去看戈多来没来,他们会发疯的。但如果他们试着不再想戈多,同样也会发疯。就像让你不要想粉色的大象一样。所以他们不应该想他,也不应该拒绝想他。"

"这要怎么做到?"韦恩问。

"转移注意力。"

"这不还是拒绝想他。"韦恩一边说,一边向前龇着下排牙。

"拒绝想戈多,说明戈多总是盘踞在他们心中。转移注意力是要让他们在某种程度上忘记他。就像我在这里的经历一样。我想填一份工作申请表,过了几周,我逢警官就问,想催一下进展。昨天我想要个回复,但总是要等到明天才等来我不想要的结果。如果我不转移注意力,还想着申请表,就会把自己逼疯。"

"狄狄和戈戈没有什么可转移注意力的东西。"韦恩说。

"他们可以叫那个小孩明天来的时候弄一盎司（毒品）。"维姆说。

教室里所有人都笑了。

"我要把狄狄和戈戈揍得屁滚尿流。"韦恩说。

"没错，问题就在狄狄和戈戈，"维姆说，"如果我在那里等，我会远离他们，自己待着。他们的恐慌和抱怨只会让我丧气。你只要保持自己头脑清醒、能掌控时间，不要像那两人。时间已经控制了他们。"

"狄狄和戈戈要怎样掌控时间呢？"我问。

维姆说："狄狄和戈戈醒来后，应该努力撑到中午。到中午，他们应该再努力熬到傍晚，再努力坚持到晚上。如果不行，那就试着坚持一小时或二十分钟。或两分钟。"

韦恩皱起了脸。"然后那个小孩过来，告诉他们把今天的事再重复一遍。我最讨厌监狱的地方就是，每次我问看守要个什么东西，他们总是说明天再问。第二天我再问，他们又不在。不是去度假就是在轮休。我希望他们不要骗我。如果要骗我，不如直接拒绝我，拒绝我还好受点。"

我问韦恩："你觉得狄狄和戈戈应该对那个小孩说什么？"

"忽略他。"韦恩答。

维姆伸展了一下双臂。安德鲁问旁边的人现在几点。教室里的活跃气氛正在消散。瑞格拽下头上的T恤，打着哈欠问："我们还在讨论那俩乞丐吗?"

"在讨论狄狄和戈戈应该怎样等待。"维姆说。

"要看那个家伙什么时候来。"瑞格说。

"他们不知道。"韦恩说。

"他们肯定知道。不然为什么还要等?"瑞格说。

"他们确实不知道他什么时候来。"韦恩说。

"好吧,那他们要搞清楚他来的时间。"

"大高个儿,你没在听啊。他们根本没法弄清楚。这就是这个故事的核心要义。"

"这一段我睡过去了。"

"那你还来发表意见干吗?"韦恩说。

"他们一定要搞清楚他什么时候来,"瑞格说,"不要放任不确定性。如果他不来,走就是了。"

"你还是接着睡吧。"韦恩说。他起身走出教室,摔门而去。

我们面面相觑。维姆做了个鬼脸。

"他们应该直接跟踪那个小孩,肯定能找到戈多。"瑞格说。

我让学生们自由讨论一会儿。然后起身,透过门上的玻璃往外看。韦恩在走廊上来来回回地踱步。他在低声自言自语。在我身后,安德鲁和维姆又聊起了《爱之岛》。有人提到《龙穴之创业投资》(Dragons'Den)。教室里的声音顿时变大。每个人都在聊电视节目。

疯狂

  因为你们要知道，亲爱的，我们每个人都应该对世上一切人和一切事物负责，这一点是毫无疑义的，这不但是因为大家都参与了整个世界的罪恶，也是因为个人本来就应当为世上的一切人和每一个人负责。

陀思妥耶夫斯基

  过去两个月，我总是担心我会把自己住的房子烧掉。大多数早晨，我走出大门，走到街道尽头，就会疑心自己没关厨灶。我跟自己说走的时候把厨灶关了，但又想，万一我下班回家看到楼栋一片火海，消防队正在忙着灭火怎么办？甚至我还想象了室友烧焦的尸体被装进拉链袋运走的样子。

  我跑回家，确定炉子已关。有时候我得再回去一趟，确定前一次检查无误。即便当天早上我并没有用炉子，脑海里的刽子手也会说我一定有哪里做得不妥。心里的担忧太重，我还是必须折回去，确保没有不妥之处。

  后来为了节省时间，我出门前都会拍下厨灶的照片。等我走到街道尽头开始担心灶火没关时，就可以看看手机，确保没有问题。有时候，看照片会让我放心，也能让脑海里的刽子手安静下来。但另一些时候却无法驱走那种忧虑。好像这种罪责是由内生长的，并不需要任何缘由。这种感觉朦朦胧胧，仿佛一团毒气，要令我窒息。

三个月前，一个美丽的夏日，我和二十年的老友约翰尼乘着窄船顺河而下。每次看到河边斜倚过来的垂柳，我们就驾船穿过它垂下的枝条。每次柳叶扫过头顶，我们都会咯咯地笑。昨晚，我拿出手机想回顾那天的照片，却发现得先滑过相册里将近六十张炉子的照片，才能看到那条河。

今天，我在教室等候一群弱势囚犯——和其他囚犯在一起可能会被打爆头的那些人。很多弱势囚犯因为性犯罪入狱，但有些被关到辅楼是因为他们欠了毒债或可能被监狱普通囚犯团伙伤害。教室有开向廊道的窗户，装着钢化玻璃。安保警员告诉我，上课时需要全程锁门。如果有些普通囚犯进来，可能会上演"大屠杀"。但百叶窗要拉上去，因为这样警卫可以留意教室里的情况，以防弱势囚犯互殴。

一共来了七名弱势囚犯，由两名警卫护送。学生们进到教室，分成两组坐到了教室的两端。左边那组平均比右边的要年轻三十岁。辅楼里住的弱势囚犯大都是青少年或二十岁出头的年轻人。剩下的人则大都在五六十岁。

警卫走出教室，把身后的门锁了。

阿什和德文坐在一起。阿什进来之前是地理教授。他比我大三十岁，受的教育是我的两倍。他穿着一件红蓝格子长袖衬衫，我很容易想象他穿成这样在教室的样子。六月，我有一次去他的牢房送阅读材料，看到他床边还放着一张圣诞贺卡。

德文穿了一双魔术贴鞋，T恤前面印着一棵棕榈树和日落图。他四十岁，但目不识丁。我觉得他患有某种不明的学习障碍。上周，有些学生谈到土星。德文满脸困惑。他以为土星就是月亮。当他们跟他说土星和月亮不是一个东西时，他对他们生起气来，因为他觉得这些人在捉弄他。今天，德文带了一封律师函到教室，阿什正在帮他读。阿什试着教他读一个单词。"Sss…"他眯眼看着信，"Sss-u-lisss-itt-or."

教室另一边，有几个人假装咳嗽，其中一人说"强奸犯"。坐在他身边的年轻人笑了起来。这个年轻人的名字叫埃多。埃多今年十九岁，他跟大家说他是毒品犯罪进来的，因为原辅楼的口角之争才被转到弱势囚犯辅楼，但其实他入狱的原因是性犯罪。

六名正被送回牢房的犯人从窗外经过。有一个人敲着玻璃大喊："该死的强奸犯。"埃多从椅子里向前弯下腰，解开鞋带重新系好，这个过程中始终埋着脸。等那些人都过去了，他才再次坐直身子。

他们都看向我，等着我开始上课。如果是普通囚犯，我要花很多时间才能让他们停下聊天并集中精神，但这些人并不喜欢攀谈。

我开始讲："《圣经》里有一个故事，耶稣到圣殿去，发现那里被放债人占据。他用绳索做成鞭子,把他们赶了出去。他还把他们的桌子扔出去,跟他们说'不要使我父的殿变成买卖之地'。"

"我记得原句是:'不要使我父的殿成为贼窝。'"阿什说。

"抱歉,阿什。是'贼窝'。"我回。

"耶稣为什么要把桌子都扔出去?"德文问。

"因为他很生气。"阿什说。

"为什么?"德文又问。

"因为他们在圣殿里做生意,但圣殿是一处神圣之地。"阿什说。

"'神圣'是什么意思?"

"神圣就是说某件事物很特别,永远不该被破坏。"

"呕!"阿尔菲说,同时嘴巴做恶心状。阿尔菲是因为毒债转到弱势囚犯辅楼的,今年大概十九岁。

我试着将话题引向圣殿净化,但学生们一直在唇枪舌剑。上课没几分钟,我就感到筋疲力尽。

班上有一个学生叫路易斯,长相酷似我第一任女友的父亲。他是二手车推销员,两只手都戴着金戒指,全身晒得黝黑。每次我看到路易斯,都会瞬间被他与众不同的黑肤色惊到。路易斯不喜欢阿什,从第一次课就不喜欢。当时阿什说:"我上过寄宿学校,所以懂得如何在监狱生存。"路易斯反驳道:"我在一座福利院长大,我才知道怎么在监狱里活下去。"

我努力让课堂回到正轨。"耶稣把放债人赶出了圣殿。还有哪些地方不应该让市场染指呢？在加利福尼亚，监狱里的囚犯可以花 82 美元住一晚豪华牢房。在网上，你可以雇一个职业道歉师，替你写一封'道歉'信。"

"钱能解决一切问题。"路易斯说。

阿什摇了摇头。

路易斯说："有些人跟我犯了一样的事，但他们没有进监狱，因为他们可以用钱来摆平，逃脱法律的制裁。"

"但那并没有解决问题。"阿什说。

路易斯从椅子里往前探身说："富人活得久，因为人家吃得好。"

"那和钱也没有关系。麦当劳比新鲜的水果蔬菜贵多了。"阿什说。

"你不懂贫穷。"

"人要学会控制自己。"

路易斯从椅子里站起来，关上了百叶窗。我走到窗户边，准备把百叶窗重新打开。

"他们允许我们关百叶窗。"路易斯说。

"警官说必须一直开着。"我说。

"反正一半看守都不是好鸟！"路易斯说。

我打开了百叶窗。

在接下来的半个小时里，我在讨论中不断增加新思路，保持课堂节奏，这样他们就少有机会斗嘴。我讲道："美国有一家颇有争议的慈善组织。它会付 300 美元给有毒瘾的女性去戒毒。"

"不需要先征得同意吗？"阿什问。

埃多用肘部碰了碰阿尔菲。两人笑起来。

"你们笑什么？"德文问。

"他们没笑什么，德文。不要管他们。"阿什说。

一周后，我拍了厨灶的照片，便离开家去往监狱。走到半路，我有种不祥的感觉。于是我拿出手机，看今天拍的炉子，但照片并没有让我安心。刽子手提醒我即使现在没出什么差错，很快也会出了。我无力改变这种状态。反抗太迟了。最好的做法就是默默忍受。

一个小时后，我来到教室，打开了百叶窗。教室里有三排桌子。我把背包丢在地上，把桌子推到靠墙的位置，又在教室中间摆了一圈椅子。一名警官进来对我说，哲学课换教室了。桌子摆成排是因为这间教室要改成电话呼叫中心，给犯人们积累工作经验。他们向外打电脑语言合成的电话，请接听人参与市场调查问卷。一天的报酬大约是 3 英镑。

我拎起包朝门口走去。

"走之前，"警官说，"请你把桌子摆回原位。"

我把桌子挪回去，锁上门，穿过监狱来到我的新教室。走廊的墙上展示着四五十幅肖像照。照片上是一些对出狱生活现身说法的前囚犯，监狱每月邀请一批。这些曾因毒品交易、持械抢劫、团伙犯罪或谋杀而进监狱的人，讲述了他们如何成为马拉松运动员、获奖艺术家、商业企业家、青年中心工作人员、大学讲师或书籍作者。在他们的励志事迹鼓舞下，相信在押囚犯也能够将恶习变成美德。但这些肖像照中没有一个是性犯罪者。

我来到一扇安全门前，进入办公室登记。一名将近六十岁的警官倚靠在椅子里，端着一杯茶。他是个干练的约克郡人，名叫斯泰尔斯。另一名年纪和我相仿的警官正在一张桌前整理文书。我打开登记簿。

"你是医务人员吗？"斯泰尔斯问。

"我给弱势囚犯上哲学课。"我回。

"哲学？给那些人？那些人就是牲畜。"他说。

我做了个鬼脸。我想象着在一间牢房里，掌管房门钥匙的人认为你是牲畜，该是什么感觉。我想象自己被锁在这样一间牢房里。而刽子手告诉我这就是我该去的地方。

年轻一点儿的警官开口说："那我们要怎么做，只给他们面包和水？"

"你会让他们给你看小孩吗？会吗？"斯泰尔斯说。

"不是一码事。我们还是要照顾他们。"年轻警官说。

我在登记簿上填写了姓名和详细信息，留下两名警官继续争辩。

我走到教室，打开百叶窗，等着学生来上课。十五分钟后，有几拨人走过窗前。他们是普通囚犯。只有等他们全部转到要去的地方并被锁好之后,警官才会放出弱势囚犯,把他们带过来。这两个囚犯群体不能同时穿过廊道,同理,弱势囚犯回牢房的时间也比另一个群体早一些。

我把白板擦干净。白板笔放在桌上,按红、黑、绿、蓝的颜色排列。我将它们的顺序调整为黑、蓝、红、绿。继续等待。

* * *

十几岁时,我内心深处知道我脑中的刽子手是荒谬的,我努力告诉自己什么也没做错。但就在那时,《世界新闻》刊登了已定罪的恋童癖者的姓名、照片和疑似住址。不久,某个被报纸点名的人的公寓外面便聚集了150人闹事。他们用石头砸他的窗户,掀翻了一辆车并纵火将其焚毁。他们还丢砖头砸了一名警察的脸。在英格兰的其他地方,被报纸点名的人也遭到了攻击。有些是恋童癖者,有些只是同名同姓而已。我换电视频道的时候看到自发治安队在一位儿科医生的房子外面涂了"恋童癖"这个词,顿感焦虑不安。知道脑海里的刽子手即便荒谬也无济于事;电视告诉我,惩罚可以是无缘无故的。

* * *

我已经等了四十分钟。在椅子里坐得烦,我起身在空荡荡的教室里来回踱步。桌上有一份《监狱资讯》(*Inside Time*),是专为监狱里的犯人刊发的报纸。我坐在桌旁打开来看。其中一页登载了各种专擅上诉的律师事务所的广告。再下一页,有一条广告称,如果你过去两年在监狱里出了事故,但并非自身的过失,就可以获赔几千英镑。

我看到一篇文章，讲的是一个近期因为肝硬化过世的中年男人。他在20世纪80年代进过未成年犯管教所，在那里遭到内维尔·赫斯本德警官侵犯。据说，赫斯本德在监狱工作期间，一共侵犯了300多个男孩。他专挑那些在收容所长大、没有家人照顾的孩子下手。一名受害者说，赫斯本德每次犯罪后都会向他道歉，保证再也不会有下次，然后又威胁他如果敢把这件事抖出去，就让他横尸在牢房里。很多警官知道赫斯本德的恶行，但都无动于衷。

我合上报纸。胃里一阵翻腾，同时又有一种奇怪的羞愧感。在监狱工作使我无法忽视我受雇的这种机构经常磨灭犯人的人性，伤害他们，其危害程度堪比他们被判处的罪行。读到权力滥用的故事时，我几乎感到自己也是同谋。

门开了。斯泰尔斯警官出现，他身后是一列弱势囚犯。他把他们带进来，我合上了报纸。

"如果有人在课上惹事，就用无线电叫我，我来处理。"斯泰尔斯对我说。

我什么也没回，想避免和他同谋，却是徒劳。

斯泰尔斯关上门，锁好然后离开了。学生们落了座。这周只有五个学生。阿尔菲因为欺负一个恋童癖者被踢出了弱势囚犯辅楼。他被送回监狱的主楼，但由于他还欠着那边毒贩子的债，因此被关到一间有警官专门看守的牢房里。

路易斯走到窗边，关上了百叶窗。我走过去又把它打开，但路易斯跟我搭起了讪。

他说:"安迪,我想说,我觉得你身上有些很特别的地方。你讲故事的方式,你克制自己的样子。我有一天在想你像哪个演员。说不好更像克里斯汀·贝尔还是汤姆·克鲁斯。你有种天赋。我看你以后不会只是个教书匠。我感觉你可以当演员。"

"我喜欢教书,路易斯。"我说。

"我知道你喜欢,很好啊。但我就是可惜,还有那么多人看不到你的天赋。我把你介绍给我的一些合伙人怎么样?"

"我不行,路易斯。"我说。

"我说的是电视、电影和音乐剧,安迪。我有熟人,能把你捧红。我可不是对每个人都说这样的话,我是看到了你的巨大潜力。"

"谢谢你,路易斯,但这是不可能的。"我说。

"不要急着今天就回复嘛。再考虑考虑。"

我拉开了百叶窗。

我开始上课,但略有懈怠。教普通囚犯时,我喜欢一群人七嘴八舌讨论的热闹氛围。但和弱势囚犯在一起,我感受不到那种兄弟般的情谊。我表现得更拘谨。一来,因为我想和路易斯保持距离,以免他越界;二来,也许我也像斯泰尔斯一样优越感十足,认定我和这些人并非同一类。

埃多这周没说任何人"强奸犯"。他很安静。我向他提问,得到的回答都是一个字。我请他多讲两句,他却神经质地咯咯笑。他说的话越少,就越难被读懂。这些弱势囚犯中有种沉默文化,他更加可以沉默不语。很多普通囚犯都会随意地谈论自己如何涉嫌诈骗入狱，或者骄傲地称自己为毒贩子，但弱势囚犯几乎从不谈论自己的罪。极偶尔谈到时，他们或是否认，或是冷处理并扮演受害者，或有强烈的羞耻感。于是，我努力把话题引回哲学。

课上了三十分钟时，阿什进来了。他去和他的职业安置员会面，讨论了出狱后能从事的工作。上个月刚开始和安置员会面时，他还幻想着能做网上阅卷的工作，留在教育领域。然而，他不确定释放条件是否允许他联网。还有一次会面后，他说他很乐意到建筑工地上干活，但另一个人笑了，说："直到有人用搜索引擎查到你的身份。""我希望从来没有互联网这个发明。"又一个人说。这一周，阿什跟坐在他身边的人说他准备申请一家动物救援中心的工作。

几分钟后，我跟学生讲："德里达认为只有无法原谅的行为才值得去原谅。"

"这句话在我看来毫无意义。"阿什说。

"他说要去原谅，我们就要忘掉平常的逻辑。他说，原谅之所以特别，是因为它不能被称重或计量。它是生命仅有的几种真正惊奇之一。"

"那你要怎么做呢？"阿什问。

"德里达说你要达到一种疯狂才能原谅。"

"他是个变态吗？我知道辅楼里有几个这样的家伙。他们上一分钟做了坏事，下一分钟就忘得一干二净。"

"你觉得原谅需要一种疯狂吗？"我问。

"我在这地方的每分每秒都在控制自己不去疯狂。"

我给他们讲了一个故事。"西蒙·维森塔尔是名犹太建筑师，1943年被囚禁在伦贝格集中营。后来，他从集中营被带到医院，来到垂死的纳粹士兵卡尔·塞德尔的病床前。卡尔讲了他如何把三百名犹太人塞进一座房子，然后往房子里扔手榴弹。有一家人想从二楼跳窗逃走，还没出来就被卡尔射杀。几周后，卡尔所在的部队与苏联军队交火。他却在战场上呆住了。"

"完了。"路易斯说。

"他跟维森塔尔说他'看到被大火吞噬的那家人，前面是父亲和孩子，后面是那位母亲——他们迎面朝我走来。不行，我不能再朝他们开枪了'。这时，一颗子弹飞来，卡尔失去了意识。"

德文打起了呼噜。阿什推了推他，他清醒了。

我接着讲："卡尔醒来时已在医院的病房里，但伤得太重，他活不了多久了。他请求找一个犹太人过来，他想请求犹太人的原谅。"

"原谅什么？"路易斯问。

我继续："西蒙不知道该说什么。他沉默着坐在卡尔的床前。卡尔的呼吸越来越弱，后来呼吸停止，卡尔死了。之后的几十年，西蒙不断地问哲学家、作家和教会牧师，他当时是否该对塞德尔说些什么。"

路易斯把双手举到空中说："卡尔不需要请求原谅。"

"卡尔对西蒙的要求本身就是侮辱性的。他不是把他看作一个人，而是一个犹太人。"阿什说。

"如果西蒙是卡尔,他会做出跟他一模一样的事情。"路易斯说。

十分钟后,阿什说:"我觉得卡尔不只是因为怕死。我觉得他真的想请求犹太人的原谅,因为他知道自己做了错事。"

"你为什么会那样想?"我问。

阿什解释说:"当他看到敌人,眼前浮现出那个母亲和孩子的画面时,他就意识到自己做错了。他呆立在战场是因为他觉得自己该死,他想要一颗子弹射进自己的脑袋。那就是他在乞求原谅。但那还不够。所以他还要醒过来,继续请求原谅。"

"那说明他是不可原谅的?"我又问。

阿什看向我的身后。

我转过身。三个人正透过窗户盯着教室里面,额头紧紧贴在窗户玻璃上。

离自由活动还有二十分钟时,斯泰尔斯警官进教室要领走学生们。

"我们还正在讨论呢。"阿什对警官说。

"你们需要闭嘴。"警官说。

阿什咬牙切齿。

学生们站起来陆续走了出去。阿什与我握了手,并问我能否补两节课,因为他们的课程时长比普通囚犯的时长要短。我对他说我需要考虑一下。

学生们都走了。我把门锁上，瘫倒在椅子里。我闭上眼睛，等待血压回落。

接着，我被窗户上传来的撞击声惊醒。我睁开眼，看到一个男人。他硕大的拳头正抵着窗户玻璃。

他盯着我。

我盯回去，努力不流露任何怯意。同时夹紧了双腿。

他眯起眼睛看我，笑了笑走开了。

我长长地叹了口气。我伸展双腿想放松一下，但胸腔里仍闷着一股紧张情绪。

我想我会同意阿什延长课程的请求，虽然在监狱这栋辅楼里上课总是触动我脑海里的刽子手。其实，正是因为这种频繁的触发性我才想要继续上课。我不想让那个刽子手赢。我已经让他夺走了太多东西。最近，当我看照片中的自己时，发现自己看起来比以前矮了，仿佛因为畏缩凭空丢了五厘米的身高。我想再度昂首挺胸站起来。我要继续这里的课程，而且，当毒气包围我时，我要证明我能站稳脚跟。等刽子手再出现时，我要把他盯回去。

过了几天，我乘车到一座离家三百多千米的乡村监狱。下了公交车后，我一边听着声田（Spotify）为我挑选的混合歌单，一边往监狱走。迈克尔·杰克逊的《比利·珍》的前奏在我耳机里响起。我可以点击手机上的心形图标，声田就会为我播放更多杰克逊的歌。或者，我可以滑动屏幕，这款软件以后就不会将杰克逊的歌加入我的歌单。

来到监狱门前,我摘下耳机,关掉了手机。

这座监狱里关的全是性犯罪者。监狱里有园艺和烘焙课程。几间牢房里还传出了古典音乐声。从图书馆借的书一般是文学类的,但几乎没有艺术史方面的书,因为涉及幼儿天使[①]的图片。我在这里对物理空间比较少有戒心,因为这里的暴力、自残行为和毒品比普通监狱要少。有些监狱管理层让警员称呼犯人为"居民",我觉得这太奥威尔式了,难以照做,但是在这座监狱中,很多犯人穿着亚麻裤子,倒让这个词看起来颇为合适。

三十分钟后,我在图书馆给二十个学生上课。这些学生彼此真的直率又坦诚。我给他们讲普罗米修斯如何因给人类盗取火种而受罚的故事。这一次,在继续讲故事之前,我终于不用再三盘问班上是否有被判刑的纵火犯了。

这些学生非常有趣。无论什么时候,大概都有十或十二个人高举着手要发言。整个教室的氛围欢乐而放松。这种良好的精神状态是我在普通监狱的弱势囚犯身上看不到的。即使我想把那个刽子手盯回去,恐怕在这里也很难找到他。

直到警官过来说犯人该回牢房时,班上的讨论也依旧热烈。有几个学生走过来,代表全班同学送了我一张手工制作的感谢卡。

学生们走了。我给图书管理员看了那张卡片。

"这个课对他们来说意义重大。"图书管理员说。

[①] 幼儿天使通常为裸体,监狱里不允许此类图片出现。

"他们一半人都是博士。我觉得我教的东西他们早就懂了。"我说。

"他们喜欢这个课。他们太需要找个机会释放自己了。"

第二天,我来到一座高警备监狱的普通囚犯辅楼。在廊道里,我听到背后传来一阵呼喊声。

"滚开!滚开!"

我转过身。身后大约五米处,四个警官正在抓缚一个犯人。他们把他按在地板上,把他的双手拧到背后,上了手铐。我看得难受。

"滚开!"那个犯人还在喊,然而这次声音弱了许多。

又有两名警官跑到现场。他们把他拎起来站好。他的脸红通通的,重重地喘着气。

警官们押着他走向隔离区。我也要去同一个方向。于是我跟在他们后面,穿过一条本该空荡荡的长走廊。走廊的墙体由轻质砖砌成,上面涂了厚厚的白色乳胶漆。犯人走路时俯着身埋着脸。我看不到他的头部。

我感觉想吐。警官们故意放慢步伐,逐渐消除紧张感。我被迫以比平常慢几拍的速度走路。我想过超到他们前面,但我想证明我可以忍受这种景象。所以我仍跟着犯人的步伐慢慢走。

那天晚上,我上床睡着后,突然被一种下坠的感觉惊醒,就像我的脚从路缘上滑了下来一样。我当时是婴儿的睡姿,整个人气喘吁吁。我的手指蜷曲着,无法伸直。我想下床,但双腿仿佛石化了一般僵硬。

我想到厨房里的刀。刽子手说我会拿那些刀去伤害某个人。他说也许我已经伤了人,但我把那段记忆抹掉了。我仔细回想了过去一周的每一天,确保我没有伤到谁。我知道我的想法很荒诞,但我的罪责感也是确定无疑的。虽然过去没有伤过人,但是不能保证我将来不会。

恐惧抵达顶点,而后消散。我的呼吸缓下来,手指又可以活动了。我从床上坐起身,告诉自己没事的,我没做过任何错事。我也无心伤害任何人。但刽子手太强势,恐惧又如此占据我的身心。我一定在什么方面触犯了法律。

我的呼吸变得急促起来,手指又蜷向手掌根。我的整个身体再次被恐惧压垮。

第二天早上,我准备去上班。出门前,我走到厨房,拍了厨灶的照片。我看到沥干架上有一把十五厘米长的菜刀。我打开一个抽屉,把刀放到最里面,而后用力把抽屉合上。

"妈的。"我说。

我闭上眼睛叹了口气。今天早上,刽子手赢了。

几小时后,我打开了教室的百叶窗。学生们进来坐下,但路易斯来教室的一角找到我说:"安迪,我对我们的合作有个新想法:配音。应该让你去给汽车广告配音。你的声音很好听,你知道吧。"

"我们应该开始上课。"我说。

"我认识几个选角导演,他们肯定能相中你。"他说。

"我考虑过了,路易斯。"

"太好了!"

"那是不可能的。"

"我的合伙人可是那个行业的大佬。"

"能开始上课了吗?"我问。

他像个生气的孩子一样做了个鬼脸。

"我觉得今天百叶窗应该只开一半。"他说。

"必须全开。"我说。

路易斯坐下,气鼓鼓的。

过了一会儿,我给阿什、路易斯和其他学生分发了爱德华·柯尔斯顿的雕像照。雕像下面的牌匾上写着:"雕像所立乃这座城市最有德行之人。"

我讲道:"柯尔斯顿是位慈善家,在布里斯托尔各处捐资,为穷人造学校、医院和住所。"

"抱歉打断一下,"阿什说,"关于把课程往后延几周的事,有消息了吗?"

"恐怕不行。"我说。

阿什垂下眼帘,咬紧了牙关。

我指了指他手里的柯尔斯顿照片说:"柯尔斯顿还是个奴

隶贩子。他的公司从西非诱拐了大约十万人。这就是他的生财之道。"

阿什把照片放在腿上。

"他的雕像应该被推倒吗?"我问。

"如果还让它矗立在那儿,就好像说不人道也无所谓。"阿什说。

"我从来搞不懂那个词,"路易斯说,"一个人怎么会不人道呢?再说,他们那时候并不认为奴隶制是错的。"

"柯尔斯顿知道那是错的。"阿什说。

"就像监狱里的我们。现在弱势囚犯辅楼里的人犯的事在两百年前可能根本算不上犯罪。"

"看看柯尔斯顿捐出去的那些钱,"阿什说,"他一定知道他的生财之道是错的。"

路易斯说:"所以我们应该装作他那样的人从没存在过?行啊,把那座雕像推倒!但这样的话,我们也推翻了过去的每一座雕塑。谁没有罪就扔第一块石头吧①。不,等等,当我没说!我们只去记住别人做过的最坏的事好了。"

"我并不是说我们应该那么做。"阿什说。

他拿起照片端详着。

"拿把电锯将雕像拦腰截断,这样就只剩半个他了。"他说。

---

① 改自《圣经·约翰福音》,意为"身无负罪,才可责难他人"。

信任

谁信任我们,谁就在给我们以教诲。

乔治·艾略特

几周前,我新找了一家监狱,和其他十几个人坐在闷热的会议室里开会。资深警官科恩正在给我们开安保讲座。

"有时候某个居民会请你帮他点忙,"他说,"比如他会让你帮他拿今天的报纸,虽然他知道监狱里的囚犯不允许看当天的报纸。如果你答应了,他会让你每天都帮他拿报纸,直到你习惯给他带东西。他会让你感觉他值得信任。然后他就会让你帮他寄信。你很同情他们,而且觉得这也没什么,就帮他寄了。再然后,他就会让你帮他拿钱、毒品和手机。如果你拒绝,他就会威胁说要告发你往监狱里带报纸的事。这座监狱最近就有人被开除了,因为我们发现他在给囚犯的违禁手机充话费。这就是从两年前无关紧要的'帮忙'开始的。你可能不觉得自己在被诱骗,但是要记住,这些人有大把大把的时间。他们可以放长线钓大鱼。"

他给我们看了一张图片,那是一把三十厘米长的粗制钢刀,由纯手工打制而成,还配有缠满铁丝的把手。接着,他又给我们看了十几张恐怖的创意武器图片:一把刀片牙刷、一根钉满铁钉的扫帚柄、一只装在袜子里的斯诺克台球。"如果你看到哪个囚犯走路不自然，有窝藏武器的嫌疑，记得报告。"他说，过去十年，廊道里的暴力事件越来越多。几个月前，他还遇到一个犯人壶煮另一个犯人——壶煮是指有人把茶壶烧得滚烫，把糖倒进去，然后把融化的糖浆泼到另一个人脸上。高温糖浆能烧坏对方的皮肤。袭击警员事件也呈上升趋势。"永远不要让哪个犯人靠你太近，"他说，"守住你的空间。"

"囚犯牢房里的每一件物品都可能窝藏毒品，"他说，"一管牙膏或除臭剂里、一袋饼干的中间、一只运动鞋鞋底的切缝里、一本书的书脊处、他们从课堂顺走的钢笔里。"

"但现在最新的花样是网络犯罪。"他说。他跟我们说起他看守过的一个人，那人用偷带进来的智能手机进行情感诈骗。他制造了假的约会档案，还冒用帅气的年轻男性的照片，专骗五十几岁想追求幸福的女性，哄她们往自己的银行账户转了数百英镑。"去年，这里有个年轻小伙用图书馆的电脑黑进了网络。他联系了证人，还恐吓他们。"

他最后总结道："睁大双眼，时刻警惕。让他们早点知道你们不好惹。永远不要信任一个囚犯。"

如果我对待班上的学生像科恩那样，充满担忧和疑虑，他们就会抱起双臂，拒绝跟我有眼神交流，而且不再开口说话。如果他们知道我永远不会信任他们，他们何必费心表现得值得信赖呢？科恩的建议对于保持廊道中的一种特定秩序来说可能有效，但如果你想培养人与人之间的关系，它便无效；它无法帮助人成长。

我目前在两座监狱里教课，一座现代的，一座老式的。现代监狱比老式的那座更干净，走廊更宽，窗户也更大，但角度也更尖锐。每个房间的角落都更方正，而老式监狱的边角呈弧形。我不知道哪座监狱给我的感觉更严酷。但现代监狱看起来像高清版本的惩罚。

刚开始在那座现代监狱教书时，有一个老师对我说不必害怕犯人。"你了解他们之后，就会意识到他们都有颗金子般的心。"两个月后，她因为给一个囚犯带东西而被开除。有时候，老师和警官会像一对不正常的父母那样相互较量：安保警员越是严酷苛刻，老师越是放纵宽容。

几个月前，我在这家监狱教普通囚犯，学生们两两讨论时，米基——一个面容和蔼、年纪较长的学生——走过来给我看了他的手表。"电池快没电了，"他说，"我几周前填了申请表想要个新的，但没有回音。"

"申请表可能遗失了。我帮你再写一份。"我说。

"我再等等。别担心。我一直在等。"

"再写一份吧。递上去应该能拿到电池。"

"希望吧，这是我兄弟死后留给我的手表。你确实没有电池是吗？"

"没有。"我回。

"哈。"他说,仿佛承认目前与我的比分来到了1:0。

今天,我又来到这座监狱教书,有一个和我年纪相仿的学生叫加布里埃尔。过去几个月,他一直在牢房里试图写一本监狱回忆录。上周,他把写好的前十页给我看,说:"我知道我不如你懂的词汇多,但我有很多故事,安迪。"我读了读,但很多字难以辨认。加布里埃尔有读写障碍,所以用潦草的字迹来掩盖拼写错误。我也有读写障碍,而且手写的时候也会用相同的"遮瑕"手法。我知道,如果不是电脑自带文字处理器和拼写检查功能,我也不会开始写作。从加布里埃尔作品中尚可辨认的句子来看,他写的故事扣人心弦,而且有些描写的确生动。他每天都写,但我担心这样只会徒增不可读的页面而已。

今天下课的时候,学生们陆续走出教室。加布里埃尔留在后面,帮我收叠椅子。"我自己能行,加布里埃尔。"我说。但他没有停下,直到把所有椅子都收好为止。

我把我的东西塞进书包,把书包搭在肩上。加布里埃尔拿起他的报纸。那是一周前的了,封面上登着朱利安·阿桑奇的照片。我示意他往门口走。加布里埃尔站着不动,说:"你读我写的东西了吗?"

"看了。但有些字辨认不出来。"我说。

"我也是。我手写的字太他妈烂了。"

"你能去图书馆电脑上写吗?"

"我一周只能进图书馆两个小时,遇到关禁闭的话,连这点时间也没有。如果我有台笔记本电脑的话,就真帮大忙了。"

在这座监狱,老师可以给远程学习课程的学生配一台个人笔记本,供他们在牢房用。但首先要安保警员同意。如果他们是因持有儿童性侵图片或因网络犯罪而入狱,或安保警员认为有其他可能的风险,就不会同意。

"你能帮我弄一台吗?"加布里埃尔问。

我的目光扫过他的脸。

"对我的写作真的有帮助。"他说。

"我找一名高级警官问问。"我说。

教室外,一名女安保警员探头进来,说:"你得跟我们回去了,先生。"

加布里埃尔没理那名警员,他低头看着报纸上的阿桑奇照片。"贝尔马什在哪儿?"

"普拉姆斯特德,在伍尔维奇附近。"我说。

他眯起眼睛看着我。

"在伦敦东南部。"我补充。

"我知道普拉姆斯特德在哪儿,"他说,好像我刚才说的话是把他当成了傻子,"我经过那儿很多次,但从没注意到有监狱。你也没看到过,对吧?我上次进这座监狱才知道居然有那么个地方。我送孩子上学的时候天天路过那儿。"

"先生,你真的要跟我们回去了。"警官说。

"到处都有监狱,"加布里埃尔说,"但它们总是和马路有一段距离,总是被树木隔开,因为不想让人觉得碍眼。它们总是用高大茂密的灌木遮挡,所以从外面看不见。"

警官走进教室。

加布里埃尔还在说。"这次被传唤回来之前,我曾坐过一次长途汽车,看到路旁那么多绿树。我的胃都痉挛了。"

"先生,我必须——"

加布里埃尔转过身,从安保警员身边挤过去,径直出了门。

警官翻了个白眼。

"有时候就像赶猫一样。"她说。

第二天,我来到老式监狱。我穿过两楼,从三名警官的身边经过,他们正在找某个犯人的牢房。空气中弥漫着被囚禁的人生活的味道:混合着人体气味、旧床垫味、烟草味、地板清洁剂味、口臭以及老式监狱经常往剥落的墙上和钢筋门上涂的乳胶漆味。

一分钟后,我打开教室门,一股恶臭迎面袭来。我走进去,打开已经关了二十个小时的窗户。地毯已老旧发霉。座椅被这座监狱来来去去成千上万名犯人坐过,里面的泡沫绽露在外。一只小老鼠沿着踢脚板嗖地跑过,消失在一只橱柜后面。新鲜空气涌进来。随着味道逐渐散去,教室也更加清冷。

几分钟后,五六个学生陆续进来,每人都在那圈椅子里找了位子坐下。我指了指我桌上的登记簿和钢笔,让他们签到。一个三十岁出头、名叫韦斯利的学生进来,说:"准备好去天堂再待一天。"他的头发一侧因为睡觉压得很平。他穿着监狱发的蓝色T恤,但只套了一条胳膊,所以T恤斜着挂在身上,露出里面的白色背心，以及裸露的肩膀和肱二头肌。他拿起我的钢笔，看着我说："钢笔不错。"

"谢谢。"我说。

"不是，钢笔真的不错。"他说话的时候头微偏，拳头遮着嘴，仿佛正在说唱。"监狱里的人都没有好钢笔。这支还很锋利。下次带一支圆珠笔吧，不然这支笔就要被偷了。教室怎么这么冷？关上窗户，大高个儿！"

我边往窗边走边说："只要你们不介意教室里的味道。"他们茫然看着我，看样子已经习惯了这个味道。我只好把窗户半掩上了。

走到白板前面，我画了一条河，河边是一只青蛙和一只蝎子。在我脚边，一只蟑螂正仰着扭动身子。我把它踢开。

"今天我想讲一则寓——"

一架飞机低低地飞过头顶，引擎的轰鸣声太大，一时无法讲话。我把手按在臀部，等待着。轰鸣声中，韦斯利和他左右的两个人聊得热火朝天。他的两个朋友一边听他说话一边点头。飞机的轰鸣声远去后，韦斯利说："对吧！"他低下头，对着自己的拳头说："我在监狱里每次吃的鸡腿都是右腿。"

"你怎么知道那是右腿？"我问。

韦斯利站起来，双手插到腋下做翅膀状，然后把一条腿抬起来。"鸡靠哪条腿站立？"

我看着韦斯利的脚。他的左脚落地。于是我答道："左腿？"

"是右腿，右腿承担了所有重量，所以肉更少。那就是分给我们的鸡腿。左腿都去了国民保健署。"

"但你怎么分得清呢？只看一只鸡腿，你怎么能分清它是左腿还是右腿？"

"如果我们抱怨，又有谁肯信呢？"韦斯利说。他身边那两个伙伴冲我摇了摇头。

"不是说我不信你。只是我不知道如何区分鸡的左腿和右腿。"我说。

"所以你觉得他们真的在乎我们吃得健康不健康？"

"我想说的是，你怎么能分清左腿和右腿呢？"

"我喜欢你，安迪。拜托，你又不是个傻子。"

"我是个素食者。"

门开了。拉威尔刚结束法定探视，来晚了。他的牙齿非常短，而且全部齐平，好像是打磨成那样似的。他找好座位，就开始抱怨教室角落里那两个装了毒药的黑色捕鼠箱。这让他感到恼火，因为监狱禁止犯人在牢房里使用漂白剂，以防他们借此自杀。他只能忍受牢房里马桶的臭气。

"连这种害人精都比我们待遇好。"拉威尔说。

"什么，你觉得看守们会用什么仁慈的手段？"韦斯利问。

我打断他们："今天我想讲一则古老的寓言，叫青蛙和蝎子。"

另一架飞机掠过头顶。

我没有停下。"故事开始，一只青蛙蹲在河边的草丛里，看太阳落山——"

飞机引擎声太吵了。我又停下来,等飞机飞过。

韦斯利转过身,又开始跟他那两个朋友聊天。飞机引擎声逐渐减弱,韦斯利指着上面说:"总有一天会有架飞机撞到这儿。"

"绝对的。"他的朋友低声附和。

"撞到这儿?"我问。

韦斯利说:"如果引擎出了故障,只能在陆地坠毁,飞行员接到的指令会是哪里?当然是最近的监狱。"

我扬起一条眉毛。

"飞机要坠毁了。飞行员从驾驶舱往外看,看到学校、医院和豪宅。他当然要选监狱了。"韦斯利说。

我看向拉威尔,他点了点头。

"他们聘用我的时候可没提到这个。"我说。

"他们会起什么标题呢?'飞机失事,多名孩童死亡'或者'飞机失事,大量小偷和瘾君子死亡'?"韦斯利说。

"不会所有的人都逃跑吗?他们不会说'飞机失事后大量小偷和瘾君子逃窜在外'吗?"

韦斯利"啧啧"道:"我打赌你觉得9·11也不是美国人自己干的。"

"说回寓言。"我说。

"你是这么觉得的,对吧?"

"这则寓言不止有一种诠释。"

"你知道我说得对,安迪。"韦斯利说。

我曾经试着在这里讨论阴谋论。不会再有第二次了。他们对我说我们所有人是如何被邪恶力量控制,而我试着跟他们说这个世界远比这更复杂。他们面面相觑,然后笑了起来。

"你以为是'基地组织'炸了双子塔?"韦斯利说。

"那只青蛙蹲在草丛里。"我说。

"那登陆月球呢——是真还是假?"

"它在一条河边。太阳快要落山了。"

"飞机尾烟进你脑子里了,安迪。"

"青蛙蹲在草丛里,它在一条河边,太阳快要落山了。草丛外来了一只蝎子,它对青蛙说它要过河回家,但它不会游泳,如果天黑了它还在外面的话会很危险。它问青蛙能不能驮上它,帮它渡过河。"

韦斯利终于在听课了。

"青蛙说不行,"我说,"但蝎子说它可以保证不蜇青蛙。'如果我在渡河的时候蜇你,那你就会淹死。也就是说,我也会淹死,我们俩都没命。但我不想死。你可以相信我,我保证。求求你了,你能带我渡河吗?'"

韦斯利眯着眼睛看向我。

"青蛙想了想。它觉得蝎子说得有道理,于是就同意驮它过河。蝎子爬到青蛙背上,青蛙下水游了起来。到河中央时,青蛙感到头上一阵剧痛。"

韦斯利翻了个白眼。

我接着讲:"那股痛传到它的背,并蔓延到全身。它感到四肢沉重——蝎子蜇了它。青蛙开始下沉的时候,它问:'为什么要这么做？现在我们俩都要淹死了。'蝎子说：'我控制不住。我本性如此啊。'"

"我还以为这故事真的不止有一种诠释呢，"韦斯利说，"青蛙吸毒，脑子糊涂。就这个诠释吧？"

"它应该吸，"拉威尔说，"那样它至少会多疑。蝎子请它驮自己过河的时候，它可能就会说，'哦哦不，不，不行！我觉得这事儿可不太妙，伙计。'"

"好吧，那可能是吃了迷幻蘑菇。它是产生幻觉了吗？"韦斯利说，"它为什么要让蝎子爬到自己背上？"

"就像你申请假释的时候，你会努力说服他们你已经改过自新。等你再被抓的时候，你就会想，上次放走我都是他们的错。"拉威尔说。

"你知道我想知道什么吗？"韦斯利说，"蝎子自始至终都知道自己会蜇青蛙，还是蜇的瞬间才知道？就像这里的人——他们声称跟你是朋友，不会抢劫你，然后还是抢劫了你。但他们是在跟你做朋友的时候就知道自己要那么做，还是在已经成为朋友后才知道自己会抢劫你？"

"我知道。"拉威尔说。他走到白板旁边，我让开路。他用拳头的一侧把白板上的小河擦掉，说："如果没有河，这件事就不会发生。要怪就怪环境。"

他坐了回去，韦斯利说："但环境是脱离不了的。如果没有环境，根本也不会有任何动物。"

"但是那些抢劫了你的狱友，如果换个环境，可能不会那么做。"

"他们既然叫狱友,从称呼上看,这就是他们的环境。"

过了一会儿,我问:"其他人有什么想法?觉得错在青蛙的请举手?"

又一架飞机从头顶飞过。

圈里的六个人都举起或半举起了手,除了把座位略微移出圆圈的学生——布莱克。布莱克的鼻子有点歪,肱二头肌特别健壮,那一块的 T 恤都绷紧了。

飞机轰鸣声过去了。

"布莱克,老兄,那只青蛙是个傻逼啊。"韦斯利说。

"如果你责怪人们发善心,结果呢?就没有人再愿意善良了。"布莱克说。

"但这个故事的全部寓意就是善良在自然界毫无立足之地。"韦斯利说。

布莱克没理韦斯利,说:"如果蝎子知道自己的本性,那它就有责任告诉青蛙它的本性如何。就比如,如果你是个瘾君子或家暴犯,那么下一次你再交女朋友,就有责任告诉她你是怎么样的人。"

"那你怎么知道换了女友后,你的本性还是原来的本性呢?"韦斯利说。

"毒瘾就是瘾君子的本性。"

"你的语气跟某个狱警似的。你看我——我在监狱里很久了。

即便他们在刑期中间把我放出去，我还是会在已服的两年基础上再服两年刑，根本没时间做青蛙这种蠢事。"

布莱克眼里闪过一丝怒气。韦斯利的朋友推了推他，然后悄声告诉他布莱克是不定期刑犯，出狱才四天就又被召回来了。

韦斯利说："所以你知道真正的世界是什么样咯，布莱克？如果你不认识的人跟你说，'哎，就来我的牢房一下。'你不会去的，对吧？如果有人说，'哦，真是谢谢你，我想我会去的。'却在刀具抽出来、热水泼过来的时候开始抱怨，你就跟他说：'呵，你他妈觉得去了还会有别的事？'他应该这么回：'你为啥要让我进来？这样吧，我们还是在外面的廊道上说好了。'青蛙应该多问几个问题。"

"如果是十五年前，我也会指责青蛙，"布莱克说，"我那时总是从犯罪者的角度看问题。还意识不到受害者就是受害者。"

"没用的人总是提最坏的建议。"韦斯利说。

"你们年轻人老是觉得在监狱里生存的唯一方法就是变成一只蝎子。"布莱克说。

韦斯利一边咧嘴笑，一边用拳头轻敲嘴巴。

过了几分钟，布莱克问："蝎子在蜇青蛙的时候才意识到自己的本性？还是它一直都知道？"

"我们无从得知，"我说，"但假设它一直都知道呢？"

"那它就有双倍责任。我越有自知之明，责任感就越强。我知道我性嗜毒品，所以我吸毒时，心理负担就更重。我如今入狱的罪名跟十年前的几乎一样。但此时我心里的愧疚感要比那时重。"

我听到有一架飞机正在靠近。

"其实,布莱克,现在想想,我一直跟女人们说我是个骗子。"韦斯利边笑边说,"我说:'关于我啊,你要知道的一点是我真的很擅长撒谎。'你知道她们跟我说什么吗?她们说:'谢谢你如此坦诚。'或者说:'你能坦诚真是太好了。'"

他又笑了起来,但笑声被飞机引擎的轰鸣声吞没了。

* * *

我第一次见到拉玛尔是在某次午休时,我去监狱转角的素食餐厅吃饭,无意中碰到了他。他穿着监狱里的警官制服。他说他是个素食者,因为这样才可能在工作的时候展现出最好的一面。在监狱里,他把钥匙放在特殊布料做的小包里,而不使用标配的皮包。他两年前开始做狱警,而且相信管理监狱有更富创意的方法。他听说挪威和瑞典有些很优秀的监狱,把犯人当人对待,使得囚犯的再犯罪率很低,英国也有些治疗性监狱,如格伦登监狱,会培养犯人的内驱力和自主性,而不是去破坏它。他想尽自己的一份力,让这种监狱文化传播得更广。但工作了一年之后,拉玛尔很沮丧,因为他每天的大部分时间就是把犯人赶进赶出牢房,把他们老老实实锁起来,而不是和他们培养有益的关系。他的前辈们也不总是支持他的雄心壮志。晚班时,他和巴伯警官坐在办公室,巴伯已经在监狱里工作了二十年。巴伯经常跟拉玛尔说:"犯人一到二十二岁,就没救了。十九岁或者二十岁的话，还可以挽救一下，但如果他们二十二岁、二十三岁还进来，那么他们这辈子就会一次又一次地入狱。我们还不如一直关着他们。"拉玛尔反对："如果你不给他们改变的机会，那他们永远也不会改。"巴伯暗自发笑："我以前也和你一样。等你和我一样在监狱里待这么多年再说吧。"

很奇怪，我可以理解巴伯的宿命论，只是刚好反过来。我哥哥在监狱里时，如果有人提到别的国家有更先进的毒瘾应对手段，他们毒品犯罪率如何低，死亡人数如何少，我就会立刻翻脸。如果我告诉自己"生活就是这样"，那么日子就更好挨一些。如果我放任自己去想象一个世界，贾森在那里可以得到他需要的帮助，我就会经常暴躁。即使那个世界真的存在，我也不想知道。

上周，拉玛尔跟我说他对改变监狱文化要丧失希望了。他说，晚上只要有犯人按响蜂鸣器，就有警官抱怨："真想一人一枪崩了他们。"我告诉拉玛尔，王尔德曾说"监狱最可怕的不是令人心碎——人心生来原本就是被击碎的——而是将人心变为石头"。

"我担心如果我继续干下去，我就会适应监狱，变得麻木不仁，"拉玛尔说，"我这说的可不是犯人。"

* * *

第二天，我来到那座现代监狱，上完课，加布里埃尔走过来对我说："我那本书每天都会写三页。"

"我忘记帮你问笔记本电脑了。最近很忙。"我说。

"人总是不记事。"

"抱歉。"

"为什么人要说抱歉呢？我不相信他们。如果真的抱歉就不会忘事了。"

"我今天就问，加布里埃尔，真的。"

他转身离开，连句再见也没说。

几分钟后，我在走廊里看到高级警官沃尔什，她五十岁出头，留着爽利的短发。我告诉她加布里埃尔写书很努力，而且拜托我帮他申请一台笔记本电脑。

沃尔什上下打量了我一番，说："请你来我办公室吧。"

我们走进她的办公室。室内阴冷潮湿。她关上门。"他问你要什么？"

"就是我刚才跟你说的。"我说。

"上一次我给了某个犯人一台笔记本，后来发现他在辅楼里欠了债。"

"他把笔记本卖掉了？"

"没有。他的债主们会去他的牢房用电脑做网络犯罪勾当，让他背所有的责任，他们则逍遥法外。"

"加布里埃尔欠债了吗？"

"现在不适合给辅楼放更多的笔记本电脑。"

我用手指搓着额头。

"这位先生对你很好吗？"沃尔什问。

"嗯，他老是帮我整理教室。"

"那些用自己的方式给人留下好印象的,一般都有求于人。"

沃尔什坐到桌旁开始工作。

我走到门口,打开门。然后转过身说:"他真的很努力在写这本书。"

"我知道你想帮忙,"沃尔什说,"这个地方曾经也经常让我心软。但我不想让我们再被蜇了。"

离开监狱时,我在廊道上看到加布里埃尔,告诉他我没法给他弄到笔记本电脑。

"我也没指望有啥结果。"他说。

"那你为什么让我去找他们申请呢?"我说。

他耸耸肩:"反正想写书的念头就很傻。"

"你有故事。应该写下去。"

"没人能看懂。我只是自找没趣而已。"

我希望我能把这座监狱推倒,建一座更有想象力的:它的目标是治疗而不是只去限制犯人;它培养信任感与可信度;它对人不会如此极端剥夺,让他们连基本需求也要"动心思"才能满足;它的安保警员能够分辨那些真正危险的犯人,而不是懒怠地认为所有犯人都是伺机而动的蝎子。

但这座建筑依旧矗立着。

哲学家苏珊·奈曼说,当你生活在一个有问题的世界里时,你很容易像失败主义者那样认命,认为事情就是这样,或者陷入耗心费神的愤慨，认为事情不应该是这样。她说，要想在这个世界里活得好，就必须学会接受世界之所是，同时努力争取世界之所应当。我们既要为其所是而活，也要为其所应当而活。如果我想在监狱里独善其身，就必须忍着想把它拆毁的冲动，找到合适的工作方法。

第二天早晨，我醒来看到拉玛尔发的信息。他告诉我他已经递交了辞呈。他想去一家慈善机构工作，帮助被学校开除的孩子，让他们不致堕落入狱。我很高兴看到他重新燃起希望，但我也知道，监狱里少了他那样的一个人存在，我会觉得监狱更加难以忍受。

几个小时后，我踏进老式监狱，头立刻开始疼。我穿过两楼，看到一只鸽子安然地栖在距离天花板十五厘米的一根粗管子上。我停下来看它。它一定是飞过了监狱外墙，再趁自由活动时安全门打开的空当飞进楼里的。它一定是穿过了廊道门上钢筋之间的空隙才来到这里。

一名警官从我身边经过。我给他指了指那只鸽子。

"嗯啊，这些鸟防都防不住。"他说完，抬脚走了。

我走到教室，打开窗户除味。外面是春日清新湛蓝的天空，但这间朝北的教室却仍旧昏暗。我心里充满感激，因为明亮的光线只会加剧我的头痛。拉威尔和韦斯利进来，一路谈论着昨晚在廊道上看到的一场打斗。

"我还没看见人就先听到了声音。他动作干净利落，"韦斯利说,"就那么砰的一下!你知道那种一拳打到你重新思考整个人生的感觉吗?就像这样:'哦,哦……哦!'"韦斯利抚着下巴,摆出沉思状。有几个学生拍手大笑。

他来到我的桌前,签完到说:"我跟你说过,安迪,这支笔很不错。你就这么想让它被偷还是咋的。"

他把笔扔回桌上。其余学生到齐了,我关上门。一只老鼠沿着踢脚板窜行。

我开始讲:"陀思妥耶夫斯基写过一部小说,名为《白痴》。它讲的是一位叫梅什金公爵的人,这位公爵胸怀宽广大度,但他周围所有的人都堕落且玩世不恭。他们嘲笑、侮辱并威胁梅什金,但无论怎样,他还是不断看到他们的闪光点。于是,其他人变本加厉地嘲笑他。管他叫白痴。"

"他是其他人的镜子,能照出他们多么堕落。他们太害怕看到自己在镜中的形象,所以就结伙敌对他。"布莱克说。

"这家伙是个公爵,对吧?他生活在象牙塔里,不在真实的世界。"韦斯利说。

我说:"梅什金比较年轻的时候,曾差点被行刑队射杀。就在士兵开枪前,梅什金看到教堂尖塔上闪烁的日光。他强烈地感觉到生命是如此美好。他的死刑在最后关头取消了。自那以后,他再也不想忘记活着是多么珍贵。"

"所以如果我们想让人善良,可能应该拿枪指着他们的脸。"韦斯利说。

我的头更痛了。

布莱克说:"梅什金打开门就是一个堕落的世界,就像我们在监狱里一样。虽然这里都是罪犯,但我发现在这儿比在外面更容易善良。"

"为什么?"我问。

"上次我出狱后,每当我努力温和一些或者做点儿好事,人们就会奇怪地看着我,好像我图他们什么。在外面,无论我做什么,我都只是一个坐过牢的人。就好像我在外面的世界只能是二维的。但在监狱里,当我给第一次坐牢的人提建议,或者分享我的餐具,都只是一个人正常地帮助另一个人而已。我的善良没有变味。我在这里才能做一个活生生的人。"

"那梅什金为什么这么做?"我问。

"虽然他知道其他人都是堕落的,但为了不违背自己的本心,他还是要对他们好。"布莱克说。

"在那种世界里,善良对他来说不是啥好事,"韦斯利说,"他会没命的。"

"所以你会劝梅什金改变自己吗?"我问。

"如果他要改变,这时候已经改了,"韦斯利说,"总之,没有人真的会改。你可以让别人觉得你变了,但那跟真正的改变是不一样的。拿我来说,我刚进监狱时,故意表现得比平常更坏。他们会把这些全部记在我的档案中。然后过一两个月,我又表现得跟平常一样。他们也会把这些录入档案。刑期结束时,他们翻阅我的档案,就会发现我好像变好了。但其实我还是一样的坏。"

"这种最老套的把戏,谁都知道。"拉威尔说。

布莱克说:"我不会劝梅什金改变自己。我会劝他离开那个世界。"

一个小时后,课程结束,学生们返回牢房。我用手指按压头皮,想让头脑放松下来。我太想离开这座监狱了。于是我抓起书包走向监狱大门。

出了监狱,我步行十五分钟来到一座大公园,坐在树下的一条长椅上。远处,长尾小鹦鹉从一棵树跳到另一棵。在傍晚的余晖中,它们原本石绿色的身体看起来好像镶了一圈银边。一阵悠长的风吹过,头顶的杨树摇摆起来,树叶沙沙作响,形成一片白噪声。我的头疼开始缓解。

我感到有水珠打在我的胳膊和手上。微雨落下,激出了树的木质香气和泥土的腥味。但我还能闻到一股霉味。监狱的味道渗入我的衣物。

两个月来,我发现自己对监狱越来越麻木。上周,监狱的两个警官开始在廊道里打斗,安保警员处理这件事的时候不得不锁了辅楼的门。我最恼火的是这样一来我就无法使用复印机。然而,我还发现自己会因为一点儿小事就无比懊丧,比如我没有足够的笔给学生们用或者徒然拿错钥匙时。

我有几周没见到加布里埃尔了,但今天另一位上课的老师告诉我,他又开始写他的书了。

救赎

与别人交谈是男人的事情。

特勒马科斯

2018 年,一个叫蒂龙·吉文斯的人在押候审三周后,在自己的牢房上吊自杀了。调查发现,吉文斯在监狱的这大半个月都没有用助听器。负责看守他的安保警员没有意识到他聋得那么厉害。他们说,只要说得慢一些,他似乎能听懂他们的话。

这个周一早上,我给一群普通囚犯上课。这一圈学生里面,有个叫格兰顿的戴着助听器。还有些学生二十岁出头。班上异常吵闹。他们从周五晚饭后只有两个小时能走出牢房。我从他们的音量里就能听出他们压抑已久的活力。

我给他们十分钟尽情释放。然后开始上课:"柏拉图讲过一个故事,说有个叫古阿斯的人发现了一只隐形指环。古阿斯一戴上这个指环,就能杀人、偷盗或者做任何事情,没有人能查出真相。"

"除非他们彻查他的牢房。"格兰顿说。

"柏拉图问,古阿斯有什么理由做善事吗?"我说。

"女人。"格兰顿说。

我扬起一条眉毛。

格兰顿继续说:"我行乞的时候,如果看到三个小伙儿结伴,就知道我从他们身上一分钱也要不到。就算能要到,他们也肯定要先拿我当笑柄,然后才会施舍一点儿。但如果我看到一个男人和一个女人在一起——情况就不一样了。她拿着购物袋,那是他刚给她买的东西。他们有种蜜月期的甜腻。这时候我走上前去乞讨,他就有机会表现自己的善良,同时表示自己有可施与的现金。搞笑的一点是,我还要对他说谢谢,明明是我帮他赢得了那个女人的好感。如果不是我,他周六晚上就得像那三个小伙儿一样过。他应该谢谢我。我是他的黄金门票。"

"所以如果古阿斯能看到女性,他就会变善良?"我问。

"你看看这里,安迪。所有的女性教师、护士、安保警员、戒毒工作者,假如没有她们在这里,你觉得男性的举止会变好还是变坏?"

外面的庭院里传来说话声。教室里三个比较年轻的人立刻冲到窗口。他们敲着玻璃,其中一个喊道:"我看见你了!我说我他妈能看见你!"

我站在他们后面,从他们的脑袋上方往外看:在一堵内墙的另一边,弱势囚犯正被带回他们的辅楼。

"我要把你下面的东西切了,我发誓!"其中一个男孩大喊。

"先生们。"我说。

"上一次蹲监狱,是我在餐厅里做事,每天都往他们的饭里吐口水。"

"我们可以讲回柏拉图吗？"我说。

格兰顿把助听器的音量调低了。

这几个年轻人待在窗边，大呼小叫地威胁弱势囚犯，直到他们消失在视线中。我让他们坐回椅子摆成的圆圈里，但他们太兴奋了。其中三个人还迅速交流了一下监狱的斗殴事件。

十分钟后，我终于让他们坐了下来。他们继续讨论着隐形指环，声音中还残留着暴力。

一个小时后，我离开监狱，并从寄物柜里取出了手机。手机上有一通我哥哥的未接来电。我回拨过去，没有人接听。

过了几个小时，我收到一封邮件，确认我下个月可以到一座女子监狱去教几堂课。这让我松了一口气。我没有想到给监狱里的男性囚犯上课会如此触发我根深蒂固的、不可名状的罪责感。希望给女性囚犯上课不会有这么深的感触。

第二天早上，我来到一座男子监狱的安全门外。我脱掉鞋子和腰带，把它们放在篮子里过安检。一名头发漂成白色的女警官对排成一列准备通过安全扫描机的人喊着："下一位！"我也排起了队。有一名监狱管理员进来，站在我后面。他脱掉鞋子和腰带，也排进队伍。他的袜子头上有黄色和粉色的"之"字形针脚。我们聊了几分钟，我告诉他我要到一座女子监狱教课了。

"我只在女子监狱工作过一天，那天我觉得自己身为男性简直无地自容，"管理员说，"你听听那些女人每个人的遭遇。她们全都是因为某个男人才进来的。"

"下一位!"警官喊道。

"比如?"我问这位管理员。

"我敢说她们超过一半都是家暴的受害者。很多时候,她们是为了满足男友的吸毒癖好而失足进监狱的。她们有很多在十几岁时就被拐卖,成了性工作者。在那里待过一天,对我来说就已经足够了。那晚我开车回家,对自己的男性性别充满厌恶。"

"下一位!"警官又喊。

"我要去待好几天。"我对管理员说。

"抱歉,先生!"警官一边说,一边冲我提高了音量,"你是下一位!"

我走进扫描机。

* * *

那年我六岁。父亲光着膀子坐在沙发上看电视。他胸前和肩头长着卷曲的黑色毛发,这会儿他正在抽过滤嘴香烟,喝罐装啤酒。我坐在他和电视机之间的地板上。电视上跳出一段广告,呼吁观众为饥饿儿童捐款。他们都瘦得皮包骨头。父亲揭开旁边咖啡桌上一罐巧克力的盖子,掏出一块巧克力,砸向电视屏幕。

我转过身,绝望地看了他一眼。他哈哈大笑。我想说"别笑了",但还是把话闷在了心里。他又喝了一大口啤酒,从罐子里再掏出一块巧克力扔了出去。巧克力飞过我的脑袋,咚的一声撞上电视屏幕。

我在父亲身边时总是感到紧张。他太过喜怒无常了。如果我们正在开车,后面车里的人冲他按喇叭,他可能会停下来,出去当面大骂那个司机。或者，他可能只盯着后视镜骂两句，然后继续开车。

但也有些时候我知道会发生什么。周六下午我们去酒吧之前，我和他会在客厅等母亲更衣化妆。等待期间，会有警察或法警来敲我们的门。邻居们都会从窗口张望。母亲不打扮到无可挑剔绝不肯出门。

我和父亲便等她打扮，我尽量不去和他对视。最后，母亲终于下楼，涂着红唇，香气扑鼻，问父亲她好不好看。

他会说："安德鲁，她是什么？"

我抬头看着他，努力掩饰自己的恐惧。

"她是个婊子。"我会说。

"没错。她是个婊子。"他会说。

母亲翻个白眼。

我记不清父亲是何时开始训练我做那种可恶的小仪式的。我只记得当他问"安德鲁，她是什么？"时，如果我回"她是个婊子"，我知道他一定会说"没错。她是个婊子"。

* * *

我的同事帕特里夏在监狱教课二十年了。她身材粗壮，一口工人阶级北方口音，对惯犯们来说是母亲般的存在。我看到犯人们因为婚姻问题去征求她的建议，或者给她看他们给孩子生日贺卡上画的画。他们真的会坐在她膝头痛哭，也有人会因为帕特里夏将注意力放在别人身上而生气。如果我像她那样对犯人们说话，鼻子都会被打断。譬如她会说："你要是不闭嘴，我来帮你闭上!""我希望你们全体离开教室十分钟。教室里太臭了,你们全都出去我才能吸口气。"犯人们几乎总是"嘿嘿嘿",听话得像小男孩一样。

几个月前,她来到我的教室,在白板顶部写下:"不要忘记周三的国际男性节。"

格兰顿说:"什么时候有国际男性节了?这种破节不一直都是女性的吗?"

"你可以在国际男性节来我教室打扫卫生。"帕特里夏说。

"说实话,现在想想,我觉得做个男人挺难的。"格兰顿说。

"反正你也打扫不好。男人从来都做不好。"

叫贝拉特的阿尔巴尼亚人接话:"在这个国家,女人第一,儿童第二,狗第三,男人垫底。"

"你是哪一级?狗还是儿童?"帕特里夏问。

"嘿嘿嘿。"贝拉特哧哧笑了。

2010年,一名二十八岁的女狱警因与一名男子发生亲密关系而被监禁,该男子是犯有强奸罪并向其前女友泼酸的罪犯。这类故事在监狱里流传了很久,让看守男囚犯的女狱警左右为难。

去年,我跟一名三十多岁的女警官共事,她叫奥卢费米女士。她和男囚犯讲话时总是严格保持情感距离。她担心如果别人看到自己太过关心,就会有谣言说她和其中一个人睡了。即便她知道不是实情,也仍旧会破坏并动摇她的威信。有一天,奥卢费米女士上班时发现一名患有精神病的囚犯在他的枕头上画了一幅她的巨乳图。而且还抱着枕头在廊道里走来走去。

她对男囚犯的态度从情感的疏离变成了确然的粗暴。几周前,我看到一个囚犯在廊道上问奥卢费米女士能否给他增加权限。他想要家人探视时间多一些。

"我不能因为你开口要就给。"她说。

"求你了,小姐。你不是个不讲情面的人,我知道你不是。"他说。

"不行。"她说。

他抗议道:"哦,求你了,小姐!"

"抱歉,不行。"

"该死的冷血婊子。"他说完,气冲冲地走了。

我去到距离伦敦几百千米的乡村监狱开一堂讨论课。我到得早,就坐在停车场的长椅上,试着给我哥哥打电话。他的铃声响了,但没人接听。

二十分钟后,我在图书馆开始上课。课堂气氛紧张。没有人开口。终于有人说话时,也只是与我分享自己的想法,而不是相互交流。我鼓励他们互相辩论,但他们还是只和我交谈。几乎没有人提出异议。他们会说"我想那只是你的看法"之类的话,谈话不断陷入沉默。

一小时后,课程结束,学生们走了。一名看着乐呵呵的图书管理员帮我把椅子叠放到教室的一角。

"课上得怎么样?"他问。

"压根没讨论起来。"我说。

"不错了。"他说。然后告诉我这批学生里有一半是普通囚犯，一半是弱势囚犯。

"我希望他们能互相交流一下。"我说。

"至少没血流成河。"他说。

二十分钟后，我离开监狱，从寄物柜里拿出手机，看到哥哥给我的回电。我打过去，还是没有人接。

我参加了我朋友克洛伊的晚宴。对面坐着一位叫保罗的医生，身穿黑衣，很是优雅。我跟他讲了我的工作，他问我："所以你父亲在监狱服刑，而你在监狱教课。你是想拯救上课的这些人吗？"

"也不是。"我回。

第二天上课，我穿了一件熨过的衬衫，好多年没这样穿过了。登记出勤的时候，我不是看学生的脸来统计，而是像职业教师那样点名。我不再叫学生们"伙计"，而开始叫他们"先生"。对那些打断其他学生说话的，我就会打断他们，并告诉他们不许插嘴。有一个同学说："你今天不高兴，对吧？"

下午，我步行回家，耳机里放着聒噪、脏话连篇的音乐，脑袋里则幻想着上演了一场与保罗的对话。

"你是想拯救上课的这些人吗？"幻想保罗问。

"你的父母是做什么的，保罗？"我回。

"他们都是医生。"

"你也是医生。你居然没把这种遗传归为一种病,真有意思。"

幻想保罗不知道如何回应。他看起来矮了十五厘米。克洛伊给我递来第二块蛋糕。我吃了蛋糕,还灌了一大口红茶。

没有人想再跟幻想保罗说话,他拿起外套准备离开。但我却用胳膊搂着他,请他到露台跟我喝一杯。到了外面,在星空之下,我对他说:"这不是拯救某个人的问题,而是你的头脑里被植入了什么样的知识。你不能决定你要消化的东西。"

"无比感激你对我的教导。"幻想保罗说。此时的他看起来有点害羞,几乎像个孩子。

下一周,我去克洛伊家参加周五晚上的酌饮,保罗又坐在沙发上。我挑了离他最远的位子坐下。

* * *

我母亲小时候喜欢艺术课,但觉得在学校的其余时间就像"坐牢"一样,而且课堂一片混乱,经常要报警来制止打架斗殴。在课上,她感觉老师们对女生就是走个过场,教她们知识,但那知识她们似乎不必知道,她们只嫁作人妻就好。她十五岁辍学,去市场摊位做事。赚钱比在学校里熬日子让她兴奋得多。不久,她得到去商业街装饰橱窗的工作。这让她想到在学校画素描和油画的那些时刻。她十七岁结了婚。在她二十几岁到三十几岁这段时间,她希望自己可以画画、读书,学会说一门外语。但她没有时间。父亲经常失业。他偶尔会有工作,但过不了几周就会跟别人起纠纷然后走人。母亲不得不去挣钱。如果她真的能坐到沙发上看书,父亲恐怕会嫉妒。

　　小时候,父亲周六会去赌场,母亲则开车载我进城,过"二人世界"。只要过了我们那条街尽头的转弯,母亲就会明显放松。进城后,我们去逛服饰店,她会试穿各种裙子和鞋。有些她买不起,但她还是会试穿,只为了穿上后看看镜子里自己的模样。有一次我们去一家艺术用品店,她从架子上拿了各种不同的绿色颜料——石灰绿、玉石绿、翡翠绿。"等你长大了,"她说,"一定要过了三十岁再结婚。"说完,她又把颜料放了回去。

　　我们会去麦当劳。用完餐后我会问:"一定要回家吗?"

　　"我懂,小家伙。我也不想回。"她会说。

　　为了让她开心些,我会模仿父亲的样子。我假装正在开车,操起利物浦口音,对着旁边假想出来的司机威胁说要把他揍晕。母亲会笑出眼泪,然后环顾四周,确定父亲没有跟踪她。

* * *

　　现在,母亲在她的客厅挂了一幅自己画的油画。那是一幅稚拙的风景画,画着蓝蓝绿绿的山。十年前,她给自己买了一本英语-希腊语词典,查找冰箱、椅子、窗帘等物品对应的希腊语——psygeío, karékla, kourtínes。如今,她已能用断断续续的句子谈论历史、遗迹和诸神。有时候同一部小说我会买两本,寄给她一本,这样我们可以一起读书。当我们打电话讲到那本书,她总是比我多看五十页。母亲和父亲分开后,就想尽量往前看。她看着我——我的生活里没有暴力、毒品、犯罪和混乱——会说过去承受的一切都值得,仿佛我的自由正是她的救赎。这也是为什么,当我告诉她我心里仍有种与生俱来的负罪感时,她会觉得难受。我努力宽慰她说不是她的错。

七岁的一个晚上,我跟父亲单独在家。他坐在他的扶手椅里,一边看新闻节目一边接连不断地抽烟。我坐在房间里跟他相对的角落玩玩具。母亲在外面加班。

过了晚上八点,父亲还没给我吃饭。母亲回来了。我跟她说我很饿。她坐在沙发上跟我说她要先歇两分钟才有力气做饭。

父亲开始跟母亲争吵。他不喜欢她加班,因为这样她就会跟她的同事马克多待几个小时。我则做了他们吵架的时候我一贯做的事:把电视频道从新闻换到我想看的频道。我知道父亲从来不会注意到。

大概过了一小时,我的脸发烫,眼皮沉重。我饿得胃疼,但他们还在吵架。

"妈妈,你说要做饭的。"我说。

"会做的,我保证。"她说。

"我说过你可以换台吗?"父亲问我。

我吓呆了。

"换回新闻频道!"他说。

"新闻播完了。"我说。

"你他妈照我的话做。"父亲说。

我的肩膀紧张得向耳根缩去。"妈,我饿。婊子。"

"你他妈现在给我过来。"父亲说。

我走过去,站在他的两腿中间。他从椅子里往前倾了一下,导致他的脸离我的脸只有五厘米。他的牙沟里有烟渍。我的双腿颤抖不止。

"你他妈说了啥?"他问。

我知道如果我张嘴说话,就会哭出来,所以我一声不吭。

"你要是再那样对你母亲说话,我他妈就宰了你。懂吗?"

* * *

到了要去女子监狱教课的前一天早晨,我站在卧室穿衣镜前面。先看了看左脸,又转过去看了右脸。现在我长得更像父亲。三十岁后,我就开始越来越像他。我把头发弄蓬松,看能否改变脸型,但看着还是像他。额头和下巴像一个模子刻的。刽子手对我说这是我无论如何也改变不了的。

整个上午,我都在想我的父亲。我记得他给我买第一辆自行车的情景。如今我仍然能从骑车中收获很多快乐。我想起他泛黄的指尖。他那时一天抽六十根烟。我想,他那时候一定很不开心,才需要抽这么多烟。我想象他现在的样子:一个老人,脆弱而无害。我搜肠刮肚想找到一个关于他的、可能会激发人的善念或悲悯之心的故事。我昨天做饭的时候在想,前天要读书的时候也在想。在我决定和父亲断绝关系之后的二十年里,每次想要拯救他时,我总会找到一个理由。

几个小时后,我和帕特里夏到员工餐厅吃午饭。她跟我讲起一位二十四岁的戏剧老师,这老师叫黛薇卡,一周来监狱一次,给犯人们上课。

"好像她压根就不想遮掩,"帕特里夏说,"她穿着一件丝绸衬衫,在教室里悄无声息地巡视,就像某种猫一样。来的第一天,她就格外喜欢拉奇。"

拉奇的一边脸上有道疤。目前已是服刑的第九年。

"刚开始的几周,她在椅子圈里挨着他坐,讲话的时候经常摸他的胳膊。"帕特里夏说。

"美女与野兽。"我说。

"不过,拉奇这种事儿见多了。他身上情欲的部分在服刑几年后已经消失了。她没有得到他的回应。过了几周,她换了位子,开始挨着加雷斯坐。"

加雷斯的牙齿因为长年吸食海洛因成瘾而严重腐化,原本制定了牙齿修复方案,做了一半就被传唤入狱。现在,他笑的时候双唇紧抿。为了坚决抵制廊道上的毒品文化,他几个月前入了伊斯兰教。他并不完全同意伊玛目[①]所说的婚前禁止性行为,但他觉得,既然进了监狱,这一条禁令自是无须多言。

据帕特里夏说,黛薇卡进到教室,空气中就弥漫着女性的韵味,每节课下课时,她都会给加雷斯一个大大的拥抱。加雷斯就那么站着,任她的头发撩他的脸。他努力不去碰她,但也不把她推开。教室里的其他人用手捂着嘴,努力压着笑声。

跟帕特里夏吃完午饭,我穿过廊道。犯人们在重重地砸门。

---

① 原文 Imam,指伊斯兰教的宗教领袖。

一声刺耳的警报响起。接着便是工作人员的广播声、高喊声、钥匙声。每样声音都在监狱内部的金属或混凝土上产生回响。我听到一个男人在牢房里哭号的声音,但我分不清他在我上面还是前面。他的牢门可能离我两米远,也可能是十米远。各种声音交响错落,织成一片不和谐音。在我左边的牢房门上,我看到竖条有机玻璃上透出一张嘴和一只鼻子。那个犯人正企图大声给右边的牢房传递什么信息,右边的犯人耳朵贴在玻璃上。因为周围太嘈杂,我听不清他们互相说些什么,但右边的犯人却对左边竖起了大拇指。他们的听力器官比我的更适应这个环境。

我走到自己的教室。墙上挂着一幅褪色的海报,就在我的桌子正上方。海报上是一个女人被一个男人吼叫的画面。画的下面写道:"下一次你想辱骂一位女职工时,请记住,她也是别人的姐妹、母亲和女儿。"

这海报让我想到海伦,她是去年和我在一家高警备男子监狱一起教课的同事。她身材娇小,一头略带红色的金发,椭圆脸蛋。有些犯人会直愣愣地盯着她,满脸露骨的猥琐,还有人对她不屑一顾,习惯性指正她或者不理会她说的话自顾自地聊天,不过,当天工作结束后,海伦会和我一起离开监狱,我们搭乘火车回家,路上她会抱怨一个叫帕威尔的无期徒刑犯,他每周都会挑出教室最好的椅子给海伦,这让海伦感觉特别尴尬。她请他不要再这样,但他依然不改。帕威尔尊称海伦为"小姐",虽然她让他叫自己海伦。当其他人打断她的时候,帕威尔就会出面说:"放尊重点。如果她是你的姐妹你会是什么感觉?"海伦感到很沮丧,她告诉他不必插手,但帕威尔永远是一副守卫者的姿态。

这样过了几周后,海伦和我一起搭火车回家时又说起了这件事。她看起来很疲惫。

"他就是不肯听我的话。"海伦说。

"你是他的救赎。他要保护你不受其他人的伤害,这样才能证明他和他们不一样。"我说。

海伦打了个哆嗦。

走廊里有警官喊道:"自由活动!"我把背包放在桌上,挡住了那张海报,然后到走廊里等学生们来上课。

几分钟后,默文来了。他满头细长发辫,胡须垂到胸口。我们碰了拳,他站在我旁边,哀叹他追的足球俱乐部——曼联——最近的表现不尽如人意。两米开外的一名警官也是曼联球迷,于是就一块聊了起来,并抱怨俱乐部为什么不签几位像样的球星。我们三个聊了会儿天。默文跟我说话时,眼睛与我对视。但跟警官说话时,眼睛则望向天花板。

一个叫马龙的犯人出现在走廊里。他原来的鼻尖,现在是一片平整的瘢痕组织。十年前,有几个毒贩为了朝马龙要债,拿剃须刀片把他的鼻尖削掉了。今天,他穿着绿色T恤,后背上写着"倾听者"三个字,暗示自己是一名被选中的撒玛利亚人,可以为廊道上的犯人提供精神支持。上个月我在辅楼里与他聊天,他对我讲了这个工作给他带来的变化。"我更年轻的时候,会觉得这种事情很蠢。但我通过倾听和他们通过与人交流得到的收获是一样多的。转变一下，我们都有机会成为真正的人。"我们互道了再见，我看着他走在廊道的背影，他走路的步伐仍旧充满了阳刚之气。我想，在这种地方生存并且成长一定相当艰难。马龙可以打开自己的心胸，但他仍要保护自己的身体。

加雷斯和另外几个人也来了。我们走进教室，围着桌子坐下。默文和马龙正在嘲笑小时候电视上的一则广告。那则广告给孩子们留了一个电话号码，说如果他们被父母暴打，就可以打那个电话。

"我父亲说我如果想打那个电话也可以打，等对方来人了，他就扇我巴掌，然后当着我的面扇他们。"马龙说。

"我记得那些广告。我父亲一看到那些广告就哈哈大笑。"默文说。

两人一边大笑，一边相互击掌致意。

在监狱里，经常可以听到囚犯大谈特谈小时候父亲对自己的暴力行为。他们的故事总让我心生畏惧，但只要想象其中一些父亲可能已经预见到他们的孩子将来要在监狱里生存，而这些打击是为了让孩子做好准备迎接一个赏罚不公的世界，这一念头本身也足以让我感到手足无措。

在这里，我听到很多囚犯在孩提时受到暴虐的父亲的毒害，长大后自己也变成暴力成年人的故事。我在父亲身边时，好像总是大气也不敢出。为了保证我不堕入暴力的轮回，我不自觉地让那个刽子手监视我。他阻止了我进监狱,但没有给我自由。

我站在学生们面前,准备讲课。但他们还在聊天,现在正在吐槽食物的分量、看人不顺眼的警官、假装对你好但又不肯为你做任何事的警官、写了四次都没有回复还被告知再写一份的申请表、他们为什么还没有被转移、为什么他们在不想转移的时候被转移、淋浴房的水压、缝制监狱四角裤没拿到工资、没得到缝制监狱四角裤的工作。

过去,我总认为只要等他们抱怨完就好。我会给他们五分钟来发泄胸中的怨气,等抱怨声小了,我就可以开始上课。但这里可抱怨的事情实在太多了,而犯人们又无力改变任何一件事,导致嗡嗡的抱怨声永远不会自行消失。

"能不要聊了吗?拜托。"我说。

他们还在讲,又吐槽了理发的队伍、监狱发的外套如何不够厚实、在院子里不暖和、为何还没有收到订购的监狱外套、用电话的队伍、早上吃药时只给一小杯水的护士,以及囚犯们要如何囤口水来吞药片。

一分钟后,我又请他们听讲。有几个人看着我,还有几个正吐槽了一半,好似觉得必须要把话说完。

又过了一会儿,教室里终于安静了。

"诺曼·梅勒讲了一个故事:两个男人在街上碰到,互道早安。其中一个人就输了。"我说。

教室里所有人都笑了。

我继续讲:"有些哲学家说,男性气概是通过支配权来获取的。我要想成为一个男人,那么必须有人得输。那个人通常得是女性和儿童。有时候也是其他男性。"

"但也有好男人和坏男人之分。"马龙说。

我说:"女性主义作家贝尔·胡克斯说好男人这个概念是性别歧视。好女人的概念也一样。"

"那你要怎么做个好男人呢?"马龙问。

"胡克斯说男人们倒是应该专注于做个好人。"

"在监狱里,我不在乎自己是不是个好人,"马龙说,"但不能做个好男人让我感到很难受。当我给我的前妻打电话时,听说有位老师不喜欢我的女儿,而我困在狱中不能去帮她解决;或者当我母亲需要什么而我不能给她时,我感觉糟透了。"

"胡克斯的话简直没道理。怎么能不去做个好男人呢?生是男儿身,终归是男人。"

我把一张 A3 大小的马尔科姆·X 的照片放在桌子正中。X 穿着西服,正在讲台后面演讲。

"胡克斯说,在马尔科姆·X 的一生中,他不再焦虑是否能做个好男人。相反,他更专注于自己是个什么样的人。"我说。

"我看过一部介绍他的电影。"马龙说。

"我读了他的整本书。"默文说。

我说:"马尔科姆·X 是一个总在变化的人。他二十一岁因抢劫罪入狱的时候,还不识字。但他在监狱里自学,出狱后,他成了伊斯兰民族组织最具有说服力的人物之一。另外,他改过两次名字。有一阵子他是黑人独立主义者,但在麦加见过白人穆斯林后想法就变了。"

"他是抄了整本字典吗?"马龙问。

"一页一页抄的。在他牢房里。他好像永远在追求下一个目标。为了摆脱贫困,他选择了犯罪;为了摆脱罪责,他加入了民族组织;而后又为了别的事情脱离了国家组织。"默文说。

"胡克斯说,X被暗杀的时候正处于另一场转变中,"我说,"在他较早的几场演讲中,X谈到男人生来强壮而女人生来柔弱。他认为女性不具备领导黑人解放运动的资质。他认为男人要控制女人才能赢得她们的尊重。"

"他成长的过程中父亲不在场,对吧?监狱里很多人都是由母亲单独抚养大的。但其中好多人还是仇视女性。"马龙说。

"责怪留下来的一方,是吧?"默文说。

马龙说:"这里的人甚至不明白性别歧视是什么意思。如果一个强奸犯转到他们的楼层,他们会加入在他牢房外抗议的队伍。然而,还是这些人,当你看到他们在廊道闲逛——"

"手放在蛋蛋上!"默文说。

"每一次,只要有女职工在附近,他们就会把手放在裆前摸蛋蛋。他们不齿强奸犯,却不知道他们这时的行为与强奸犯无异。"马龙说。

"也是这些人说他们贩毒是为了帮自己的母亲还账。净胡扯!他们穿着耐克限量款运动鞋,戴着劳力士手表,而他们的母亲还在冰岛(Iceland)平价超市淘东西。"

"我外婆要是知道我的运动鞋是贩毒的赃钱买的,肯定会杀了我。"马龙说。

"而我要是穿着运动鞋去我外婆家,她肯定会杀了我。"默文说。

我把话题转回马尔科姆·X。"后来,在他离开伊斯兰民族组织后,他说:'我感觉自己像一个一直在沉睡的人,一直在他人的控制下。现在才开始用自己的大脑思考。'他见到芬妮·露·哈默和雪莉·格雷厄姆·杜波依斯等出色的女性活动家。他承认,女性在这场运动中与男性的分量一样重,还说在很多情况下,女性比许多男性的贡献更大。他从前害怕女性不尊重自己而动摇自己的权威,现在则赞颂某些女性的智慧和力量。"

教室里鸦雀无声。有几个学生狐疑地看着我。

我继续讲。"假如 X 还活着,而且不断成熟,对男性这个身份不再那么执着,他会成为什么样的人?他和女性的关系还可能有哪些进步?"

马龙抱起双臂。默文的笔在拇指和其他手指尖转动。我听到某个警官的无线电对讲机声音从走廊里传来。

"你们有什么想法,伙计们?"我问。

"每当我看到身材火辣的安保警员,我就刻意保持沉默,"默文说,"除非真的逃不掉,否则不要跟她讲话。不要留任何犯糊涂的可能。"

马龙咕哝着表示同意。"在这里，你看到女性就会产生无法克制的性欲，因为你极度性焦渴。你戴上了监狱滤镜，看哪个女人都很漂亮。"

"最好不要跟她们搭话，反正她们已经觉得我们是坏人，而且她们可能会找个罪名控告我。"默文说。

"或者落得跟加雷斯一样的结果。"马龙说。

学生们揶揄着笑起来，而加雷斯满脸尴尬。

"你知道整件事最让我生气的点在哪儿吗？"加雷斯说，"我上学的时候，所有漂亮的女生对我都没兴趣，因为我打扮得像个混混。所以我只跟和我同一阶层的、喜欢坏男孩的女生约会。现在我三十岁，还坐了牢，同阶层的女生都有了孩子，只想跟有收入保障且负责任的人在一起，倒是中产阶层的姑娘们爱我。但我十六岁的时候她们都干吗去了？"

"我一句话都不跟她们讲，尤其是时髦的姑娘。"默文说。

默文说："上周，就在廊道上，一名年轻的女警官在一间敞开式牢房外，负责看守里面的犯人，因为他曾企图自杀。你不需要用眼睛看就知道她是个辣妹。"

"可以从那天廊道上的犯人精神多么饱满推断出来。"马龙说。

"他们在廊道上大摇大摆地走来走去，刻意经过她身边，"默文说，"那些连自己老婆来探视都不刮脸的人也收拾得干干净净。还有运动鞋——天哪，竟然还有 LV 这个牌子，我压根不知道有这种行货。"

"他们停下来跟她聊天,问她看守的人状况怎么样,还给她看他们的文身袖。"马龙说。

"最后,因自杀而被看守的人抱怨道:'你来这儿不是照看他们的,你应该照看我。'"

"我每次看到她都背过身去。"

"我也是。不要误会,我个人对她没有任何意见,只是不想把事情搞复杂。"默文说。

"不要陷进去。"马龙说。

"不要表现得像个傻瓜。"默文说。

他俩靠近椅背,抱起了双臂。

我从桌上拿起那张马尔科姆·X的照片,举起来:"所以,如果他今天在这里,他会一句话也不说?"

"这是最安全的做法。"马龙说。

"最安全的做法,没错。"默文说。

三十分钟后,我在监狱外的公交站等车。我有点儿泄气。我希望他们可以给出"什么也不说"之外的答案。克洛伊发信息邀请我晚上到她那儿喝几杯。去她家的公交靠站了,我挥手让它开走。保罗很可能在克洛伊家。我想象着如果我告诉他今天上的课,他就会伸出一只修长干净的手端起酒杯,抿一口,再得意地把杯子放回桌上。

我要坐的公交到站了,我上了车。我站着,手握着头顶上方的横杆。左边是一个穿着校服的小男孩,他父亲坐在旁边,正在拿手机欣赏 Ins 平台上的女生照片。那个男孩在玩两只小小的乐高人,假装他们俩正在打架。

这让我想到,有天晚上,父亲呵令我不许再叫母亲婊子,几周后,我坐在车的后座上摆弄一个玩具人偶。父亲开车,母亲坐在副驾驶。我们要去一家酒吧,所以母亲拿出她的口红和化妆镜在化妆。

父亲盯着后视镜,说:"安德鲁,她是什么?"

我捏紧那个玩具人偶,带它飞了一圈又一圈。

"她是什么,安德鲁?"他又说。

我拿着它不停地飞来飞去。

"他沉浸在自己的世界呢!听不见你说话。"母亲说。

公交车行驶了十五分钟。我按了下车铃,提醒司机下一站停靠。小男孩的一个乐高人掉在我脚边。他的父亲仍然忙着刷手机,没有注意到。我把它捡起来递给了那个小男孩。

晚上,我站在淋浴头下,洗了头发,搓了把脸。洗干净后,我在水流下静站了几分钟。

我不是真的想拯救父亲,而是想拯救自己。我想让他身上的恶少一些,这样我就不会遗传他的劣迹。但一直以来,我又陷入一种与生俱来的罪责感:如果父亲道德败坏,那么我也一样。如果我自己要当一个正派的人,那么父亲就必须是个正派人物。我和他无法分割开来。

我走出淋浴间，在镜子前刷牙。镜子里的我看起来疲惫不堪。

回到卧室，我把第二天早上去女子监狱要用的书和身份证件塞进背包，又反复确认了背包里没有藏一千克毒品或一把二十三厘米长的厨房刀。

我坐在床尾，头顶的灯仍然亮着。公寓后面传来最后一列火车驶出站的声音。我拿起手机打给我哥哥。

他接了。"老弟，"他说，"好晚了，你怎么啦？"

"只是想听听你的声音。"

遗忘

在我们所有的悲哀中，记忆伤人最甚。

玛丽·博伊金·切斯纳特

这座女子监狱原本是关押男囚的，但因为女子囚犯人数越来越多，政府便把男囚挪出来，把小便池改成小隔间，让女囚住了进来。监狱里有些门是钢筋铸的，但有些走廊却被刷成了淡粉色。在我工作的一家男子监狱的安保室里，挂着镶了框的阿尔萨斯狼狗的照片。在女子监狱里，则挂着几幅油画，画里是同一只小白猫。这只猫的眼睛是翡翠绿色，耳朵超大。在其中一张画里，它正在玩细绳。而在另一张画里，它被一只手托起。

这座女子监狱是上周那家男子监狱的两倍大，人数却只有后者的四分之一。观感上也不那么严酷：绿地更多，而且由于没有高大的塔楼，阳光也更充沛。我不仅能闻到青草香，在穿过庭院的时候，还有陌生人跟我打招呼，这一点跟男子监狱颇为不同。

我的上司汉娜听说我要去女子监狱教课时，咧嘴一笑，说："我敢打赌她们都想上韦斯特先生的哲学课。"第一次课，我的教室挤了十五个女学员。而今天，是第二次课，却只来了四个。

阿格尼斯留着短短的毛寸头，头发灰白，她伸手到背包里拿出两根小包装的玛氏巧克力棒,递给了我。

"但这是你的东西。"我说。

"我想送给你。"她说着又把巧克力棒朝我塞过来。

一名警官路过教室,停步注视着我们。监狱规定,工作人员禁止收受女囚犯的礼物。安保部门担心出现诱骗行为、不正当关系等,这样员工就会帮这些女人往监狱外面夹带私货。

"对不起,阿格尼斯。"

她的手落回大腿上。"谁他妈制定的破规矩?——抱歉我讲话难听。他妈的就是个巧克力棒而已。"

她把巧克力棒放回包里。警官离开了教室。

一名叫索菲亚的罗马尼亚女子说:"还不开始上课吗?"她穿了一件宝蓝色的衬衫,正式到可以去参加求职面试。她已经入狱十多年了,却不知怎的,事情被拖延的时候还是会焦躁。上周,她跟我说,那些警官早上有时候准时开牢房门,有时候会晚二十分钟或一小时。后来她索性不再看表,开始高强度训练俯卧撑、单车式卷腹、俄罗斯转体等。"等牢房门打开,他们绝不会看到我在乖乖地坐等,"她对我说,"而是看到我飞在半空。"

我开始上课。我先讲了几分钟记忆和身份,然后提问:"如果你失去了记忆,还是原来的你吗?"

"我觉得年纪越大活得越像自己。"迪塔说。她戴着太阳镜,因为她今早来不及用化妆品遮眼睛下面的眼袋。

"比方说,我进监狱后才活得越来越自我。"她说。

"在这儿?"我问。

"这是我的独处时间。"

进监狱之前,这群女人有些露宿街头,有些十五岁就开始做母亲,还有些是性工作者,只能从皮条客手里分到10%的服务费。

一阵敲门声传来,我打开门,八名学生陆续进来。她们有说有笑,说今天迟到是因为有朋友出狱,她们到监狱门口为她送了行。

她们在那圈椅子里各自找位子坐下。有些人靠得太近,几乎坐在了彼此的腿上。这一点是与我在男子监狱教课最大的区别之一。虽然男囚犯住在同一楼层,但他们彼此并不熟悉。我需要帮他们组建一个团队。但女囚犯已经形成了团队,她们有权决定是否接纳我。

年轻女子伊玛尼弓身坐在座位上,手里攥着一条手帕。她两边都是空位。对面是位年纪与她相仿的姑娘,叫安吉拉。她两边坐着自己的朋友,而且她的两个朋友的脑袋都靠在她的肩膀上。

安吉拉哼着蕾哈娜的那首《雨伞》。她的两个朋友也跟着哼唱。伊玛尼却抽噎起来。

我想跟伊玛尼对视一眼,看她是否安好,但她的目光始终都盯在那条手帕上。

我重新开始上课。我问她们:"如果你失去了记忆,你还是原来的你吗?"谈论了几分钟后,安吉拉说:"我有个问题,安迪。如果你以前非常漂亮,现在变丑了,会怎样?你就不是原来的你了,对吧?没人愿意再跟你来往了。"

伊玛尼突然哭出声,起身走出了教室。

"她怎么了?"安吉拉说着,一丝笑容爬上脸庞,"我可什么都没做。"

虽然这里的建筑比男子监狱少了些幽闭氛围,但社交关系却极其紧张。她们的话里有话,这潜台词在我到来之前早就存在。而我虽是老师,有时候却是教室里最后一个明白她们在讨论什么的人。

课上到一半,一名勤务工端来些茶点,我们便课间休息。监狱的茶味道又霉又苦,喝过之后,我经常要吮吸一遍牙齿,努力清除那股残留的化学品的味道。女学员们走到教室一角,各自端了茶,聚在那里闲聊。我坐在桌旁,翻看我的教学笔记。

阿格尼斯走过来,"我给你拿杯茶吧。"她说。

茶是禁止收受囚犯礼物这条规定的漏洞。

"谢谢。"我说。

阿格尼斯面露喜色。她转过身朝教室那个角落走去。过了几秒钟,索菲亚走过来,把一个装了茶的小泡胶杯放在我桌上。

"你要少吃点糖,我看你老是打哈欠。"她说。

我端起杯子,伸手递给她。"我已——"

"你早上吃的什么?"她问。

"面包黄油。"

"早上得吃点水果。"

阿格尼斯拿着一个小泡胶杯走过来。"啊,"她转向索菲亚,"我去给他拿茶了。"

"我已经拿过来了。"索菲亚说。

我们商量了一下,决定这周喝阿格尼斯的茶,下周喝索菲亚的。

二十分钟后,我们又开始上课。伊玛尼在另外两个女人的宽慰鼓励下回到了自己的座位。我们继续讨论记忆的话题。

"无论你年纪多大,脑子多么健忘,"阿格尼斯说,"你都不会忘记你爱的人,对吧?这是最重要的事情。"

"不是说你会忘记,"索菲亚说,"而是你的记忆会歪曲,但你还意识不到自己记错了。"

"好吧,我就不会。"阿格尼斯说。

几分钟后,我讲道:"神经科学家认为,我们的记忆不是像摄像机那样,而是通过重构、编辑事件来创造一个符合我们当下情境的故事。我们的记忆总是在调整,这样我们才能适应现时的种种情境。"

"你说什么?"阿格尼斯的声音都颤抖起来,"我手边没有我父亲的照片。他只留下了几张,有一张在我表亲那里。等出狱后,我要去她那里看看那张照片。但在这段等待期内,我每天晚上睡觉前,都一定会在脑海中勾勒出父亲的脸,把它定格在那里。"

"对不起,我不是那个意——"

"你的意思是我接下来几年都会把他记错?"

我张开嘴,却不知道说什么才能让她少沮丧一些。

索菲亚从椅子里俯身向前,轻抚阿格尼斯的膝盖。"不要折磨自己,亲爱的。在监狱里要保持冷静。"

"可我不想。"阿格尼斯说。

第二天早上,我把一个苹果削成片盛到碗里吃掉。我发现,自从去了女子监狱,监狱现在在我眼里好像变得更加残忍。我听过很多男囚犯说"在监狱里要保持冷静"或"越早忘记外面的世界,越快度过刑期"这类话。他们很多人在踏进监狱大门之前就学会了切断与外面的联系。但阿格尼斯这种人天生无法与外界割裂。在她身上,我重新看清了监狱的隔离给人带来的巨大痛苦。

虽然女子监狱有些墙壁被涂成了粉色,但它终于提醒我,监狱是父权制权力最有力的表现之一。我习惯看到男子监狱中囚犯走路时不得不肩膀放平,拳头半握,时刻准备使用暴力的情景。女子监狱里也有这种走路姿势,但我也看到监狱如何逼迫一些女人变成更脆弱、更幼稚的模样。一旦进到监狱里,你要么成为一只阿尔萨斯狼狗,要么变成一只小白猫。

我与阿格尼斯一样,也没有父亲的照片。十年前,家里有个亲戚曾给我看过他手里的一张父亲的照片。接下来的两周,我都有种说不清的罪责感,脑海里的刽子手格外活跃。后来我再也没见过他的照片。但我在公交车上、酒吧卫生间的小便池旁或报纸登载的犯人照里,还是会看到一些面孔,让我恍惚以为是他。

我想要忘记父亲,但想象力不允许。但这正是羞耻的本质——无法遗忘。这是最为牢固的记忆。

当索菲亚劝阿格尼斯在监狱里要保持冷静时,她是在告诉她应该活在当下。对我来说,活在当下就好像是允许自己离开监狱,远离我根深蒂固的罪责感。

真实

  但在我们的谎言背后,我丢掉了阿里阿德涅的金线。因为最大的快乐莫过于能够沿着谎言的来路,回到谎言的源头,摆脱所有超我的压制而沉沉睡去,一年仅此一次。

阿娜伊丝·宁

  我对男囚犯们讲:"哲学家山姆·哈里斯说,撒一次谎就等于失去了一次与别人加强联系的机会。善意的谎言也不例外。他认为我们大多数时候撒谎都是因为懦弱。也许是因为真相太可耻,我们羞于承认,或是我们不想造成冲突,所以才撒谎。在哈里斯看来,这些谎言蚕食着人与人之间的关系。如果你对某人撒谎,你们之间的关系就会因此出现裂隙。对撒谎者来说,谎言也会产生压力和异化作用。所以哈里斯的原则是我们几乎一直都该说实话。"

  满头银发、面色红润的学生特里抱起了双臂。"如果一个怪人走近山姆·哈里斯,问他家住哪里,该怎么办?如果山姆·哈里斯发现这个怪人来势汹汹呢?他又会怎么说?"

  我说:"哈里斯说那些极端的情况不适用于上述关于撒谎的一般原则。他用宇航员作类比。当宇航员在太空中时,他们需要吃一种药片，保证在失重状态下不流失骨密度。但当他们回到地球，就不需要再吃那种药片了。"

"这他妈和宇航员有什么关系？"特里说。

"他的意思是，在极端情况下，比如有人勒索或威胁你，你无从选择只能撒谎，但这在日常生活中很少发生。所以大部分时候，你还是要坚守诚实这个基本准则。"

"如果有人想强奸他的姐妹呢？他会告诉那人她在哪儿吗？"特里问。

"不会。但这又是和宇航员的情况类似。我们大部分的道德选择是在地球标准大气压下做出的。像有人跟你说他想强奸你的姐妹这种事，可以看作不在地球标准大气压内。所以，虽然你不得不向正在寻找你姐妹的强奸犯撒谎，却并不代表在其他情况下撒谎也是件好事。"

"好吧，如果他们要强奸他的母亲呢？"

"还是与宇航员情况类似，特里。"我说。

"好吧，山姆·哈里斯听起来像是个很诚实的人。"他的脸上挤出一个夸张的笑。

"你有什么想法，特里？"我问。

"我想，"他边说边打开双臂，"我想我要去拉屎。"

他双手放在膝盖上，咕哝着从椅子上站起身，朝门口走去。

* * *

回到我七岁那年。当时临近圣诞节，我有几个月没见过我哥哥了。母亲说贾森在一家工厂做工，再过几个月干完活就会回家。

圣诞节前夕，母亲开着车，我挨着她坐在前座，一起去看我哥哥。我们下了高速，开上乡道，最后来到一个停车场。那儿有一个大指示牌，写着：女王陛下的监狱。

我疑惑地看着母亲。

"贾森在这儿工作，"她说，"很快就回家了，别担心。我们今天只来看他一小时。要开开心心的，好不好？"

我们下车，进了那座建筑。我们进到安检处，母亲冲我灿烂一笑，让我觉得不该说"但这是座监狱"这句话。安检人员允许她带一袋四支装的玛氏巧克力棒。我们把我的玩具、母亲的现金、钥匙和其他东西都存进了寄物柜。然后，一名警官带我们进了访客大厅。

二十分钟后，我和母亲坐在一个放着很多桌子的房间，桌子与桌子之间的空距很大。窗户上装着铁条。我们对面是一张空的塑料椅，旁边的桌子也是一位母亲带着孩子在一边，空椅子在另一边。一队男人从门口陆续进来，身上穿着亮黄色的背心，就像踢足球时为了表明自己所在队伍穿的那种。其中一个就是贾森。我看到他，心里特别激动。

他走过来抱住了我，他的胡楂剐蹭着我的额头。一名警官对我们说："禁止接触。"

贾森在我们对面坐下，说："妈妈可能已经跟你说了，我最近忙着在这边干点活儿。"

我双手垫在屁股下，一条腿荡来荡去。

贾森坐好后，母亲递给他一支玛氏巧克力棒。他撕开包装咬了一口。他们悄声说着话。母亲问他有没有惹麻烦。我记得他用拇指和食指摆出一个小小的 O 形，给她描述餐食里的西红柿有多小。安保人员在房间里巡视。贾森又咬了一口巧克力棒，咬完从嘴边拽开时，里面的焦糖被拉长扯断，粘在了他的下巴上。

"你单独住一间牢房吗？"母亲小声问。

"他们已经给我换过三次牢房了。"贾森说。

"你在监狱里。"我说。

他们俩一起看向我。

"我只是在这儿干点活，老弟。"

"我看过《羽毛相同的鸟》(*Birds of a Feather*)。这就是监狱。"

《羽毛相同的鸟》是一部电视剧，讲两个女人到监狱探视各自丈夫的故事。

母亲和贾森笑出了眼泪。

"这就是座监狱。"我说。

一月，我回学校上课。我坐到座位上，打开练习簿，拿起一支铅笔。一阵空虚感袭来。我哥哥在监狱里；眼前的一切与我有什么关系呢？老师让我把日期写在页面上方。我看着他，把铅笔尖在桌边折断。

我没有告诉任何人我哥哥在监狱里。我想大声喊："这一切都不是真的。不要再装了。"有一次，老师在给我们解释什么东西，讲得手舞足蹈。我笑话了他。他拉长脸，用手指着我说："有什么好笑的?"我学着他的样子,也拉长脸,指着他说:"有什么好笑的?"他让我滚出教室。我耸耸肩,走了出去。

我的现实世界崩塌了。在课堂上,我有时能争好辩,有时沉默沮丧。到了中学,我偶尔付出努力的科目也只得到 E 或 F,从分数上看,我觉得我的老师们确实什么也不懂。毫无意外,毕业时我只有两门课及格,其余全部挂科。

几个月后,我有些朋友去参加当地高校的开放日。我觉得自己分数不够,去参加也没什么意义。而几个月前,就在我考试前,有位老师把之前某个学生的课程作业复印给我,让我签上自己的名字提交。他的行为让我感到,原来还有老师理解我所处的现实世界与学校预期的不一样。所以我去了高校,上了一堂哲学试听课。

哲学课老师罗伯特提出一个问题:"我们如何知道自己不是在梦中呢?我们如何知道周围的世界都是真的呢?"

听到这个问题,我如释重负。

虽然我没达到通常要求的分数线,但罗伯特还是让我修了那门课。那门课让我感到无比兴奋。

在我生命的那段时期,我脑海中的刽子手对我的苛责最为严厉。我的想法分裂为两个极端:我要么是好人;要么是坏人。我无法生活在这两个极端之间。刽子手对我说,生活在两个极端之间就意味着我正走向堕落。我还来不及再度思考自己可能的出路,他就停止了交流。

但在罗伯特的课上，我们读到数世纪以来哲学家们的观念，而从那些著作的字里行间，我认识了一些了解生命复杂性的人。哲学家生活的地方似乎没有绝对的非此即彼，差异在那里是正常现象，交流可以继续，思维也能够继续被拓展。我以为如果我继续学习哲学，就能免受苛责。

课程的第一个月，我学习很努力，但发现很难。我第一份论文得了3/11（27.3%），第二份得了6/18（33.3%）。罗伯特在页边空白处写道："你写的很多句子我都得读两遍。你有好些说不通的想法。""这才哪儿到哪儿呀。"我心里想。

我继续努力学习，但罗伯特认为我的第三篇论文跟前两篇一样令人费解。我知道自己在讲什么，但别人都看不懂。我猜是因为我的内心世界太过特殊，无法用语言表达，心里绝望地泛起疏离感。罗伯特请我午饭时间去他办公室，亲自教我如何写出除我自己之外别人也能看懂的句子。他单独辅导了我很多次。但当他给我讲解什么的时候，我总怕自己会打断他，说些粗鲁的话。我不知道我会说什么，但我担心那些粗鲁的话会随时从我嘴里蹦出来。刽子手面对罗伯特的善意感到惴惴不安。

罗伯特坚持额外辅导我，我的成绩也稳步提升。我之前觉得没人懂我，现在感到了有人理解的满足。我对罗伯特充满了感激，因为他在我难以看到自己的优点时选择相信我。学完哲学课后，我脑海里仍有那种苛责的声音。但我现在脑子里有了另一个空间，那个空间充满了想象力和可能性。就好像我获得了精神世界的双重国籍。早上睁开眼睛，刽子手还在我脑子里。

我无法彻底把他驱逐出去,但我可以穿过一座桥,到一座风景迥异的岛上,享受在别处的感觉。

我在监狱教课期间,班上曾有个学生原来是笼斗士,名叫德里斯。他的肌肉特别发达,但总是有点驼背。他犯的罪原本应给他带来巨额财富,但在牢房里,他却在靠床的墙上刻上了"我不该这么贪婪"的话。当时他第二个十五年刑期已经熬过了一半。他看别人来来去去,连那些需要服几年刑的人也像电影里的临时演员一样来了又走。他疲倦了,再也不跟辅楼里新来的囚犯闲聊。他仿佛跟1300个面目模糊的人住在同一栋楼。但他喜欢哲学,我发现只有在哲学课上,他的视线才会落在别人脸上,而不是越过他们的头顶。有一次上完课,他离开前塞给我一张小字条,字条上写着:"两个小时的假期。谢谢你。"他经常把家人或朋友的探视比作两个小时的假期。但在哲学课上,德里斯也可以云游别处。

* * *

这天早上,我来到监狱门前,发现所有能存放手机的员工寄物柜都满了。于是我走进访客中心吱呀作响的波特卡宾房①。电暖气的热风在窗户上凝出一片雾气。我打开一个寄物柜,把手机放进去。墙上贴着一张囚犯家庭的求助热线海报,上面有个眼神哀伤的小男孩,旁边配文:"爸爸又到外地工作了吗?"

---

① 原文Partakabin,是一个模组式建筑品牌,指活动房屋。

我用钥匙锁上寄物柜，然后去教室上课。

几分钟后，我通过安检，来到一间墙上有八个锁着的壁橱的房间，每个壁橱都装着钢化玻璃门扇。里面是一排排钥匙。我把手指肚按在壁橱旁边的一个面板上，机器识别到我的指纹，壁橱门随之打开。我取出一串钥匙挂在腰带上，然后游走在监狱里，拿钥匙打开一扇扇门又锁上。整个早上，我从廊道到操场到医疗室到厨房到监狱长办公室再到隔离关押室。当我回想起那个圣诞前夕，我被隐瞒进到监狱的事实，就感觉腰带上挂这串钥匙似乎是非法的。我不断想象会有一个警官走过来，把这些钥匙拿走。

半小时后，我的教室里来了一个叫埃迪的新学生。有人在讨论巴西如何成为最后一个废除奴隶制的国家时，埃迪插嘴跟大家说，他在里约曾有一间能眺望伊帕内玛海滩的公寓。过了一刻钟，有人提起科索沃，埃迪又告诉我们，他曾经参加过战争且获得了勋章。

半小时后，有人吐槽西班牙足球队，埃迪跟我们说他曾有一段假期艳遇，那个女子后来当选了西班牙小姐。

之后的那周，在王室婚礼的前一天，一个学生带了一包巧克力消化饼干来上课，以示庆祝。埃迪咬着一块饼干，说："几年前，我还受邀去过玛格丽特公主家里。"他说话时，我看到他舌头上的饼干屑。"但我最后决定不去。"

后来，还是在那堂课上，埃迪告诉我们，他买的国家彩票曾中过六个号码，但是他和两位著名的说唱歌手一起狂欢时把彩票弄丢了。

再往后一周，埃迪告诉我们，他曾跟英国最穷凶极恶的几个罪犯同住一间牢房，包括查尔斯·布朗森和阿布·哈姆扎。"查尔斯·布朗森，"他说，"是你能遇到的最善良的家伙之一。"

再下一周，埃迪说："所以我唱了一首我在麦霸之夜写的歌，现在红发艾德靠它发了大财。"

埃迪刚开始打断别人讲这些故事的时候，别人对他青眼有加。现在他们对埃迪已经视而不见，甚至懒得让他唱首红发艾德的歌，或问他西班牙小姐的发香如何。

我在白板上写下"真实＝善良？"时，埃德已经上了大约两个月的课。

我讲道："柏拉图辩称，哲学王是国家的理想领导人。哲学王是精通几何学和数学运算的人。柏拉图认为，因为哲学王了解抽象的真实，也就懂得什么是善良。真实等同于善良。因此，这些哲学王将是最好的统治者。"

"什么，那就等于让史蒂芬·霍金入主唐宁街？"一个学生问。

"差不多，"我回，"其实，现实世界也有个类似的例子。以色列刚建国时，阿尔伯特·爱因斯坦曾受邀担任总统，但他拒绝了。"

"不，他没有。"埃迪说。

"有的。"我说。

"不可能。"

我挠了挠头:"我读到过。"

埃迪摇摇手指:"我做顾问的时候在以色列待过很长时间,爱因斯坦——从没这档子事儿。"

我勉强笑笑,努力掩饰我鼻腔里的怒火。我望向其他学生,指着白板上的"真实=善良?",问:"你们同意吗?"

几个小时后,我回到家,打开笔记本电脑搜索"爱因斯坦拒绝以色列总统职位"。我找到一篇文章,文章里确认爱因斯坦曾经有机会做以色列总统。网页最上面,是爱因斯坦标志性鬼脸的黑白照片。他窄而尖的舌头吐露在灰白的胡须之下。

我把这篇文章打印出来,放进了教学文件夹。

过了几天,我到女子监狱上课,学生们陆续来到教室。一个叫斯黛西的女人坐在教室一角的课桌旁,往正在写的信上多添了几行字。她穿着灰色连帽衫,袖子撸到肘部。她的小臂内侧文着她女儿的名字。我问候了她一声。她把笔头那句话写完,舌头抵着上排门牙说:"我必须每天给我女朋友写信。她一开始还不相信这是我写的。没进监狱的时候,我的字老是歪歪扭扭的,但进来以后有时间了,写的字也整齐了很多。"

其他女学生到齐了。斯黛西坐到椅子围成的圈里。我的右边是个十九岁的女孩,叫布兰妮。她涂着深紫色唇膏,笑起来时嘴角那里缺了一颗牙。她的对面是琳恩,是一个将近三十岁的格拉斯哥女人。她正在和邻座讨论本周早些时候监狱发的心理健康咨询传单。传单建议要按时锻炼、按时服药,还说要"跟你喜欢的人相处",这一点使琳恩感到心烦。

"老实说,"琳恩说,"在这儿搞份工作也不是什么难事。你其实不必活在现实世界里。"

我略有些不自在。我猜琳恩会觉得我也没有生活在现实世界里。

几分钟后,我开始上课。我讲道:"1944年,一个叫小野田宽郎的日本士兵被派往菲律宾的一座岛上征战。他的指挥官谷口少校在离开前,曾对小野田说他会回来找他,在此之前,不准小野田投降。"

琳恩正在腿上放着的杂志上乱涂,用黑色圆珠笔把一个护肤广告模特的眼白和牙齿涂黑。

"第二年,同盟军占领了这座岛。小野田藏身在丛林中。他靠香蕉、椰子维持生命,有机会时还会劫掠当地的农场。半年后,他在丛林里捡到一张传单,上面说战争几个月前就结束了。他坚信这传单是假的,是敌方为了让他们投降而设的圈套。"

布兰妮哈哈大笑。琳恩听到她的笑大为光火。

我接着讲:"1945年年末,当地人派了一架飞机,飞到丛林上空,投放印着山下奉文将军投降信的传单。小野田不相信上面的投降信。他不相信日本已经输了战争,一定又是同盟军诱骗他的把戏。"

我稍微提高了点儿嗓门,想看看能否唤起琳恩的注意。"他们投放了更多的传单,还有日本的报纸、士兵亲人的照片和信。"

琳恩低着头,还是不停地涂着。

"小野田什么也不信。后来日本代表来了。他们一边用扩音器喊话,一边穿过丛林。小野田觉得这可能是敌方抓获的日军俘虏,被迫来引他投降的。"

"他肯定得了妄想症。"斯黛西说。

"小野田在丛林里生活了三十年,直到被一个去菲律宾旅行的日本学生发现。学生告诉他战争结束了,但小野田说除非他的指挥官亲自来告诉他,否则他绝不相信。"

我问学生们:"小野田应该相信战争结束了吗?"

"当然应该。"布兰妮说。

"为什么?"琳恩问。

"因为事实就是这样啊。"

"事实只是一个词,"琳恩说,"我的律师跟我说开庭时要穿长袖衬衫把文身遮上。但我胳膊上有文身跟我无辜或有罪有什么关系?"

"但你知道自己是无辜还是有罪,这个事实对你来说是真的。"

琳恩一边在杂志上涂画,一边说:"事实确实如此,但其实并不重要。"

杂志上金发模特的牙齿现在有三分之二已经变黑。

"如果小野田要进入现实生活,真相当然重要。"我说。

"但这个世界已经把他忘了,"琳恩说,"他的家人和孩子可能开始了新生活。他觉得自己在抗击美国人,但是现在他的老家可能都开了麦当劳。没人会记得他。他只会觉得那里面目全非。"她仍旧低头涂着:"他就不能只相信自己愿意相信的吗?"

"但他们不是说真相会让你解脱吗?"布兰妮说。

"拜托,"琳恩说,"安迪,后来他离开丛林了吗?"

"那个学生回到日本,找到了在书店工作的谷口少校。他跟谷口说明了情况,然后谷口就去了那座岛。他到了以后,发现小野田仍穿着三十年前他命令他不准投降时穿的那套衣服。他的军装还干干净净。"

琳恩停下笔,抬起头看着我,眼睛里闪着痛苦的光。

"他的枪也完好如初。谷口面临着一个选择。"我说。我看到琳恩灼热的眼神。我的声音略有些颤抖:"他可以告诉小野田战争已经结束,或者也可以让他继续坚守阵地。"

我问:"谷口应该跟小野田说什么呢?"

斯黛西往前倾了倾,说:"告诉他会很危险,就像叫醒一个梦游的人一样。"

"他又不能永远睡下去。"布兰妮说。

"如果战争只过去五年还好说,可已经过去三十年了啊!"斯黛西说。

"五年或者三十年——并不能改变事实。"布兰妮说。

斯黛西说:"我曾经服过六年刑。出狱后,我感觉所有事情的节奏都好快。但这里的时间与外面不一样,所有事情都很慢,所以当我走出监狱大门的时候,我好像要跑步才能跟上其他人的步伐。才六年而已,最基础的事情都能要了我的老命。小野田可能永远也适应不了。"

"我还是觉得他能适应。"布兰妮说。

琳恩冷笑一声。

"而且不告诉他真相就等于不诚实。"布兰妮继续。

"审理我的案件时,他们说,判断我撒没撒谎,要看一个正常人是否觉得我诚实,"琳恩说,"那是什么意思——一个正常的法官,一个正常的囚犯,还是一个在丛林里生活了三十年的正常士兵?到底怎样才是正常人。"

"小野田不值得被诚实对待吗?"我问。

"谷口告诉他真相了吗?"琳恩问。

"说了。"我说。

"好吧,故事结局如何?"琳恩问。

"谷口告诉小野田战争结束了。小野田拉开步枪的枪栓,把子弹退出枪膛。他把枪摘了下来。他说一切都变成了空白,还不如三十年前跟手下的战士一起战死沙场。他无法理解过去三十年坚守军人的岗位是为了什么。"

琳恩的笔又回到了杂志上,继续涂模特的脸。

一小时后,课结束了。我离开教室,走到访客中心。我看到墙上挂着一幅宣传热线服务的海报,上面有一个小姑娘,配文是"我想妈妈了"。我打开寄物柜,拿出手机和钱包离开。

过了几天,我回到男子监狱,埃迪因为要见负责他的社工,没来上哲学课。我想给他本周关于笛卡尔的阅读材料,以及那篇证明爱因斯坦曾被邀请出任以色列总统的文章。我穿过廊道，看见每一件事物都是灰色的，每个人都在打哈欠。空气里充满了男囚犯身上久未清洗的味道，也充斥着日间节目的声音。我来到埃迪的牢房，门还开着。我站在门口，看见牢房里窗户开着，窗框上晾着一盒超高温灭菌牛奶。埃迪躺在他的床垫上，盯着天花板，床边的卫生纸卷只剩最后几段纸。

"我有两样东西要给你。"我说。

埃迪下床朝我走过来。我从文件夹里掏出笛卡尔阅读材料递给他。他把脑袋探出牢房，左看看右看看，然后往后退了一步，接着咬着大拇指的指甲。

我翻了一下文件夹，刚把印着爱因斯坦那篇文章的纸抽出一半，就听埃迪说："有两个家伙抢了我的电视。他们走进来，来回切换频道，我说'你们他妈的在干什么'，他们俩只是哈哈大笑。然后他们拔下插头就把电视抱走了。"

我看了看他的牢房。桌子上蒙着一层灰尘，只有原来放电视机的地方留了一片四四方方的净面。

他说："他们拿了就走，我什么也不能做。如果我表现好的话，再过七个月就出狱了，但那两人要服十年刑，他们可以想怎样就怎样。他们知道自己可以随意拿我的电视，而我什么也不能做。"

"抱歉，埃迪。"我说。

"我还是个空手道黑带。"

"你告诉安保人员了吗？"

埃迪的眼神躲到一边。他不想告状。

"但你们每天都会碰到。他们如果一直这样怎么办?"我说。

埃迪走了几步倒在床上,呻吟道:"你还想给我什么来着?"

我看着文件夹里半抽出来的那张纸,还能看到爱因斯坦吐舌头的照片。

"抱歉,埃迪。"我说。

他从枕头上抬起头看向我。

"没有别的东西了。"我说。

埃迪的头又落回枕头上。我把抽了一半的纸塞回了文件夹。

凝视

  凝视是一种独一无二的行为：看某样东西，便是用它填满你的整个生命，哪怕只是一瞬间。

王鸥行

  离开奥斯维辛集中营四十年后，普里莫·莱维发表了一篇文章，名为《羞耻》。文章讲的是他向一个朋友求助，想弄清楚为什么他活着走出了拉格，其他人却没有。他的朋友告诉他，因为他活着才能"见证"其他人的遭遇。

  二十五年前，母亲和我到监狱探视贾森，探视时间结束后，警官把他带回了牢房。母亲和我穿过出口走到外面的停车场。我觉得哪里有点不对，我要离开了，贾森却不能。母亲带我上车驶离监狱。我转过身，跪在座椅上，透过后窗盯着监狱。母亲让我坐下来，看着前面，但我无法移开目光。

  这天早上，我正穿过廊道，只听背后一声号叫。我转过身，看到一个二十岁上下的年轻人被六位警官押送。他们都抓着他的胳膊。他努力想要挣脱，长长的黑发披散在其中一名警官的脸上。

  "他对着我手淫！"年轻人叫道。

他的颧骨上有血,白T恤的V领也被扯坏了。他的双眼冒着怒火。

"他妈的对着我的脸手淫!"

警官们带他穿过廊道去到隔间,让他冷静冷静。

福勒警官告诉我,琼斯——被押送去隔间的年轻人——的牢房昨晚搬进来一个新狱友。今天早上,琼斯醒来发现他的狱友正对着他的脸手淫。琼斯跳下床就把他摁在了墙上。那人挺着勃起的生殖器,跟琼斯打了起来。安保人员不得不过去拉架。

"我的天。"我说。

福勒紧张地笑了笑。廊道上有几个犯人一边嘲笑琼斯,一边用手做手淫的动作。这时,一名警官喊道:"自由活动。"福勒返回了他的岗位。

我站在那里,看警官们带着琼斯下楼梯去隔间。

莱维尽可能地做了见证,但这并不能让他活着的事实变得更易于接受。他能观察别人的痛苦这一事实提醒着他,他活下来了,而别人却没有。这种见证只加重了他的羞耻感。

上完课之后,我坐进了停在站台的火车。一闭上眼睛,我眼前就闪现出琼斯的白T恤被撕破的领口。我咬紧牙关。

车开了,原本将现实聚合在一起的原子分崩离析。检票员走过车厢,但我的大脑突然想不明白为什么他两条腿这样前后交替就能往前走。他穿过自动门,门被打开时呼地发出很大的声音,就像廉价的电影场景中用的音效一样。面前的桌子看起来很远，仿佛我伸手也够不到。我看向窗外的城市，努力相信那些建筑、道路和汽车真的存在。可玻璃后面什么也没有。

在《羞耻》末尾，莱维说自己感到一种极其纯粹的痛苦，就好像生活在一个崩坏的世界，人的精神已经破灭，所有的一切都分崩瓦解。在这篇文章发表一年后，莱维从公寓三楼外侧的走廊跳下，殒命于楼梯井。

见证琼斯被送往隔间的两周后，我来到三楼，却听到下面的叫喊声和敲打声。我透过防自杀铁丝网往下看，在二楼，几个警官正押送着一个人去往隔间。

我有些头晕，但我无法移开目光。

欢笑

  幽默：天神之光，把世界揭示在它的道德的模棱两可中，将人暴露在判断他人时深深的无能为力中；

  幽默，为人间诸事的相对性陶然而醉，肯定世间无肯定而享奇乐。

米兰·昆德拉

  时隔一年多，杰罗姆又开始出现在我的课堂上。讲完运气那一节课后，我就没再见过他。这期间，他出狱又入狱。人更瘦了，手似乎抖得更厉害了，但脸上傻乎乎的笑仍没有变。

  我讲道："古代哲学家克律西波斯正参加奥林匹克运动会，一头驴走到桌旁开始吃他的无花果。克律西波斯喊道，'快给驴倒杯清酒来配无花果！'同时哈哈大笑。他笑得太猛，站都站不住。而后他倒在地上，止不住地颤抖，嘴角吐出白沫。人们想帮他却也不能，他就那样死去了。"

  "这种死法太妙了，就像做爱时死掉一样。"杰罗姆说。

  "他要是因为别人的笑话笑死会不会好点儿？"我说。

  "那就算谋杀了。警察会详细调查，尤其是口吐白沫那一段。"

  "被自己的笑话笑死不是很尴尬？"我问。

"他已经死了,要是活着不是更尴尬?"杰罗姆说。

周六下午,在外婆家,母亲把她的手机递给我。她退后几步,伸出胳膊抱着弗兰克舅舅。我举起手机,想避开《飘》里的瑞德·巴特勒那张镶在椭圆形相框里的大照片。我数完"三二一",当弗兰克用舌头把他的上排假牙顶出来时,我按了快门。

我给母亲看拍好的照片。弗兰克仿佛长了一排世界上最凸出的龅牙。他的脑袋后面是纹理墙漆的旋涡纹。我们都被照片逗笑了,但外婆没有。她坐在沙发上,没有看音量震天响的周日晨间烹饪节目,而是望向了远处。

"你要喝茶吗,外婆?"我问。

"把他放在那儿我心里好难受。"外婆说。

她正望着壁炉上外公的骨灰瓮。外公曾经做掘墓人做了十多年,他的兄弟和他一些孩子也干着相同的事情营生。

"但是是外公要求火化的啊!"我说。

"我知道,但是是我把他送进火里的,想想就觉得很恐怖。"她说。

"他的选择很明智,外婆。"我说。

二十分钟后,外婆去了卫生间,我把电视音量降了七格。弗兰克坐在沙发扶手上,掏出一小袋烟草和一张卷烟纸。他心情不错,给我和母亲讲起了故事。

"那次刑期是六个月,但因为我还偷了别的东西,就需要另外再加三个月。"他说。

母亲的嘴角已经上扬,我也做好了大笑的准备。

"我知道我会被判有罪,我的律师还说刑期很可能是累加而不是并罚的。那天早上,看守把我提出牢房,带去法院。我只是去换换景致而已。到了法院,我去上洗手间,没过几分钟,我的同伙查理也来了。他从口袋里掏出大麻卷,我们躲在厕所的一个隔间里抽了几口。问题是,抽完我们俩都绷不住地笑。狱警在外面敲门,说马上要开庭了,但我们就在那儿笑啊笑。查理把大麻卷扔进便池,然后狱警带着我们上了法庭。查理扑哧地笑个不停,我则咬着拳头努力忍着。见到法官后,我干脆用双手捂住了脸。"

我和母亲咯咯地笑起来。弗兰克把烟草铺在 Rizla 牌卷烟纸上,用舌头舔湿纸的边缘,把香烟卷好。

"听证会开了五分钟,"他说,"整个过程我都伏在桌旁,笑得前仰后合。法官认定我们两个有罪,然后要宣判。我把头从桌上抬起来,这时候我已经满脸通红了。法官说着'你的罪行恶劣'之类的废话——然后说:'但我看到你在哭,说明你已经开始知道自己做错了。'接着他判我们数罪并罚,同时执行。听到这个我又开始笑。"

几分钟后,我和舅舅来到厨房,等壶里的水烧开。他卷了一根烟,给我讲了十年前他去海边旅行的故事。当时正在退潮,他走到齐膝深的海里,在那儿静静地站着。海豹在他周围游动,在几米远外的地方盯着他。

"我们应该再去一次。"我说。

"嗯。等天晴的时候吧,这样什么都能看清楚。"他说。

弗兰克出狱后,跟我讨论过很多要去海边看的事物,只等天气晴朗我们就去。但很多晴天来了又走,我和弗兰克都不曾离开过沙发。不过,我们仍然谈论着那里的鸟、海豹和天空,幻想着有一天我们会一起去看看。好像晴天是我们另一种未来的一部分,不存在于真实的生活里。

水开了。弗兰克沏了茶,递给我一杯。他把卷好的烟夹在耳后,我们回到客厅坐下。

整个下午,弗兰克都在给我和母亲讲故事,客厅里笑声不断。我的笑声引得他笑,他的笑声又引得母亲笑,母亲的笑声又引得我笑,继而弗兰克又笑。挡在我和弗兰克中间的那堵墙,随着我们来来回回传递的笑声,变得更容易穿透。

大约下午五点,弗兰克在膝盖上弹了弹烟灰,给我们讲了三十年前他在坎特伯雷监狱服刑,跟一帮埃塞克斯郡的人斗争的故事。我脸上的笑全程不曾消退过。

"看守四处巡视,把所有犯人都锁好,却唯独没锁我们的。所以,我给壶里灌了水烧开。然后静静地等着。过一会儿再烧开一遍。我和维尼盯着门。我反复烧着壶里的水,空气里他妈的都是蒸汽。然后我们听到了脚步声。我拎起水壶,打开盖子,埃塞克斯团伙的三个家伙冲了进来。"

弗兰克陶醉地望向远处。

"我把开水正好泼了那人一脸。"弗兰克说。

我的笑容僵掉，心里感到震惊和厌恶。

"你们应该看看那人的脸。"弗兰克说。他双手放在脸侧，扯着脸皮，眼睛和嘴巴的弧度都向下弯去。而后把舌头伸出来呻吟道："呜哇哇哇！"

我笑成一团，母亲笑得太厉害，捂住了肚子。弗兰克自己看起来也很开心。

我抬手掩住嘴，想努力止住笑。我深深吸了一口气，把手挪开，试图冷静下来。但看到母亲笑得眼泪横流，弗兰克在一旁嘲笑，我忍不住又笑了起来。

几小时后，我走在回家路上。天气晴朗，只有几缕薄若水气的云。回到家，我往马克杯里放了一个茶包，烧了壶水。我把开水倒进杯子。水色变暗了。

我用茶匙搅着茶包，热气熏到我的手指背面。我放下茶匙，把手指肚贴在茶水表面，感觉不烫，但随即，我的手猛地抽了回来。指尖很疼，而且正在变红。然后我把拇指伸进去，感受到了一种更确定的痛感。

我打开冷水龙头，把手放在下面，冲到手失去知觉。

第二天早上，用白板笔写字时，我的手指仍有触痛的感觉。几个学生围坐在桌旁。杰罗姆骄傲地讲着自己支持的足球队昨天如何获胜。在昨晚的《今日赛事》(Match of the Day)集锦中，那个球队每进一球，他都把牢门敲得梆梆响。德夫，一个四十多岁的瘦高个儿,今天一直在打哈欠。我问他还好吗,他却把双臂拢在桌上,头放在肘弯,枕着自己的二头肌睡着了。

一个叫阿利斯泰尔的人走进来,找了位子,而后面无表情地瘫在椅子里。他戴着精致的无框眼镜,而且,他是我见过的第一个穿着脚蹬休闲鞋的犯人。

我关上门开始上课。我说:"超现实主义艺术家安德烈·布勒东讲过一个故事,说一个人被领到绞刑架旁,马上要处刑。绳圈都套到了脖子上。行刑者问他是否有遗言,那个人转身问行刑者,'绳子牢靠吗?'"

"哈,绝妙。"阿利斯泰尔说。

我问他们:"对这个人来说,有没有更好的遗言?"

"说什么不都一样。"德夫说,声音闷在桌板上。

阿利斯泰尔说:"嗯,他自然是应该背诵莎士比亚全集,或者克里斯托弗·马洛全集,虽然马洛的作品不如莎士比亚多,但无论背诵谁的,都能多活一会儿。"

"他可以说抱歉。请求原谅。"伊恩说。

伊恩的皮肤干燥且有裂纹,骨瘦如柴的身上套着一件松松垮垮的T恤。他的小臂内侧有鲜红的抓痕,说话的声音含糊而愤怒。

阿利斯泰尔说:"恕我看不出他为什么要道歉,也许他只偷了一块面包,但这个国家对他犯的罪可比他这点儿罪重多了。"

"肯定不是一块面包。"伊恩说。

阿利斯泰尔抖了抖手腕。"道歉的时机应该在行刑之前。这已经与他犯的罪无关了。这是他生命如何结束的问题，是他的个人时刻。他们要取他的命，这是不对的，谢谢。如果他说抱歉，就等于把行刑本身和整个体制都合法化了。"

"所以，如果我们为自己所犯的罪道歉，就等于说监狱是对的？"伊恩说。

阿利斯泰尔耸耸肩："国家才不管你是不是真的抱歉。他们只想看到你臣服而已。"

伊恩回道："那个人不失败吗？在临死前开玩笑不可悲吗？这里的犯人说我一笑脸肯定会裂开，我不介意。我不想当那种觉得进监狱很好玩的蠢货。"

"说什么不都一样，"德夫的头还埋在桌上，咕哝道，"什么也改变不了。"

我们都看向德夫，等着他继续讲，但他的头埋在桌上一动不动。

我说："德夫说得对吗？如果一个人在被处决前开了个玩笑，会带来什么改变吗？"

伊恩挠了挠小臂，说："玩笑什么也改变不了。但如果他道歉，也许会减轻他曾给受害者带来的痛苦。"

"我看安德烈·布勒东并不是在讲补偿性的正义，"阿利斯泰尔嘲讽道，"这个人通过开玩笑，阻止了行刑者获胜。他让行刑者知道，他可以取他的性命，但不能取走除此之外的分毫。"

"补偿性正义有什么问题吗？"伊恩说。

"首先，它的名字就很不中听。"阿利斯泰尔用手指划过头发,换了跷二郎腿的姿势。

几分钟后,伊恩说:"你们见过那些维多利亚时期的老照片吗?上面的人看着都很愤怒。因为相机拍一张照片要花半小时,你又不能一直笑半小时。如果有人跟你说他们觉得生活是部喜剧,那一定是在撒谎。"

阿利斯泰尔观察着自己的指甲。

德夫咕哝着,终于抬起头揉了揉眼睛。

"你怎么看,德夫?"我问。

"上周,我室友订了一袋 15 小包的彩虹糖,但周五早上我们到餐厅时,彩虹糖却没到。他沉默下来。整个周末一句话也没说。然后昨晚,大概九点半的时候,他开始撞门,喊着他想要他的彩虹糖。管理员闻讯赶来,跟他说要等到下周。他冲他们大吵大嚷,结果他们关了观察窗走了。接着,他拔下电视的圆天线,把它绕在脖子上,威胁管理员说如果不拿些彩虹糖来,他就把自己勒死。"

"那一定很难受吧,德夫。"我说。

"是啊,毕竟《今日赛事》就要开始了。"他说。

杰罗姆仰头哈哈大笑。

"你真烦,德夫,"杰罗姆说,"我都开始相信自己变成好人了,你又让我笑这种破事败我的功德。"

德夫的头又落回桌上。

几个小时后,我走在回家的路上,想着阿利斯泰尔所说的死刑犯的玩笑"如何阻止行刑者获胜"。我脑海中的刽子手给我带来的最压抑的一个影响是,我与幽默或玩笑无缘。它让我所有的举动都那样绝望——无论是在火车上与陌生人对视时,或是努力入睡时,或是走向家附近的那座山的山顶时,我总在祈求宽恕。我的祖父老年患了痴呆症,临终在医院里,他不断问护士:"现在需要我做什么事吗?我是不是做过什么事?"他在孤儿院长大,那家机构对孩童的职责与服从教导极为严苛。当他其他的个性都消失不见,唯独这种特征留存了下来。我担心到我临终时,会不断跟护士说:"我是不是做过什么坏事?我不会做坏事的,对吧?"这就是绞刑架下那个囚犯说出"你确定绳子牢靠吗?"时我欣赏他的原因。他的玩笑不只是他自己面对死刑的武装,也有意破坏了救赎的可能性。他跳出了行刑者给他设定的罪恕的困境。他开了玩笑,因而才能以自我之名赴死。

* * *

我哥哥给我讲他大腿伤疤来历的那天,还跟我讲了一件事。那是大约五年前,几个毒贩告诉他和他的同伴托比亚斯,如果他们护送六千克毒品安全过镇,他们欠的债就一笔勾销。托比亚斯说他不想做。毒贩们便将他推进一辆关着一只非常激动的罗威纳犬的车,然后把门全部锁上。托比亚斯双臂挡到脸前,试图保护自己。毒贩在外面边看边笑。贾森也跟着笑。

"你也笑了?"我问。

"如果我不笑，下一个就是我。"他说。

* * *

上完布勒东那节课的第二天，我来到女子监狱。安吉拉和她的朋友布兰妮问我哲学课何时结束。我告诉她们还剩三周。

"不是吧！"安吉拉叫道。

"你确定？"布兰妮问。

"恐怕课总归要结束的。"我一边说，一边为这两个学生如此喜爱我的课而骄傲。

布兰妮和安吉拉紧紧靠在一起。

安吉拉对我说："我们在不同的辅楼。来这里就是为了见到彼此。"

"哦。"我说。

"真的只剩三周了吗？"布兰妮说。

三十分钟后，我请所有学生换位子，跟平常不常讲话的人分享交流，以便催生更多的想法。布兰妮和安吉拉听到这个要求，则伸出胳膊紧紧搂着对方。她们没换位子，而且布兰妮把头靠在安吉拉肩上。几分钟后，其他小组讨论起时间的哲学。布兰妮和安吉拉却面对面坐着，一边唱"拍蛋糕，拍蛋糕，给我烤一个蛋糕"[1]，一边拍手。安吉拉不小心拍到布兰妮的胸部，两人笑着尖叫起来。

周四晚上，我在准备一堂尼采与欢笑的课。尼采认为生命

---

[1] 出自童谣《拍蛋糕》(*Pat-a-cake*)。

是非常严肃的事情。上帝已死，天地不仁，于我们冷漠无情，我们终将孤独死去。然而，尼采认为我们并不该因此换上肃穆的精神和庄重的神情。严肃正是发笑的缘由。当你意识到存在的虚无本身就是个残忍的终极笑话时，你付之一笑，便不会坠入深渊。没有哪种现实可怕到连"蔑视的笑"也拯救不了。生活越是严肃，笑的提升作用越大。

我想到了舅舅弗兰克。对他来说，生活中没有多少不幸严重到不能开玩笑。我欣赏他超然痛苦之上的玩笑态度。不过，正因为他在超然痛苦之上，我们之间才有距离。

周五上午，我给女学生们讲了尼采的一个欢笑战胜悲剧的故事。

我讲道："一个叫查拉图斯特拉的人看到一个年轻的牧羊人躺在路边扭动着身体。一条粗壮的黑蛇从他嘴里吊出来。查拉图斯特拉试图把蛇从牧羊人口中拽出，但蛇的牙齿嵌在牧羊人的咽喉处，他无法下手。"

布兰妮和安吉拉用手捂着嘴，笑着喘气。

我继续讲："牧羊人的牙咬进蛇的肉里，直到把蛇身咬断。蛇的尾部落到地上。牧羊人站起身，吐出蛇头，发出一阵令人毛骨悚然的响亮笑声。查拉图斯特拉惊奇不已，他以前从未听过这种笑声。"

"也许是他嘴里还残留了一点蛇肉？"安吉拉说。

布兰妮紧紧抓着安吉拉的胳膊，才没从座椅上笑瘫在地。

维特根斯坦说,仅用笑话也可能写就一部合理的哲学作品。我的朋友约翰尼会反对,因为搞怪,我俩经常被罚在课后一起留校。十七岁时,我开始学哲学,他觉得我严肃过头了。

他后来成了园艺师。他肩膀圆实,胳膊健壮,几乎一直是古铜色皮肤,一直欢乐开朗。我将近三十岁时,出版了早期写就的一部作品。出版后,我坐在他家的沙发上,在笔记本电脑上打开这本书,递到约翰尼眼前。他读了开头的三四百字,就把笔记本放在一边,起来去给自己沏了一杯茶。

我跟着他进了厨房。"你不喜欢吗?"

"只是觉得应该再有趣一点儿。"他说。

"但它原本就不是有趣的书。"

"我知道,"他笑着耸耸肩,"只是觉得应该再有趣一点儿。"

几年前,我写了一本书,明白无误地要逗读者笑。出版社愿意出版它,我以为这就是一个确证,说明我这本书已经做到了有趣。于是我把书的链接发给了约翰尼。

第二天他发消息回来。

"安迪,这本书好让人伤心。"

* * *

我七岁时,有一次和哥哥坐在外婆家客厅的地板上,看《克雷兄弟》(*The Krays*)[①] 录影带。它是 20 世纪 60 年代伦敦东区两个逍遥法外的黑帮头子的传记影片。我看得生气,因为他留

---

① 又译《双生杀手》。

了莫西干头,我也想留,但母亲不许。

几分钟后,外婆进到客厅,看我们在看《克雷兄弟》。"那时候没有人会抢上了年纪的女士。他们要是敢,克雷兄弟就会把他们揪出来。"她说。

她用拇指摸了摸自己沉甸甸的金耳环。

外婆说:"住在十九号的女人有一次在酒吧碰到克雷兄弟进来。两兄弟请所有人喝了饮品。他们很帅气,你们懂的。"

那天晚上,我清醒地躺在床上,害怕有人会闯进我的房间,在我的脸上刻下一道永久的微笑;鉴于我外婆觉得克雷兄弟很有魅力,我担心她可能就是那个会开门放他们进来的人。

* * *

周日,我到外婆家。她打开门,用没系扣的开衫裹紧身体。我抱了抱她,能感到她后背的骨头在硌我的胳膊。我们走进客厅,《克雷兄弟》录影带还在架子上放着,封面上红色的字已经褪色。

弗兰克在楼上自己的房间,已经闷在里面三天了。他有时候会抑郁,跟我们说看不到活着还有什么意义。等到他发现自己几乎无法开口说话,情绪就会变得更加压抑。因为无法成为大家期待的喜剧人物,他便把自己锁在房间里。

"他这一段时间抽了很多烟吗?"我问外婆。

"没闻到烟味儿。"她回。

"听着不太妙啊!他吃东西了吗?"

"只吃了一点儿。但他不是不想见你,安迪。"外婆说。

我走到楼梯下面,仰头看着紧闭的卧室门。我听不到电视播放的声音,也听不到里面任何动静。

"希望你还好,舅舅。只想跟你说我爱你。"我在门外说。

他没回应。

我敲了敲门。

他没开门。

第二天早晨,我穿过廊道时,看到一间牢房没有门,只在门框中装了一块厚厚的珀斯佩有机玻璃。一名穿着便服的警官坐在牢房外的一把旋转椅上。里面的犯人最近企图过自杀,所以现在被二十四小时监护。我经过的时候放慢脚步,瞥进房间里。里面的囚犯正脸朝下趴在床褥上。

我走进我的教室,在白板上写下:"哲学就是学习面对死亡。——苏格拉底。"然后把椅子摆成一圈。走廊上一名警官喊道:"自由活动!"我立刻就听到有人走过来。

伊恩来了。从上周开始,他T恤的肩膀处就出现了一个五厘米的洞。阿利斯泰尔、杰罗姆和其他学生陆续进来,坐成一圈。

我开始讲:"布勒东说绞刑架幽默是'多愁善感的死敌'。但与我们的多愁善感为敌会不会很危险?"

阿利斯泰尔的目光从眼镜上方传过来。

我接着讲:"尼采说,'笑话是感知不再的墓志铭'。另一位哲学家克尔凯郭尔也警告说,幽默可能会以灵魂为代价。他说开玩笑的人等于放弃了真诚表达自己内心的机会。"

"罗宾·威廉姆斯,他自杀了。"伊恩说。

我问道:"布勒东故事里的犯人应该说些更真心的话吗?"

"那就是他的真心话,"阿利斯泰尔说,"如果他说'绳子牢靠吗?'同时你发现他的裤裆处尿湿一片,那就不是真心的。或者如果他整晚没睡一直在打草稿,那也不是真心的。但当他张口说'你确定绳子牢靠吗?'连他自己都吃了一惊,这完全是临场反应。没有比这更真心的话了。"

"那只能说他是个好演员。"伊恩说。

阿利斯泰尔叹了口气:"你想让他道歉,但当一个脖子上绕着绳套的人开口道歉,恐怕并没有什么意义。"

"你只关心他对死亡是否处之泰然,却不管这是否真实。"

"你看,有些玩笑掩盖真相,还有些玩笑源自真相。他的玩笑真实地表明了他的处境有多糟。"阿利斯泰尔说。

"他就像监狱里的许多蠢货一样,以为开个玩笑就不用直面自己的处境了。你知道监狱里为什么总这么多爱开玩笑的人吗?因为他们永远厘不清自己的生活。"

仍然是在教室,我看着阿利斯泰尔。他靠近椅子里听伊恩发言,脸上挂着一抹淡淡的笑。

我讲道:"诗人罗伯特·弗罗斯特说我们开玩笑是为了逃避这样一个事实,即生活在本质上并不是个笑话。"

"祝福他。"阿利斯泰尔说。

"他说'幽默是懦弱最迷人的表现形式'。"我接着说。

杰罗姆说:"几年前,我参加了一个家庭派对,后来派对失控了。有人带了枪,当场开枪混战。我倒在地板上装死,直到混战结束。几年后,我进了监狱。我跟同住的家伙讲了这件事,也说了我如何装死。他笑疯了。我问他哪里好笑。他只说'你就是笑话',然后又接着笑。"

"他觉得你是个胆小鬼,但弗罗斯特会说笑的人才是胆小鬼。"

"他要是在那儿,就他妈的笑不出来了。"杰罗姆说。

阿利斯泰尔换了跷二郎腿的姿势。他摆摆手说:"抱歉,我没法像弗罗斯特那样纯真。事实是,胆小鬼站上绞刑架后会祈求饶命。布勒东故事里的人很勇敢,他几乎是朝行刑者竖了中指,只不过极其巧妙罢了。还有更加暴力的反抗形式,但他决定开个玩笑。他选择了最为温厚的反抗形式。"

"他反正都要死了。无论说什么都不用承担后果,所以不是真正的勇敢。他这是在射空门。"伊恩说。

阿利斯泰尔摘下眼镜,用polo衫的下摆擦了擦镜片。他的脸看起来完全变了样。他有一双像鸟一样的小眼睛,下面的皮肤看起来坚韧有力。

"一句话,就是神圣和亵渎之争。弗罗斯特认为笑话是种亵渎。"阿利斯泰尔说。

他把眼镜戴回去。双眼看着又精神起来。

他接着说:"他说生活不是个笑话,因为他认为生活是神圣的，仅此而已。"

二十分钟后，我走出监狱大门，从寄物柜里取出手机，发现有一通母亲的未接来电。我站在停车场，在上风处躲开一群正在抽烟的监狱警官吐出的烟雾，给母亲回了电话。

母亲接起来："是你舅舅弗兰克的事。"

"怎么了？他还好吗？"我问。

警官们吐的烟雾飘到我脸上，刺痛了我的眼睛。

"福利部门给他寄来一封信，想证明他具有工作能力。"母亲说。

"我马上就到。"

一个小时后，在外婆家的客厅，我舅舅来回踱着步。我盘腿就着咖啡桌坐在地上，翻阅厚达三十页的表格。表格中要求弗兰克填上他的详细资料、资历、犯罪记录、精神健康记录等内容。

"我他妈怎么知道要填什么？但你在文字上有一手，安迪。"弗兰克说。

他走到阳台上抽烟。看到他走出房间，我感到轻松不少。外婆给我端来一盘点心，有六块瓦格威尔牌棉花糖夹心巧克力饼干和两片蛋奶糕。我填好了头几页。能回答这样一份全面的、关于我舅舅的问题清单，我觉得很开心，仿佛以我的笔迹写下他的生活可以证明我们的关系。

弗兰克只做过一份工作。他二十几岁的时候曾在一家仓库工作，考虑到他抢劫过几十个仓库，这个工作经历实在不可思议。他在那儿干了十八个月，直到经理跟他说仓库倒闭才停止。他拿到一份推荐信，但发现没有其他老板愿意用他。不过，"干活"这个词经常挂在弗兰克嘴边。他经常说他和维尼如何"一起干活"。弗兰克干了五十年活，踏遍了全国各地。他的干活时间在晚上和周日。直到现在，还有人打电话来问他愿不愿意干点儿"小活儿"。他和他的前妻吵架时，会说"我为了养家在努力干活"。但弗兰克现在年纪太大，不适合抢劫了。就在他金盆洗手的当口，福利部门却要努力证明他适合干活。

我回头看我填好的精神健康部分的内容，发现内容看起来太过偏激。我走到阳台上。弗兰克正在抽手卷烟，而且手卷烟已经只剩过滤嘴了。

"我来确认下你对我填的满不满意。"我说。

"告诉他们我很烂就对了。"他说。

"我这么填的：有绝望感、孤僻、短期健忘、情绪起伏不定的状况。"

"妙极了，安迪。"

"情绪焦虑，有自杀念头，有恐惧感。"

"完美。"

种族

  我永远无法摆脱这种疑虑，即我的一切只是一系列不可思议的偶然事件的结果……在我看来，如果我是走廊里面那家邻居的孩子，我最强烈的感情和信念恐怕会轻易改变。

扎迪·史密斯

  昨天下午，我来到监狱上班，前来探视的犯人的家人和朋友正在安检处排队。我排进队伍，前面是一个小男孩和他的母亲。他脸上既有兴奋也有恐慌，让我想到小时候探视哥哥的样子。我冲他微笑。他连忙握紧了母亲的手。他们两个通过了安检，我跟在他们后面走了进去。

  有时候，踏进监狱让我觉得我正在一条绵延不断的路上，从我的过去走向现在，从监狱探视者变成监狱教师，从我的家人走向我自己。而周日下午去外婆家跟舅舅闲聊则像是踏上一条反向的路。那种渎神、荒唐又可悲的对话常常让我想起课堂的情景。

  在监狱教课的第一年，我在北佩克汉姆小区（North Peckham Estate）原来的一套政府福利房里租了一个房间。那片地方被称为"小拉各斯"，因为很多尼日利亚人聚居在那里。从我的房间出去两分钟，就有售卖加罗夫饭①、炸大蕉和油炸糕的咖啡馆，但我大部分时间还是在最近新开的一家具有佩克汉姆士绅风格的咖啡馆，用我的苹果笔记本工作。一天早上，我在监狱里上课上到一半，一个看起来约莫只有十九岁的黑人走了进来。他拿起笔，用涂鸦般的字迹在白板上写下一个邮政编码。

"需要帮忙吗？"我问。

他把笔扔在地上走了出去，门也没关。他在白板上写的邮编指的是他所在的帮派和另一帮派打斗的地方，这个地方距离我的住处只有两条街。

那天晚上，我回到家，想起了那个年轻人。我们都来自劳工阶层，但我去上了大学，当了教师，又以私人租户而非廉租住户的身份来到一个小区，他却进了监狱。我在他这个年纪时，一位哲学教师正在利用他的午餐时间给我补课。

成年后，每当我接触上流社会，提到我的父亲、哥哥和舅舅都坐过牢，他们总会庆贺我打破了这个恶性循环。几周前，班上有一个英属牙买加同学，他的父亲和兄弟也都坐过牢。我看着他，想象如果我是黑人，我告诉别人我的家人坐过牢，他们会是什么反应。我猜他们会想要小心提防我。

踏进监狱让我想起自己的身世，同时让我意识到我逃离了我的身世，而如果我不是白人，我能有的逃离路线要少得多。

---

① 原文 jollof rice，也称西非辣椒炖肉饭。

十八个月前,课上只来了两个学生:洛基和伊曼纽尔。洛基是混血,脖子上有"HMP Soldier"(皇家监狱战士)字样的文身。伊曼纽尔是白人,长头发,山羊胡被编成辫子形。手腕上戴着一组玫紫色珠子。

我望着走廊,看是否还有人过来。一个年轻的黑人正在跟一名黑人警官争辩,因为警官把他降到了基本状态。

"叛徒。"年轻人说完走了。

我又等了十分钟,看是否还有其他人来,但听说其中一个辅楼发生了打斗,犯人们现在都被锁在牢房。于是我关上门,开始上课。

我在白板顶部写上:"不同种类的动物。"

在它下面,我写上豪尔赫·路易斯·博尔赫斯虚构的中国古代百科全书《天朝仁学广览》(*Celestial Emporium of Benevolent Knowledge*)中对动物的分类。"属于皇帝的、涂了香料的、驯养的、哺乳的、美人鱼、出神入化的、流浪狗、归入本分类法中的、像发疯般颤抖的"。

"你的星座是什么?"伊曼纽尔问我。

"我没有星座。"我说。

"你这么会讽刺,可能是摩羯座。"

我继续写分类:"不计其数的、以非常细的骆驼毛笔画的。"

"你是哪里人,安迪?"洛基问。

"我生在英格兰。"我说。

"但你不是完全的英国人。"他说。

"我的父母都出生在英格兰，他们的父母也是。"

在监狱外，很少有人问我是哪里人。但在监狱里，我一周能被问好几遍。有时候是因为那些有色人种的学生想听我说我不是完全的白人。另外，因为这里的每个人都自顾自的，没人真正了解别人。在这里，你是哪儿的人就等于你是什么样的人。

我转向白板继续写道："刚打破了罐子的、远看像苍蝇的。"

"那你很喜欢日光浴床吗？"洛基边说边冲我眨眼。

"我的太—太—祖父母是流浪的罗姆人，但他们最后定居在东区。"我说。

"我上周看了一部关于罗姆人的纪录片。"

"那你比我还要了解他们。"我说。

"我就知道你有一点点别的血统。"他看起来很开心。

我指向白板上的分类清单。"你们如何认——"

"你什么时候出生的，安迪？"伊曼纽尔问。

"早上。"我说。

伊曼纽尔瞪着我。

门"梆"的一声开了。一个人冲进来，跑到教室的一角。他的脸颊、额头和发际线上都有疤痕，整张脸看起来像写了字的纸页一样。

"嗨！"我说。

他没理我，紧盯着门。

"我们在上哲学课。"我说。

他上上下下打量了我一番，然后又看向门口。

"你要坐下吗?"我问。

"有个看守在追我。"

"你看,我们刚开始上课,找个位子坐吧。如果警官来了,我会问他们能否让你在这里上课。"我说。

他嘲笑了我。

"你被截查搜身过几次?"他问。

伊曼纽尔看着我,手绞着发梢。

"你从没被截查搜身过,对吧?"那人说。

"有过。"

"他们给你开罚单了吗?我猜一定开了。我猜他们一定还叫你先生,而且对你说,'哦,抱歉打扰您了,先生'。"

"我记不清了,这是很久以前的事了。"我说。

"那当然了。"

他横穿过教室,跑出门。我走到门口,看到他冲刺一般跑向走廊尽头,然后窜进了另一间教室。我把门半关着,却觉得不舒服,又去把它打开。

"他可能会回来。"我说。

"真像摩羯座说的话。"伊曼纽尔说。

* * *

十八岁时,我有一次凌晨两点钟从朋友家回来,独自走在空旷的 A 级公路①上。我穿了一件深灰色的连帽衫,围着一条黑

---

① 次于高速公路的主干公路。

色围巾裹住鼻子。一辆警车在我前面停下,警察从车上下来,盘问我从哪里来、到哪里去之类的问题。他们说要对我进行截查搜身。

"我什么也没做。"我说。

警察让我把口袋翻出来,双臂伸展。

我依言照做。他们查了我的口袋。我把头别向一边,装作若无其事,但其中一个膝盖止不住地颤抖。

他们什么也没发现,但我觉得这证明不了我的清白。

"我什么也没做,你们可以给我做呼吸测试,结果一定是零。"我说。

警察返回车里,驾车走了。

我怀着罪责感走回家。脑海中的刽子手对我说,我一定是犯了什么错,不然警察不会截查我,警察一定掌握了某些连我自己都不知道的信息,下次他们就会把我带进警局。

到家之后,我把连帽衫脱掉,把它扔到了衣柜底层。

几天后,我在慈善二手商店买了一件藏蓝色亚麻外套。当时还是冬天,所以穿的时候只能在里面套我那件厚厚的红色羊毛套头毛衣,而外套紧紧裹在毛衣上,腋窝那里紧绷绷的。

过了两周,我在凌晨走在回家的路上,身上穿着红色羊毛套头毛衣和藏蓝色亚麻外套。一辆警车在我身旁停下。我心里很害怕,准备任他们搜查摆布。

他们摇下车窗。我蹲下看进车里,里面坐着一男一女两位警官。他们看了看我,又彼此对视了一眼。

"噢。"女警官说。

警车驶离,然后开走了。

如果我是黑人,我想那位警官就不大可能会说"噢"了。我怀疑换身衣服就足以改变我给人的印象。

在《全世界受苦的人》(*The Wretched of the Earth*)中,哲学家弗朗兹·法农写道:"面对一个由殖民者构建的世界,被殖民对象总被认为是有罪的。然而,被殖民对象并不接受他的罪,反而将其视为一种诅咒、一把达摩克利斯之剑。"在古希腊神话里,达摩克利斯每天都生活在一根细线悬着的剑下,知道这把剑随时会掉下来。法农描述的正是脑海中有一个刽子手的生活状态。

每天下午五点钟,我都要穿过廊道走出监狱。我看到那些黑色和棕色皮肤的犯人正被关起来过夜,这让我明白,有些刽子手不仅是脑海中的一种声音。

今天,我又上了一节关于马尔科姆·X的课,我们谈到X对去势的关注如何可能与他生活的时代——那时美国白人会叫他"小孩"——相关联。上完课,几个黑人学生问我下节课能不能讲哲学和种族。鉴于这些学生之间有充分的信任和开放度,这建议听着不错。

我对种族这个话题也感兴趣。我还小的时候,没有完全明白我所属的种族如何塑造了我的生命。有色人种在刑事司法系统中所遭受的压迫,以及哥哥出狱仅两小时就再次被警方追捕,这两者对我来说没有多大的区别。但随着年龄渐长，阅历渐丰，我明白如果贾森是黑色或棕色人种，他被逮捕的次数可能更多，所受的刑罚可能更重。我想多了解一些关于种族的真实情况。同时，我回忆起在克洛伊家的晚宴上，保罗从桌子对面盯着我，那种被人好奇观察的感觉。我希望我关注的是那些学生的想法，而不是像保罗盯着我一样盯着他们的外表。

周六，我坐在桌前打算准备点材料，因此翻看托尼·莫里森、乔治·斯凯勒和奎迈·安东尼·阿皮亚的作品寻找灵感。我感到迷茫。我2009年大学毕业，对种族毫无涉猎。我们没有研究过任何一名有色人种，却见过西方正典中很多思想家宣称：非欧洲人不具备理性，且是天生的劣等人种。我想到了外婆的家。她家的大门下午是开着的，这样她的英籍巴基斯坦邻居哈娜可以随时进来。她们坐在客厅，一边喝甜茶，一边抱怨住建部门的职员永远不接电话，社会福利部门管得太宽，谁的事情都要插一脚，珀西英格尔烘焙店因为地区士绅化而闭店，以及警察如何抓不该抓的人，却抓不住真正该抓的人。她们几乎完全以故事的形式交谈，当一个人讲上周或四十年前街上发生的事时，另一个人就扮演听众，如此轮流。哈娜讲的时候，外婆经常频频点头，但在某些时刻，她只能倾听。我无意去美化；我知道劳工阶层社区也有很多种族偏见，但就在我备课期间，我惊奇地发现，在伦敦东区一座福利房中谈论种族话题比在大学研讨会上更加容易。

我根据奥德丽·洛德的《愤怒之用》(*The Uses of Anger*) 这

篇文章备了课。周一早上，我正在教室看教案，学生们进来了，但提议我讲这节课的两个学生却没来。他们已经被转去了别的地方。班上来了两个新学生。第一个是中年白人赛布。档案显示他是因为右翼极端主义相关罪行而入狱的。第二个是厄立特里亚人，名叫尼贝。他只能听懂几个英语短语，如"摔坏""餐厅""电话"，大都与廊道上的生活有关。他本该上英语课，但人员满了，于是就被领到了这里。

突然之间，我面对的这群人跟希望我上一节关于种族哲学的那群人大相径庭。赛布经常跟我同事抱怨，说他是种族主义的受害者，说他是所在廊道的种族少数派，还说相比对待黑人囚犯的态度，黑人警官待他极不公平。现在开始讨论《愤怒之用》可能是最好的，也可能是最坏的选择，但我最终决定把教案收起，期待很快能等到合适的时机。

我在教室角落的一个旧文件夹里翻找出几页英语练习题活页，将其中一页给了尼贝。

现在正值"新冠肺炎"大流行时期。在我把《愤怒之用》的教案收起来六个月后，监狱被封控，我无法继续上课。再回到监狱教书可能要等到一年以后。我为之前没开启那次讨论课而感到沮丧。

于是，我给三个曾经被囚禁但目前在监狱工作的人写了邮件。他们分别是曼迪·奥冈莫坤（Mandy Ogunmokun）、贾马尔·卡恩（Jamal Khan）和布伦达·毕伦吉（Brenda Birungi）。

我告诉他们我正在写一本关于监狱的回忆录,想在书中收入一节关于种族的哲学讨论,让读者看到曾经入狱的人的不同观点。他们表示同意,然后我们安排了线上会面。

曼迪过去一直在和毒瘾做斗争,每年都进出监狱,如此二十年。她说进监狱是一种解脱。她时常感觉在监狱里比在外面更加安全、自由。监狱就像她的家。她戒掉毒瘾后,在监狱里做了一名戒毒工作人员,还创立了一家叫珍宝基金会(Treasures Foundation)的慈善机构,为出狱的女性提供住处。曼迪和她们住在一起,教她们烹饪、清扫和照看植物。几年后,她搬了出去,她培养的一些女性则担起她的职责,帮助新出狱的女性学习安家技能。

贾马尔在贫困中长大,小时候被送进过教养院。他目睹了所在社区里的很多暴力事件,包括儿时的伙伴在他面前被枪杀。贾马尔被学校拒收,年仅十五岁即获刑五年。他感觉自己的生命似乎已到尽头。在监狱里,他开始写日志、诗歌和短篇小说。这成为他的一种疗愈方式,使他所经受的一切都有了意义。出狱后,他荣获了水石杰出青年作家奖(Waterstones Emerging Young Writers Award)。目前,他在一家叫不再拒收(No More Exclusions)的慈善机构工作,给社区里那些与他青少年时期有着相同经历的年轻人开设写作班。

布伦达出生在乌干达,但婴儿时期就来到英国。她二十一岁被判刑时,当局表示要将她遣返非洲。她告诉他们她持的是英国护照,但他们把她塞进一辆厢车,送她去了外籍人士的拘留中心。一名黑人警官开门让她进去,之后她在监狱里再没见过黑人警官。她写了一封信给监狱管理人员,解释说一定是哪里搞错了,但几天之后,她收到了遣返日期。她怀疑自己信上可能有单词拼错,所以监狱管理人员认为她不是真的英国人。她在牢房中翻遍字典,确认信上的字拼写无误。

布伦达记得几年前她丢失的一张老照片。那是她五岁时拍摄的,当时她在伦敦南部读小学,照片上是所有学生在维多利亚日身着盛装的情景。布伦达和其他学生站在一起,戴着白色围兜和镶着褶边的软帽。她希望现在还能找到那张照片。她母亲要从家里给她寄些物件,包括几张CD。布伦达说:"不要寄乌干达音乐,我不想让他们抓到任何可以送我上我遣返飞机的把柄。"

监狱位于乡下。运动场上,空气里满是粪便的味道。每当布伦达捂住鼻子,有些警官就会嘲笑她说:"怎么了?"

"你问这话是什么意思?难道你闻不到臭味?"她说。

"没有臭味啊。你恐怕还不知道家乡的新鲜空气是什么味道。"

她看着丝毫不为恶臭影响的狱警,不知道他们说得是否正确,是否这就是新鲜空气的味道。

布伦达抱怨监狱的食物分量太少。一名警官对她说:"你的意思是你在家乡一天能吃三顿饭?"与普通监狱不同的是,外籍人士监狱的囚犯可以自己保管牢房钥匙。当警官把钥匙交给布伦达的时候,她感到很可笑——给了她自由的象征,却把她真正的自由剥夺了。

最后,她终于让当局相信她是英国人,当局安排她到普通监狱里服剩下的刑期。伦敦来的一名女警官押送布伦达走出外籍人士监狱大门时,闻到了粪便的味道,她捂住鼻子说:"呕。"

"你也闻到了,对吧?"布伦达说。

"闻到了?简直熏死了。"警官说。

"谢谢你!"布伦达说。

布伦达被载到了普通监狱。不用再担心被遣返后,她一心扑在写作上。出狱以来,她化身为"解放女士"(Lady Unchained)——一位口语表演艺术家、诗歌教师和电台主播。最近,她访问了乌干达的几家监狱,为里面的囚犯送去了食物和衣服。他们看着她,窃窃私语:"这个英国女人来这里干吗?"

我们全部上线,打了招呼。"我爸爸、哥哥和舅舅都进过监狱,我是从这样一个视角来写监狱的,"我开口道,"但我们家是劳工阶层白人家庭。我知道监狱里还有很多别样的故事。"

"你哥哥入狱的时候,你还小,你跟其他人讲过吗?"布伦达问我。

"并没有。"

"我侄子也是。他会探访我,但他回到家之后一个字也不说。"

"正常反应,是吗?"

布伦达点点头。

曼迪说:"羞耻感会遗传。家庭成员的羞耻感会传递给下一代。孩子感到羞耻,但他们甚至不知道自己哪里做得不对。"

我眨了眨眼。

"我仍在努力与它共处,"她说,"我脑海里仍有一个惩罚者。"

几分钟后,我们开始讨论。"哲学家奥德丽·洛德认为愤怒可能具有变革的潜力,"我说,"在《愤怒之用》中,她讲到美国的黑人女性每天都有愤怒的理由,但她们担心将愤怒表现出来会被贬斥为愤怒的黑人女性。很多黑人女性转而因为自己的身份而感到歉疚、罪恶,但洛德说负罪感是有腐蚀性的。'我对负罪感——你们的或是我自己的——没什么好想法。负罪感只是一种逃避有效行动的方式,是面对着逐渐逼近的,能够洗刷大地、摧折树木的风暴,迫切需要做出明确选择时却选择拖延的一种方式。'"

"我是混血,出生在 20 世纪 60 年代,"曼迪说,"母亲是妓女,父亲是嫖客,外婆是母亲的皮条客。这就是我的家庭背景。在成长过程中,我看到别人盯着我,就觉得自己哪里不对劲。我讨厌我体内的黑人血统,只是那时我还不懂。我觉得我的肤色有问题,但我不知道这是被洗脑的结果。连我外婆也经常叫我和我妹妹黑妞,但她确实是真正爱护我们的人。"

我听着曼迪的故事,发现她脑海里的惩罚者和我脑海里的不一样。我脑海里的刽子手从来没说过我应该因为种族而厌弃自己。我的羞愧是源于内心,而不是来自街上路人的目光。

曼迪继续讲："后来我做了妓女、小偷，还吸毒成瘾。我睡觉时，枕头下要放一支毒品注射器。我进进出出霍洛威监狱二十年。戒掉毒瘾康复后，我回到霍洛威，在黑人的历史月上做了演讲。我读了马丁·路德·金写的一些文字，崩溃大哭。那是他的一个演讲稿，他说他希望有一天白人和黑人能和谐相处。我长这么大，身体里的一部分总在憎恶另一部分。我和自身都没有和谐相处，因而始终被禁锢。想到这里，我哭了很久很久。"

我接道："洛德说拥抱愤怒要好过心生愧疚，但她也说与愤怒碰撞对抗和与愤怒和谐共处是不一样的。她说，黑人女性'必须学会理顺自己的愤怒，这样才不会被撕裂。我们必须学会在愤怒中前行，将愤怒化作我们日常生活中的优势、动力和领悟'。"

曼迪说："康复之前，我脑海里总是充满创伤的声音，那就是洛德所说的艰难而不和谐的生活。没有人肯听我说话，因为我每次试图表达自己的观点时，都只会愤怒。"

"但如今，"她说，"过去我身上发生的一切，一点一滴都变成了现在的可用之物。我去帮助那些经历了类似创伤，而且像我一样频繁进出监狱的女性。我和她们并肩战斗，不是去管控她们，而是让她们知道我一直在，改变也终将到来。有时候她们觉得没有希望，我会告诉她们要坚持，再多坚持一会儿。我经历的一切都没有白费。那些创伤的噪声，已经全部变成了正向的力量。那不和谐的声音，已经变成了协奏曲——就像奥德丽说的，我能改变。我能改变。"

我说:"洛德相信愤怒所具有的变革性力量。她写过:'我尝过极端愤怒的滋味,在没有光、没有食物、没有姐妹、没有居所的地方,我用愤怒来获得指引、欢笑、保障和激情。'"

"愤怒的确可以给人指引,"贾马尔说,"在法庭上,我童年经历的一切都不算数。我坐在那儿,没怎么说话。他们宣判的时候,我非常愤怒,因为我的个人处境竟如此被无视。不过,那种愤怒是有用的,它让我看到司法体系不会给我的生活带来转机。我只能靠自己。在监狱里,我开始写自己的故事,讲述它原本应有的样子,而不是法庭上被呈现的样子。表达自身给我带来了很大启发,而后指引我走向更光明的未来。"

"洛德说愤怒具有保护作用,你们觉得对吗?"我问。

布伦达说:"我在监狱里时,最需要保护的其实是被愤怒包围的自己。"

贾马尔和曼迪点头同意。

"有些愤怒能赋予你力量来做出改变,有些愤怒却让你无助又受困,"贾马尔说,"我出狱后做了很多场演说活动来讲述我的经历。我书写的全部都是不公。我的整个形象就是一个遭受刑事司法体系不公对待的人。那就是我。

"诗人埃博尼·戴维斯写过:'很多人其实害怕治愈,因为他们整个身份都是围绕着经历的创伤构建的。他们不知道跳脱出创伤后自己是谁。而这种未知让人恐惧。'这说的就是我。我太沉湎于过去。我都不确定它是否曾给我带来片刻欢愉。后来我决定向前看。我不再谈论我们已知的不公正体系,而是想推动建立一个更好的体系。我走下演讲台，开始支持那些与我经历相同且需要帮助的年轻人。

"很不容易，特别是对出狱后靠狱中经历来谋生的人来说尤为不易。这是他们赖以生存的土壤。但如果我想超脱我的愤怒，做些真正让自己开心的事，我就必须这么做。"

我接道："另一个哲学家米娜·萨拉米思考过快乐和愤怒作为反抗手段的不同之处。她说，边缘化群体中的人和大部分中产阶级白人的不同在于，他们背负着要不断解释自身的压力。如果你是黑色或棕色人种，仿佛你的身份就是某种'犯罪现场'。萨拉米说，作为回应，边缘化群体会通过黑人力量运动等手段来'武装'，并利用自己的身份作为赋权的'武器'。她认为这种方法虽然在很多方面卓有成效，却也维护了压迫者的话语中心地位。因为这种武器总是将矛头对准她。"

贾马尔点了点头。

我说："萨拉米对黑人力量的关注较少，对黑人快乐的关注较多。快乐没有给压迫者任何地位。"

布伦达说："进监狱之前，每当我谈到种族主义或奴隶制，我总习惯先道歉，就像有时候白人要说带种族偏见的话时先道歉一样。我从来不想在公共场合讲卢干达语。我宁愿让人们误以为我是牙买加人。每次我是非洲人这个事实'败露'，我就会说，'我们跳过这个话题吧，不必讨论'。我用白人的眼光看待自己的种族。孩童时期，非洲给我的印象就是喜剧救济①；忍饥挨饿的儿童，身上落满苍蝇。我觉得只有犯罪的人才会被转到那里。

"但奇怪的是，进监狱让我对我的种族萌生出信心。我感到一种身为非洲人的快乐，这在以前从未有过。现在，当我朗诵关于奴隶制和种族主义的诗歌时，我不再为之道歉。现在，我在公共场合也用卢干达语讲话。当有人说我是牙买加人时，我会告诉他们其实我是非洲人。再过三周我又要飞往乌干达了，简直迫不及待。"

"听起来进监狱好像很容易让事情往另一个方向发展，"我说，"但对很多人来说，进监狱会加深他们的羞耻感。"

"我是通过接纳愤怒而接纳了真实的自己。"

我们讨论起愤怒和快乐哪个算是更好的抵抗手段，曼迪又分享了一个故事。

"当我开始以工作人员的身份进入霍洛威时，我见到某位警官，会说：'嗨，早啊！'她直接完全无视我。每一天，我进到监狱。她都无视我。我还是会说'嗨''早啊''天气真不错'。"

"太敢了。"贾马尔说。

曼迪说："然后有一天，她也跟我打了招呼。她开始想跟我聊天。但我心里想，我不想跟你说话。我只是想说一句早安而已。"

---

① 原文 Comic Relief，是一项英国慈善活动，由喜剧编剧李察·寇蒂斯和喜剧演员达尼·亨利于 1985 年建立，目的是帮助缓解埃塞俄比亚的饥荒。

我们都笑了。

"我还得努力跟她聊天,"曼迪说,"过了几周,我发现她也是个普通人,也有自己的问题。"

小时候,我没有告诉任何人贾森进了监狱的一个原因是,我担心自己可能会有麻烦。人们会推测我哥哥品行不端,从而认为我也一样。我守着这个秘密,同时尽量不去惹人注意。我想到布伦达的侄子曾经也如我一样只字不提。我在想,他因家庭纽带而产生的被惩罚感甚至可能比我还要深刻。如果我哥哥因为肤色或姓氏发音面临被驱逐出境的情况,我可能会担心我的肤色和姓氏这类基本属性会不会也给我招来同样的麻烦。

"我曾在下层女子监狱(Downview prison)服过刑,"布伦达说,"十年后,我以导师的身份回到那里开诗歌课。她们问我上完课是否愿意到监狱里参观,看看我原来的牢房。我心里特别激动。我迫不及待想看那间牢房,那是我开始写作的地方,也是事业初露雏形,最终让我以教师而非囚犯的身份回到这里的地方。

"所以上完课,我信步走过监狱庭院,两位白人女士陪伴在侧——我的制作人和向我们约课的女士——这时,一个身材高大魁梧的白人警官拦住我说:'你为什么不回廊道?你应该在牢房待着。'

"'什么?'我问。

"'你应该回牢房。'他说。

"我身边的两位白人女士跟他解释说我不是犯人,而是一位访问诗人。那位警官的脸顿时红了。他没有道歉,只是脸变得绯红。我淡淡地说:'噢,你以为我是犯人。不不,我只是来这里上课的。'

"离开监狱后,我的制作人非常愤怒,她希望我也表现得愤怒,但同时她明白,我作为一名黑人女性心情会更加复杂。因此她感到难过,但当我说出'噢不,我是来教课的'这句话时,却感到无比强大的力量。如果我也愤怒,我就只能将这份愤怒一路带回家,延续到第二天,还要思索自己明明表现得很好,为什么那位警官要那样对我说话。他怎么敢这样?不过相反,我满心喜悦地回了家,这个体系曾经剥夺了我的力量,但看看现在的我。"

内在

陷入困境毫无意义……但假装自由更甚。我感到巨大的变化就要来临，这变化可能如同对其他事物感兴趣一样简单。

爱德华·圣奥宾

尼贝被领进我的课堂一周后，仍旧来上课。我把教室后面文件夹中的活页练习几乎都给了他。今天给他的活页叫"我们要去度假"。其他学生则讨论爱比克泰德对自由的定义。

离下课还有二十分钟时，英语老师进来，对尼贝说可以去上她的课了。尼贝收拾好自己的东西，和我们道了再见，他便离开了。

第二天早上，我拍了炉子的照片后出门。十分钟后，我穿过马路，担心家里的煤气还开着。我看了看拍的照片，却没有觉得安心。我想，"说不定我拍完照后又不小心打开了炉子的开关"，仿佛我无法确定自己有没有长一只会在不注意时做坏事的罪恶之手。我转过身，又穿过马路跑回家，亲眼确认我已经关了煤气。

一小时后，我走进一座高警备监狱的接待处，进门时传感器感应到我的身体，开始自动播报："请止步！携带移动电话进入本场所属违法行为。如发现您在本场所内持有移动电话，您将被起诉。"

我把手伸进背包，拿出护照、口香糖和其他违禁物品，把它们放进寄物柜。另一个人走进接待处，警报声又响起。"请止步！携带移动电话进入本场所属违法行为。如发现您在本场所内持有移动电话，您将被起诉。"

我从口袋里掏出手机给母亲发信息，末尾附了两个飞吻表情，然后等第二个对钩出现，说明信息已成功发送。我把手机也放入寄物柜，锁好柜门，把钥匙放进口袋。

又有一个人进门，触发了传感器。警报再次响起。我拍了拍裤子和外套的所有口袋，确定我真的把手机放进了寄物柜。手机摸不到了，但我想，万一它掉进了外套的内衬里，不太好找呢？

我打开寄物柜。手机好端端地躺着。我拿起手机，刷了一下社交媒体，想看看我喜欢的女孩有没有给我一小时前发的动态点赞。并没有。

"……您将被起诉。"头顶的声音说。

我把手机放回寄物柜。我用手摸了摸它，确认它在寄物柜里。又看了看背包内，好像需要确保它不会同时出现在两个地方。然后我锁上寄物柜，走向安检室。

身后的门关了，我排进安检队伍。墙上挂着之前一名安检警官的大头照。她从网上买了一个250英镑的二手智能机，再以

1500英镑左右的高价卖给监狱里的犯人,后来她被逮捕,判了好几年刑。我的手机肯定在身上什么地方,我想。是我找不到的地方,但肯定在身上。我想转身回去,但太晚了。警官叫我走过去。

我走上前。警官搜了我的身。没有发现手机。

这座监狱有一台体腔安全扫描器(Body Orifice Security Scanner),也叫 BOSS 椅。人一坐进去,它就能探测到阴道或直肠里藏的金属。警官今天没有要求我坐进去,我很失望,因为 BOSS 椅是监狱安检中唯一不会让我焦虑的部分。即便在我最恐慌的时候,我相信我也不会不知不觉地把我的 iPhone 塞进肛门里。

虽然安检如此严格,监狱里出现非法智能手机却还是很普遍。LONG-CZ 手机在廊道上很受欢迎。它小到可以塞进肛门,而且是塑料制的,BOSS 椅检测不出来。

一分钟后,我穿过廊道。我习惯性地把手伸到口袋里想查看手机信息,但口袋是空的。不能刷社交媒体,不能查看软件图标旁边是否有消息提醒的红点,我感到空落落的。但到上午十点钟,我感觉没有手机也不错。脑子没有被消息推送或提醒占据,使得现在的我更加清醒。不过,在监狱里与外界断开联系,快意中总夹着不安。穿过楼梯上那些犯人时,我很享受口袋空空如也的感觉,但他们有些人直肠里却可能塞着手机。

半小时后,我在一间教室上课。那间教室原是工作坊,犯人们平常在那里将茶包、超高温灭菌牛奶和糖装进小小的塑料袋，供青少年监狱使用。与我的教室不同的是，这里有部电话，装在教室一角的墙上。上课期间，学生们围坐成一圈，讨论自由意志、责任和命运等话题。其中一个学生走到角落给他女儿打了九十秒的电话。还有一个人打给了他的律师。

下午一点，我经过安检室，打开了寄物柜。我走出接待处，看着手机和屏幕上闪烁的一列消息通知。"您将被起诉"的声音在身后逐渐消退。

* * *

十八岁时，我第一次读弗兰茨·卡夫卡的小说。故事名叫《在流放地》，讲一个男人被指控有罪，但他并不知道自己犯了什么错。在那个世界，被指控即被假定有罪，完全不允许辩护。他被关进一个装置里，装置里有一台机器会把他的罪刻进他的背，将罪名一遍一遍刺入他的皮肤，直到他血流干而死。读完故事，我手里仍捧着书，沉迷于书里阴郁的共鸣。卡夫卡成功地传达了一种"太迟了"的情绪，以前我以为只有我感受得到。那个被定罪的男人早在故事开始前就已经置身于装置之中；他第一次露面时，所有的转机都已不复存在。我翻到书的封面，看着卡夫卡的照片。他和我有着一样的招风耳和稚气未脱的脸型。我不禁好奇这个人是谁。

接下来几周，读了更多作品之后，我发现卡夫卡小时候在身体上和感情上受过他父亲的双重虐待。因此，小卡夫卡既恐惧又羞愧。他后来写了无数个饱受专横责难的噩梦故事，故事中的人面对恶毒的权威，无依无助。他成了刽子手的专家。三十五岁时,他写信给他的父亲:"我的文字全部与你有关。可以说,我所写的一切,都是为了哀叹我无法靠在你胸口哀叹的事。"也许他这里指的是《审判》这个故事,里面讲一个父亲命令已成年的儿子去溺水自尽,那个儿子遵从了命令。

那个夏天,我对卡夫卡入了迷。那年最热的一天,我依然坐在公园的长椅上读他的书,被他不动声色的荒谬引得哈哈大笑。我和当时的女友杰茜(小名)周末去了一家很贵的酒店,菜单上有性玩具的那种。第二天早上,我坐在床上用绿色的笔画出卡夫卡作品中的句子。我相信卡夫卡会让我面对刽子手时不再那么孤独。共度完周末之后,杰西卡就与我分手了。

过去十五年,我对卡夫卡的喜爱既给了我安慰,也给了我烦恼。我对他的作品理解越深,越觉得他似乎是用写作来抗拒疗愈,比如他凌晨两点还坐在桌前,不断地重复同一类故事,讲述那些无法摆脱父亲、法律或刽子手的人。就好像他已经放弃了逃离,转而沉浸于他的笔带给他的一种虚幻的掌控感,这位全知全能的作者一遍遍地写着同一个宿命难逃的故事。读他的作品,我面对刽子手时不再孤独,我身旁如今陪伴着一个对自己的痛苦体会太过深切(因为很多痛苦是他自己施加的)的陌生人。我担心读卡夫卡的这些年,我脑海里的刽子手会因为获得了一种文学手段而变得更加强大。我是在用卡夫卡的受虐癖虐待自己吗?

我也试图控制刽子手。我检查寄物柜好几次,只为确定手机放在里面;折返回家,只为确定我没有把房子烧掉;细心回顾自己的每一步，只为确定刽子手没有抓到我的任何把柄。我还重读卡夫卡的故事，相当于在一个可控的环境下重温我的噩梦。我重读次数最多的是《审判》。书中讲的是一个叫约瑟夫·K的人，他在三十岁生日当天早上醒来，发现房间里来了两位警官。他们说他被捕了。他问究竟什么原因。那两人却说周日他必须去接受审判。K又问他犯了什么事。警官重复了一遍他必须接受审判便转身离开。

当天晚些时候，K的朋友们邀请他去参加周日的船上宴会，到了周日，他却决定去出席听证会。由于警官没讲时间，他决定早上九点法院一开门就到。K离开家，一路跑过去，确保自己不会迟到。

他来到郊区的一条街道，透过其中一座房子的一扇窗，他看到一个男人抱着一个小婴儿。

K停下脚步，望向四周。

透过另一座房子的窗户，他看到一个男人正陶醉地抽着香烟。街上，一个水果贩正在摊位后忙活。两个朋友正隔着马路说着、笑着。

K转过身，去接受他的审判。

他每周日都去出席听证会，直到最后被执行死刑。但他到最后也没有弄明白自己犯的是什么罪。

* * *

我从高警备监狱回到家。下午三点，我坐在家中花园的长椅上。墙上爬着小巧的白色茉莉花。我闭上眼睛，更好地享受阳光落在手臂上的感觉。这时,一种莫名的沮丧情绪袭来。我想,如果今天早上我进监狱时碰巧把手机带进去,又碰巧把它留在了监狱里,该有多可怕。我知道这种想法很荒谬,因为一个小时之前我还用了手机,现在它正在卧室充电。但我想,如果有警官发现我的手机在监狱里呢?下次我一去上课就会被逮捕。

我深吸一口气,吸入茉莉花的香味,同时努力排除这些胡思乱想。但我一定做错了什么事的感觉久久不散。

我站起身,走进屋里,来到楼上。我打开卧室门,看到我的手机在桌上。我把它拿起来,紧紧握住,直到手指尖泛白。

"妈的。"我说。

我离开花园,如同约瑟夫·K离开那条街道。我也奔向了我的刽子手。

几天后,我走进另一座监狱的接待处。它不是一座高警备监狱,所以没有头顶的警报声,也没有身体扫描仪,只有一个很大的标牌,写着:"如发现您携带移动电话进监狱,我们将报警。"不知道从什么时候起,我开始发现这个标牌令我安心。刽子手经常让我对自己的感官产生怀疑;看到这种威胁着要对我采取法律制裁的权威性信息,好像我所处的环境与我脑海中的世界几乎交融在了一起。

我把手机、口香糖和护照放到一个寄物柜里,然后转身走向安检门。我想:"手机要是还在包里怎么办?"检查完包,手机并不在。我又想:"要是手机在包里但我没看见怎么办?"

"真他妈的。"我骂道。

桌子后的警官看着我。

我转身走回去,打开寄物柜。我看到手机在里面。我很生气,因为我又一次听从了刽子手的号令。但那份恐惧我无法摆脱。我明明能看到寄物柜里的手机,还是把包又翻了一遍。

那位警官看着我。

我把手机锁好,深吸一口气,进了监狱。在廊道上,我看到一个囚犯穿着黄绿相间的连体裤,监狱里也叫它"逃跑服"。如果囚犯被认为有逃跑风险,就必须穿这种衣服。如果他们真的逃走,在人群中也能被轻易找到。在一间牢房中,有个囚犯正在进行秽物示威。他的门半开着。一种类似污水的味道扑面而来,我加快了脚步。旁边牢房里的囚犯正在咣当砸门,吼着让他的邻居停止示威。

我布置好了教室。安德罗斯第一个到,他是一个精瘦的小个子,身上运动服的袖子永远撸在肘部上方。他的口音时而是正宗伦敦腔,时而是如今伦敦城里年轻的工薪阶层讲的、多元文化混杂而成的英语腔。比如说讲"thing"这个词时,他有时说的是"fing",有时又说"ting"。他与辅楼里的老小子和青少年交流起来都很容易。最近,他申请转到一座低警备监狱,那里的牢房里有淋浴和电话,但遭到了拒绝,因为安德罗斯的弟弟也在那家监狱。兄弟俩关押在一起并不违反规定,有些还可以住同一间牢房。但安德罗斯的弟弟在那家监狱工作,参与一个戒毒项目。如果他和安德罗斯在同一座监狱,就会被认定为有利益冲突。

安德罗斯走到我的白板前面,"啧啧"地说它太脏了。他拿起一块布和一个喷壶,开始擦洗白板。

这是安德罗斯在我课上的第二年。第一次课程上完以后,他问我他能否再修一遍。我告诉他课都是一样的,但他说还是想再修。"不然他们就会让我去上数学课。我已经上过四次了。"

他把白板擦得干净如新,然后把喷壶和布放下。他扶着后背的下半部分,呻吟叹息。"这里的床垫不行。我太老了,住不了监狱了。"他说。

安德罗斯快四十岁了。上周他跟我讲,他听广播里的人说监狱没有必要,应该废除。"那我们这些人该去哪儿呢?他们想过吗?"他对我说,"所以他们觉得他们可以露个脸,动一下手指,就决定,好,不要监狱?他们什么也不懂。"这让我想到我哥哥。贾森也对废除监狱有着类似的、近乎被冒犯的反应。我觉得他是把废除监狱看作对他所经历的生活的否定,我则认为废除监狱可以让我们有更多时间生活在一起。

其余学生到齐,我开始上课。

"假如一个囚犯在牢房里过得很开心,不想离开。"我讲道。

"因为他有智能手机玩吗?"安德罗斯问。

"这个人自由吗?"我问。

安德罗斯说:"不自由。他还在牢房里。"过了几分钟,他又说,"也可能自由,对吧,他想有多自由就有多自由。"又过了一会儿,他问,"我不理解这家伙。如果他不想获得自由,那他还是自由的吗?"

"你怎么看?"我问。

安德罗斯张了张嘴,但犹豫了。

"王八蛋。"他说。

学生们都笑了。

我给他们讲"aporia",这是一个古希腊词语,意为"无路可走"。Aporia 是人在哲学讨论中抵达的一种精神状态,即你意识到你的基本信仰和理念可能都不是真的。你向来所走的路到了尽头,而你还不知道接下来要做何打算。你突然陷入困局。但也因为这种困惑的状态,你有机会真切地思考自身,开辟出前进的道路。

"就是这样,"安德罗斯说,"你经常让我无路可走。你为什么要这样,安迪?"

学生们又笑了。

我跟他们讲着不确定性具有的价值,同时想到自己如何紧握手机到指尖发白,心里感到羞愧。我让他们接受自己的困局,而我却总是踏上那条通向刽子手的路。

一小时后,一名警官喊道:"自由活动!"三四个人围到塔夫身边,跟他握手,祝他好运。

塔夫三十岁出头,因为小时候在世界各地上过很多国际学校,口音听起来很国际化。这是他第一次入狱。入狱时,他妻子刚生下他们的第一个孩子不过几周,但他明天将被释放出狱,在外面戴着电子追踪器服完剩下的几个月刑期。

"替我吃顿麦当劳。"安德罗斯说。

安德罗斯也经常跟我这么说。有时候，下午五点，他看到我穿着外套走过廊道，要离开监狱时，就会跟我碰下拳头说"替我吃顿麦当劳"或"今晚替我吃顿好的，好吗"？我总是尴尬地笑笑，不知道如何回答。

"我这几个月做梦都是食物，"塔夫说，"刚进监狱时，我觉得等我回家，要做的第一件事是睡觉。但现在，听不到隔壁房间打斗的声响，我都不知道要怎么睡着。我得让我妻子踢客厅的墙，一直踢到我开始打呼噜为止。"

安德罗斯说："上次出狱后我哭了。在监狱里整整两年半，我一次都没哭过。但在旅馆过的第一夜，我坐在床尾哭了。"

上完课，我正要离开监狱，一名警官让我去排队。他们正在对所有人做临时搜查。我走到队伍前面，一名警官搜了我的身。我知道我的手机在寄物柜里，但看他在我的口袋里没发现手机，我还是松了口气。

第二天下午，我来到贾森的客厅。我哥哥正在斯科特的房间，努力把他从 Xbox 游戏机上引开，这样我们才能出门。我站在一盏插在墙上的落地灯旁边等着。墙上台灯插头的开关没有关，连接着电视插头的开关也没有关。

十五年前，贾森必须关掉房内的每一个开关才能睡着。他要将电视音量调大两格时，必先调大四格，再减掉两格。他要走过一扇门时,每次必得把门开关三次。他熨一条短裤要花四十分钟,必得两条裤腿一样平整才肯满意。有时候,他还需要把物件按一定方式摆放,才能放松,但比起最严重的时候,他现在已经好得多了。

最焦虑的那段时间,贾森有次和一个朋友半夜去抢劫一所大学。他们在顶楼教室收集了尽可能多的 DVD 播放机,然后搬着它们下楼往门厅走,那儿有四位警察正在守株待兔。我哥哥扔下 DVD 播放机,穿过门厅,往通向楼外的走廊跑去。警察在后面追。贾森以冲刺的速度跑过走廊,推开出口的门,继续向前跑。

接着,他喊道:"他妈的!"然后转身,跑回去把门开关了三次。

再打开门,两位警官把他摁倒在地,把他的手扭到背后,戴上了手铐。

我走进厨房,给自己倒了杯水。微风从大开的窗户进来,轻拂着我的手臂。我把杯子凑到嘴边。

我的手机上闪出一条提醒。点开看到一则重大事件报道,说温彻斯特监狱(HMP Winchester)的几名囚犯企图越狱被抓获。

贾森也进到厨房,他穿着一件新 T 恤,领口的标牌还没剪。他打开一个抽屉,翻找剪刀。

"据说昨晚有人企图从温彻斯特监狱越狱。"我说。

贾森关上一个抽屉,打开另一个。

"没成功。"我补充道。

他从抽屉里抓出一把剪刀递给我,然后背过身去,让我帮他把领口的标牌剪掉。

"走吧。"他说。

我们带着斯科特和迪恩出发去公园。斯科特现在十岁,迪恩五岁。贾森停住脚步,跟一个坐在乐购外面行乞的老朋友聊天。斯科特和迪恩不愿听大人们讲话,玩起了石头剪刀布。几分钟后,我们来到公园。公园内散布着各种高大的恐龙石雕。这天气温将近三十摄氏度。贾森把手伸到T恤的袖子里去挠肩膀,二头肌上赫然现出一道疤。疤是斑块状的,像是用又钝又硬的东西(如螺丝刀而非匕首)伤的。

"那道疤是在哪儿搞的?"我问。

"噢,"他说,"那是——"

斯科特和迪恩尖叫着冲向他,四条胳膊紧紧抱着他的身体。

"我赢了。"迪恩说。

"才不是,我赢了。"斯科特说。

他们哈哈大笑,上气不接下气。贾森抚摸着他们的脑袋。

"很多年前的事了,老弟。"贾森对我说。

我冲他虚弱地笑了一下。

两个孩子跑向一座石雕恐龙。我和贾森跟在他们身后。贾森抽着一支手卷烟,时不时别过头去吐烟圈。

"你还好吗,老弟?你看起来很累。"贾森问。

"工作比较忙。"我说。

"你去监狱我挺担心的。"

"没事儿。"

"会影响你的心理健康吗?"他问。

我耸耸肩:"跟对你的影响不一样。"

他皱起脸,望向别处。我知道他感到我的愧疚既强烈却又高高在上。真希望我知道如何停下这种愧疚。

我们走过一片玫瑰丛,我闻到了其中一朵花的香味。这一天又要过去了,我感到悲伤。

贾森回头看着我。

"你这一生可以做那么多事情,"他说,"为什么要去监狱?因为我吗?我进监狱对你有影响,对吧?"

"我想要做这个。"我说。

他难过地笑了笑。

"那你做得开心吗?"他问。

"我其实没想过开不开心。"我说。

"我希望你开心,安迪。"

我低头盯着双脚。

斯科特指着一条有长长的灰色脖子的梁龙石雕,跑上前去。迪恩跟在后面。贾森让我帮他拍张照,然后他走过去,搂着两个儿子站在雕像前面。我退后一步,把我的手机对准他们。

贾森推了推斯科特,让他笑一笑。

屏幕上方跳出一条通知,是关于温彻斯特监狱的。

"茄子!"孩子们喊道。

我点开通知,文章里说越狱的人用塑料刀叉在监狱破落的墙下挖了地道。

"快点,老弟,"贾森说,"我的脸要晒伤了。"

第二天,我回到告别塔夫的那座监狱。走进接待处,我看到标牌上的字样:"如发现您携带移动电话进监狱,我们将报警。"我把违禁物品放入寄物柜,进了监狱。

三十分钟后,我在教室中央的大桌子旁摆放椅子。因为少了塔夫,所以我去掉了一张。接着,走廊里有警官喊道:"自由活动。"

安德罗斯进来时,我正在桌边做笔记。我抬头看了一眼,但笔没停。安德罗斯拿起白板喷剂和布。但白板已然干净如新。

"你不用擦了。"我说。

他走到白板前面。

"明年你还开课吗?"他问。

"课还是一样的,安德罗斯。"我说。

"到时候告诉我时间,好吗?"

他喷了喷白板,用布擦起来。

不一会儿,穆克进来了。他的双臂白皙,关节发红,两个手腕上都戴着友情手链。他头顶光秃秃的,但剩余的头发被编成细发辫,在脑后扎成了马尾。他吸了一口电子烟。

"我们应该讲一次 UFO。"穆克说。

"那是天文课,这是哲学课。"安德罗斯说。

"但你思想要开阔一点,对吧?上周我透过牢房的窗户看到四个 UFO。有一个大的,然后里面出来三个小的。我觉得它们肯定着了陆,看了我们一眼,发现我们是这么一帮可怕的暴力混球,就赶紧回家了。"

"那他们一定是降落在 B 辅楼了。"安德罗斯说。

"我希望是。那样我会让他们带我一起走。"穆克说。

塔夫从门口进来。

"啊,不是吧!别告诉我你没走成。"安德罗斯说。

塔夫像被霜打了一样。他讲了昨天早上他如何打包自己的随身物品,又被护送到接待处等候释放。他的妻子在停车场等着。几小时后,约莫中午时分,有人来告诉他,监狱工作人员在释放他这件事上有点误会。文件还没有批下来。他又被带回廊道。而且还得换间新牢房,因为他几小时前刚腾出的那间已经被别人住了。他的新狱友完全不会说英语。

"我打给我的律师,"塔夫声音颤抖着说,"他说监狱应该释放我,但可能要再等六周。他说不准时间。"

"如果他们违规关押你的话,你一天可以拿到一百五十英镑的补偿。"穆克说。

"我不能待在这儿。六周之后他们又说话不算数了怎么办?"塔夫说。

"那你能拿到一笔巨额补偿金。"穆克说。

"我打给我妻子告诉她这个消息。她接电话的全程都在哭。她一遍遍地问我什么时候回家。我不知道该怎么跟她说。"塔夫说。

"我有个狱友因为一万英镑的诈骗罪名被关了两个月,结果他们关错了人。"穆克说。

"难道我跟她说这个?"

"关错人的蠢货倒拿了六千英镑的赏金。"

塔夫挨着穆克坐下。安德罗斯拍拍塔夫的肩膀,跟他说今天一定要吃饭。穆克说:"说实话我并不惊讶,塔夫。这些人根本连一点儿小事都做不好。"

安德罗斯"啧啧"地说:"好像你能管理得更好一样。这里一共有1300人,可是个大公司。"

"嗯,如果我来管事,我的行事做派肯定很不一样。"穆克说。他抽了一口电子烟,空气中弥散开草莓味的烟气。

我关上门,跟学生们一起坐在桌旁。然后开始讲:"在古希腊,有个人叫第欧根尼,他想尽可能地顺乎自然而生活。他睡在酒桶里,光着脚走路。人们叫他'犬儒第欧根尼'。他很为这个绰号而自豪。有一次,在一场宴会上,有人开玩笑朝他扔了颗石子。结果第欧根尼抬起腿,往石子上撒了尿。"

"好恶心。"安德罗斯说。

"就因为恶心才这样做,"我说,"他想体验那种做丢脸的事却不感到丢脸的自在。"

穆克笑得前仰后合。

我接着说:"传说亚历山大大帝,曾去拜访第欧根尼。第欧根尼正在斜躺着晒太阳。亚历山大问他是否可以为第欧根尼做些什么。第欧根尼回答说：'你还真有件事可以做。'"

"他冲他撒尿了？"穆克问。

安德罗斯发出"啧啧"声。"他可是亚历山大大帝，不是唐纳德·特朗普。"

我继续讲："第欧根尼对亚历山大说，'你可以走到一边去。你挡住我的阳光了'。"

"感觉他像我之前的狱友，"安德罗斯说，"出庭的时候，法官让他起立，他就站起来背过身去。"

"第欧根尼故意成为诉讼对象。他知道毁坏货币是犯罪，在家乡锡诺普时，他用锤子砸碎了几个硬币。那个国家将他流放，他非常开心。他的哲学核心思想就是，人性与社会相冲突。他把流放视为自由。"

"我喜欢这家伙。"穆克说。

塔夫颓坐在椅子上，盯着地面。

我说："第欧根尼离开锡诺普的城门，自由地生活在旷野中。最后，他来到了雅典的城门口。他需要做出一个选择。要么待在野外，继续原来的生活；要么进城，融入社会。"

"不管做什么，都不要融入，"穆克说，"一旦他融入了，就得按照别人的规则生活。他每天都要惧怕如果自己违反这些规则，别人会如何处置他。"

安德罗斯说："这种惧怕自有存在的道理。有了惧怕，他才能变得比惧怕更强大。所以，第欧根尼可以学会控制自己。"

"那不是真的自我控制,而是社会控制他。"穆克说。

我歪过头,试着看塔夫的眼睛。他抬起眼皮,但脸上仍是游离的神情。

安德罗斯说:"我很高兴人性与社会相反。人类的本性是杀戮、强奸和偷窃——只要看这个地方就知道。人需要社会,不然就是一片乱象。"

"是社会让我们变坏,"穆克说,"我进了监狱,好吧?我是个坏人。但我同父异母的兄弟上了私立学校。他有一座房子和两个孩子。社会让他成为好人,让我成了坏人。"

塔夫抬起头。我看着他的眼睛。"你怎么看?"我问。

"我没法讨论,今天不行。"他说。他的目光又落回地面。

课上,安德罗斯说:"第欧根尼怎么知道人性跟社会不相容呢?他从来没有见过社会之外的人。"

"有的。我!"穆克说。

"你?"安德罗斯问。

"我被关在隔间时,很多天都只有我一个人。我那时不在社会之中,只是纯粹的自我,没有其他。我就飘浮在我自己的意识里。"

"监狱牢房是你能去的最具有社会属性的地方。"安德罗斯说。

"我没有电视。"穆克说。

"没影响。"安德罗斯说。

"我就躺在那儿,感受床上的我身体的重量。"

"如果没有国家和社会,就没有监狱。"

"这我倒是没想到。"穆克说。

他挠了挠头。

"要不然我去中国或非洲,"他说,"等我看过各种不同的人,就会明白人性是什么。"

"你有犯罪记录,进不了中国国境。"安德罗斯说。

"好吧。"穆克说。

穆克吸了一口电子烟,烟气从他鼻孔中冒出来。那片烟朝塔夫飘过去,但塔夫浑然不觉。

穆克说:"你知道第欧根尼让我想到了谁吗?我自己。"

安德罗斯惊得张开了嘴。他盯着穆克,等着听他下面要说的话。

穆克继续:"我从来不在餐厅买任何东西。餐厅日对我来说就是普通的一天。我不会把钱花在这种地方。监狱管理人员让我们去院子里交流活动,我也待在自己的牢房里。"

"为什么?"我问。

"因为如果我出去,我就要真的出去。"

穆克紧了紧自己的马尾辫。

"大高个儿,上周我看到你躺在床铺上吃巧克力饼干。"安德罗斯说。

"那不是我的。"

"老兄,你手里还拿着包装袋呢。"

"那天是我的生日。我只有几片。"

"穆克,第欧根尼可不吃生日饼干。"

穆克一边大笑一边抽电子烟,呛得疯狂咳嗽。塔夫紧紧闭着眼睛。

我给学生们十分钟的课间休息时间。穆克拿起一支笔,在白板上画了第欧根尼往一根骨头上撒尿的画。我自嘲地想,第欧根尼的愤怒与约瑟夫·K战战兢兢的罪责感如此不同。K走了一条宿命之路,而第欧根尼坚持着自己的方向。在《审判》的结尾,K被一刀刺穿心脏而死,他临死前说:"像一条狗似的!"然后是小说的最后一句话:"他的意思似乎是:他死了,但这种耻辱将留存人间。"但第欧根尼是比他的耻辱活得更久的狗。

休息结束,我们继续讨论。离下课还有十五分钟的时候,我说:"第欧根尼认为,做一位哲学家意味着应该生活在世俗世界之外。但另一位哲学家塞涅卡却做了尼禄皇帝的幕僚。他处于社会秩序的核心。"

我把手放在大腿上,感觉手机就在口袋里。

我抬起双手,平放在桌子上。

"尼禄不是那个经常把人活活烧死的皇帝吗?"穆克问。

我的双腿陡然紧张。

"跟他说不要挡着你的阳光,看他不把你大卸八块。"穆克说。接着他哈哈大笑,嘴唇咧上去,露出了上排牙齿和牙龈。

接下来的十五分钟,我努力不让脸上现出恐惧的神色,同时希望时间快些过去。我口干舌燥，耳朵里出现嗡嗡声。一名警官终于在外面的走廊上喊："自由活动。"学生们陆续走出教室。安德罗斯走之前把白板擦得干干净净。塔夫还在椅子上坐着。

我抓起背包。

"我希望他们能放你出去，塔夫。"我说。我的声音把恐惧引入我体内。

他冷笑道："他们才不关心。"

他站起来，朝自己的牢房走去。

我离开教室，穿过两楼，经过一个穿着黄绿相间的逃跑服的犯人。他正端着盛了食物的塑料盘回牢房。我非常害怕，肾脏都隐隐作痛。前面几米远，我看到一名警官正在巡查廊道。

我的脑海中闪过这样一个念头：我把手机带进监狱一定是做了什么坏事，而不只是无意犯错。我一定是打算有什么犯罪行为。我应该去找那位警官，向他坦白。

但我知道那是刽子手在呼唤我。

我经过那位警官来到门口，交上钥匙。电子安全门打开了。

我走出了监狱。

我离开监狱大门。一个人骑着摩托从我身旁呼啸而过。我感到很兴奋，就像我自己在骑自行车一样。一只灰猫在园艺栏杆细窄的顶端走着。它正在做着难度最高的杂技，而且就在光天化日之下成功了。

我心头一阵轻快，还有点眩晕。解脱后，我心里充满了温柔。一切都让我感动——两名瘦高的少年一起从学校走回家，一个购物的老妇踏上公交车——所有的生命力都触动了我。

我来到水渠边。一艘窄船从我身边驶过。船里面，一条老狗透过窗户盯着我。我沿着纤道，走到水渠与河流的交汇处。

变化

> 他们说，苦难是一所好学校：可能吧。但快乐是最好的大学。它完成了灵魂的教养，让灵魂能行善良和美好的事。
>
> 亚历山大·普希金

一周后，我从监狱出来，去了汉普特斯西斯公园（Hampstead Heath）。在树林里，我发现一棵巨大的红橡树伏倒在地。我把背包放在地上，爬上树干。我沿着树的主干走，然后攀上一根粗枝丫。这根枝丫原本向着天空伸展，现在却与地面平行。我走到它的顶端，梢头枝干太细，承受不住我的体重，我便在那之前的几十厘米处停了下来。我坐在枝丫上，晃荡的双脚离地面有六米高。

我想：万一我的手机落在监狱怎么办？心里顿时产生一种想查看背包，确定手机在里面的冲动，但我知道这只是刽子手的召唤。我凝神感受我的身体施加给树枝的重量。恐惧在我的胃里揪得更紧。

我凝视着树林，试着去想这些树已有几百年的历史。它们先于我和我的恐惧而存在。我摸着我坐的这棵树的树皮。我轻轻用手抚过它，然后在一片光滑的地方反复摩挲。

恐惧退去了。一阵微弱的欢欣从我胸腔升腾起来。树叶的绿看起来都亮了一个色度。

我感到自己刚做了某种大胆的举动。我没有出现在我的行刑地。它只能在没有我的情况下行刑了。

凌晨两点，我因为一种不祥的感觉醒来。我感觉我身上要发生什么不好的事，我一定犯了什么错。

我感到很气恼，又出现这种情况。我翻到另一侧，长长地叹了口气，让自己慢慢回到梦乡。这样一觉睡到早上。醒来感觉头脑清醒，精力充沛。

有时候，我是因为对刽子手的愤怒才决定不听从他的召唤。当我的思想被罪责感占据，我总是反复思考我在做什么，我做了什么，我是谁。这是一种长期自我怀疑的状态。但当我愤怒时，罪责感就不会那样紧地黏附着我；愤怒太过粗暴、太过奇特，让其他错综复杂的思想无法占据我的脑海。《审判》中最令人窒息的场景之一是约瑟夫·K在听证席上失去了说话的能力。他得到了为自己辩护的机会，却一个字也说不出来。如果他能够变得愤怒，就不会劳驾检察官来告诉他自己是谁。

接下来几周，我的焦虑平息了很多，也更容易排解。我知道在某个时间点它又会卷土重来，但当下，我决定要享受这段缓刑期。

* * *

朋友亚当的脸与我的一样瘦削，而且我们都是绿色的眼睛，长着浓密的黑头发。去年二月，我到巴黎去看他时，发现我们穿着完全一样的双排扣厚呢短大衣。不穿的时候，两件衣服可以区分开，因为我的是中号，他的是大号。

到他的公寓，他给我看了他最近给自己买的一顶雅致软呢帽。

"我要带你去我买的那家店。"他说。

"不要吧。"我说。

"相信我，你戴帽子潮爆了。"

"那我就变成致敬你的翻版了。"我说。

我们离开他的公寓，走到圣日耳曼大道上。那天晴空万里。我们到电影院看午后场的一部老电影，电影里也是晴空万里。过去十年，我们的友谊大都建立在去好玩的城市会面和看电影上。然而，亚当和我虽有那么多相似的地方，我们的"化学成分"却完全不同。他对精神活性药物充满热情，经常歌颂其好处。"我想用同辈压力怂恿你试试。"他说。我总是一笑了之。

我有时会想，如果我放弃滴酒不沾的戒律，是否能够放下其根源的痛苦。因为坚持清醒，我一直停留在过去。下个月，我要去亚当在里斯本的公寓看他，他特意搬到里斯本是因为那里已经实现了毒品合法化。

* * *

开始上课前，我在等另外三个学生。我担心他们已经在晚上被转移到别的监狱了。安保警员一般不喜欢提前太久告知他们转移时间，以防他们趁机策划越狱。我问坎贝尔，一个眼周布满深纹的小个子，是否知道那几个人在哪儿。

"戴维的狱友有人探视。"坎贝尔说。

"那戴维也有探视?"我问。

"牢房只剩他自己,他正在手淫呢!"

我站在门口,寻找戴维和剩下两人。走廊里空空荡荡的,只有一个人正在砸通往戒毒楼的门。

"我应该在名单上!"他透过玻璃咆哮,"再查查啊!"

另一侧的警官没有开门。众所周知,戒毒楼是弄到毒品的最佳地点。

"就放我进去吧。我是去看朋友的,我保证,"那个人喊道,"就待两分钟。"

我关上了教室的门。室内幽暗阴森,外面阳光正好,但这里的窗户很小,且装了厚重的铁栅栏。即便在七月,这座监狱也像艘潜水艇。我打开了电灯开关。日光灯亮起,灯光在坎贝尔颧骨下的凹陷处投下阴影。

我跟他们讲:"想象一艘船,名叫'忒修斯之船'。七年间,船长将这艘船的每一个部件都换成了新的。包括每一条木板、每一颗钉子。桅杆和帆也都换了新的。"

"它还是同一艘船吗?"我问。

"说的还是'忒修斯之船'吗?"坎贝尔问。

"对。"

"如果船还属于他的话,那就还是同一艘船。"

"为什么?"

"刚进监狱的时候,你会担心这意味着你永远不会再是以前那个自己。"坎贝尔说。

"监狱把你变成另外一个人了吗?"我问。

"对我来说没有。我母亲仍旧过来探视我。这一点不是所有母亲都可以做到的,但我的母亲做到了。她看着我时,看到的还是她以往一直看到的我。"

* * *

二十一岁时,我曾和我哥哥住在一家酒店的双人间。早上,他进到房内的卫生间,关上身后的门,又吱吱嘎嘎地摇着木头门,确保锁得牢靠。二十分钟后,他还在里面,而我想要上厕所。

我等在门外,听到他用牙缝往里吸气。

"我要小便,贾森。"我隔着门说。

"等会儿。"

我在酒店房间里踱来踱去,试图驱散尿意。我尽量踮起脚,这样他就听不到我的声音,我也就不会让他焦虑,减慢他的速度,让他更长时间才能解出来。

"我爱你,老弟。"他说。

"我知道。"

* * *

"忒修斯之船"那次课的后一周,坎贝尔没来上课。有个同学说坎贝尔在辅楼里的毒债太多无力偿还,已经被转移到了弱势囚犯辅楼,对他进行保护。不然,他的头可能会被打爆,或者被迫替毒贩窝藏手机或凶器。我舅舅跟我说,他知道监狱里有些瘾君子只能通过性服务来偿还毒债。有些年纪较大的有钱人知道这一点,就去结交年轻的瘾君子,主动借给他们现金,且心知肚明他们偿还不起。

我搬起坎贝尔平常坐的椅子,把它放到教室后面。然后让学生们坐近一点,把缺口补上。他们尴尬地互相看看,待在原处没动。

这里的人为了避免麻烦,都是独来独往。这种环境不利于建立友谊。这座监狱里有1300张床位,一年有33000人从这里流转。住在这里肯定就像住在机场一样。那些睡在同一关押层的犯人还要靠我不断提示才知道彼此的名字。

戴维走进教室。他的皮肤布满麻点,神情焦躁。他的双肩向前倾,仿佛要先发制人。他为上周缺课道了歉,并伸出手来与我握手。我把上节课的阅读材料递给他。他找了位子坐下后,便和旁边新来的学生攀谈起来。两人因为都常去伦敦东南部的卡特福德而拉近了距离。戴维说:"我对卡特福德很熟。我经常去那里的酒吧……那儿有我的赌彩经纪人……我经常在那附近。"他用了现在时,虽然他已经四年没去过卡特福德,而且至少还要三年不能去那里。

我开始上课,继续上周的话题:我们与七年前的自己是否还是同一人。我说:"你的皮肤、头发、骨髓里的细胞、态度和个性都会随着时间改变。所以,这是否意味着你——"

门开了。一名五十多岁的警官进来,从我和学生们中间穿过。戴维抱起双臂。警官翻看了我桌上的几页材料。他的无线电在响,声音非常大。戴维摇了摇头,满脸怒气。之后,警官拿起一个文件夹走了。

"他甚至连招呼都不打,是我们不配吗?"戴维说。

"确实让人恼火。"我说。

"我没有恼火。我他妈才不关心那些狱警,等我被释放出狱后,他还要每天都来这里。我不是把生命浪费在这里的人,他才是。"

我试着把他的注意力引回哲学。"如果你的一切都变了,是否意味着你变了个人?"我问。

"指纹,"戴维说,"不管你的变化有多大,还是会因为指纹被抓。"

* * *

我的舅舅弗兰克十五岁时,警察逮到他和朋友闯入一家商店,正在偷几罐硬糖和碳酸糖。警察把弗兰克塞进车的后排,两边各安排了一名警察。他们把商店的现金箱放在弗兰克大腿上,抓住他的手腕,想把他的手按到箱子上。他们想在箱子上留下他的指纹,显得好像他还曾试图偷钱。弗兰克握紧了拳头。两位警察掰着他的拇指和其他手指,企图撬开他的手。

弗兰克紧握着拳头一直到警察局,警察终于放弃了。

* * *

在我工作的其中一座维多利亚式监狱,B辅楼是戒毒楼。在那里,正在康复的毒瘾患者会拿到处方内药物,以便成功度过戒断期;或者加快脱瘾速度,让他们更快地度过戒断期。

除处方药之外,B辅楼还有相当数量的烟草和大麻。我曾听那些试图在B辅楼戒毒的人抱怨说，当狱友在吸食spice（类大麻）时，他们很难避免被动吸毒。

我从来不知道如果班上有B辅楼的学生的话会发生什么。他们可能正在尽心竭力地戒毒，也可能会轻微地困倦或恍惚。他们还可能会发作、呕吐、晕倒或倒在我怀里哭泣。

这天早上，我班上来了一个叫盖里的学生，他眼皮耷拉着，脸上挂着灿烂的笑容。学生们在讨论忒修斯之船。

"忒修斯，就是那个杀了哞哞牛的人。"

"对，牛头人。你觉得它还是同一艘船吗？"我问。

"不知道，要看那头牛。"

我转向其他学生："各位都怎么认——"

"一样的，还是同一艘。"盖里喊道。

"为什么？"我问。

"因为。"

他直瞪瞪看着我，皱起了眉头。

他问道："问题是什么来着？"

"如果所有的部件都被替换了，那么它是同一艘船吗？"我说。

"是的，还是同一艘。"他说。

"为什么？"我问。

"因为。"

他闭上了一只眼睛，似乎在努力思考。

"等等，问题是什么来着？"他说。

第二天，我来到另一座监狱，和一个叫佐迪耶的女子在员工餐厅吃午饭，她在医疗室工作。她告诉我，这里的囚犯每人可以获得六个安全套，但监狱不想让他们攒在手里，因为很多囚犯用安全套往肛门里私藏毒品。所以只有当囚犯把一只用过的安全套先还给佐迪耶，她才可以给他们另一只新的。

亚当昨晚给我发信息，告诉我他这几个月在戒毒，并沉迷在"安迪的现象学"里。我很兴奋，但也担心我到了里斯本，却无法将我在监狱里看到的毒品祸患从脑海里抹去。

午饭后，我到教室上课。班上有两个学生叫雷吉和扬尼斯。雷吉可能四十岁，也或许六十岁。他满脸皱纹，门牙缺了四颗。扬尼斯体格健壮，头发在头顶扎成一个发髻。

我跟学生们讲佛教理念"无我"（anattā），即在时间中没有固定的自我。我们每分钟都在变化。我们对自我的信仰是一种自我执着，是一种妄想，是痛苦的根源。在佛教看来，我们和昨天的自己都不是同一个人。

雷吉在手掌根写下"anattā"。他目前是在押候审，说等开听证会时，如果他们问他是否仍对社会有威胁，他就用"anattā"这个概念来回应。

扬尼斯说："但你每分钟都在变化，万一你再变回罪犯呢？"

"好吧，那我一出去就不做佛教徒了。"雷吉说。

扬尼斯大笑："听起来你已经开悟了。"

雷吉说："每次回到监狱，他们给你编的号都和上次服刑时一样。不管你出狱十天还是十年，编号都是一样的。"

"即便你出狱了，监狱还是会伴随着你，"扬尼斯说，"有些事情虽然你不愿意，却也会记得。就像你看过太阳之后再转头看向别处，你的视野中会不由自主地出现一个圆点。"

"所以，你们还是同一个人吗？"我问。

扬尼斯说："唯一要紧的是你如何变得不同，是因为主动转变还是被动改变而变得不同？"

"有什么区别？"雷吉问，他的声音从牙齿的空隙传出来，听着湿漉漉的。

扬尼斯说："当一个人主动求变，他就建构了自身；而当一个人被动改变，他就被摧毁了。有些人进到监狱，便被监狱改变，他们会变胖、不和任何人说话，也会染上毒瘾，虽然他们进监狱之前连碰都没碰过毒品。但如果你保持专注，在这里也可以主动转变。"

"如果有人主动转变，转变后还是同一个人吗？"我问。

"你在转变的同时会被改变。监狱让你变强，同时让你变弱。"

警官喊了"自由活动"。二十分钟后，在教师休息室，老师们讨论起我的一个学生——泰德。泰德身高不足一米五，是我在监狱里遇到过的最嚣张的人。在廊道上，他会走到他能找到的肌肉最发达的人面前，说"别他妈的挡路，碍着我的事儿了"或者"别堵在门口，你把这个地方衬得乱七八糟的"。然而，他似乎从未受到任何伤害。那些人只疑惑地低头看着他，然后把路让开。不知为何，如果他们与他争辩或打斗，他们感到的羞辱会比泰德更强。

其中一个老师叫达娜，她告诉我去年在法庭上，法官对泰德宣判时，他用手指堵住了耳朵。我持怀疑态度。一般来说，这类故事要么纯属虚构，要么夸大其词，要么是假借廊道上另一个人的事例。

"他跟你说的？"我问她。

"不信就去谷歌搜啊！"她说。

晚上，我在手机浏览器中输入泰德的名字，后面加上关键词"监禁"，然后点了回车键。一篇文章跳了出来。其内容证实了法官对泰德宣判的时候，他确实用手指堵住了耳朵。

文章中还有泰德被捕那天拍的大头照。他看着像刚睡醒的样子。我笑了。这张照片完全没有拍出我所认识的那个嚣张的泰德。用这张照片来代表他似乎有些违和。

我想知道其他学生的情况。我对他们的印象与他们在公共报道中的形象到底有多大差别？我输入扬尼斯的名字，然后按回车。一篇包含着英国闭路电视监控系统影像的文章跳了出来。光天化日之下，扬尼斯正从犯罪现场跑向路的尽头，跑出了画面。他的连帽衫在被毒品蚕食的身体上显得十分宽大。画面切换到另一个监控，是在另一条街拍到的他。他跑下马路，再次离开画面。接着，画面切换到另一个监控中的他。两分半钟后，扬尼斯还在跑，视频则淡出至全黑。

我关了笔记本电脑，不知道自己的行为算不算某种背叛。作为一名教师，我应该更关注扬尼斯的未来如何，而不是他过去做了什么。

几天后,我在廊道上看到扬尼斯坐在一把被螺栓固定在地面的塑料椅上。我们聊了聊。或许他能从我音调的变化中察觉出什么,竟然特意跟我讲了他入狱前几年的生活状况。他告诉我他的精神状况很糟,还欠了毒贩几千英镑。仿佛他能看出我了解到他的一些情况,而上次谈话时我还不知道。

几小时后,我离开监狱,来到那棵倒下的树旁。一个九岁左右的男孩蹲伏着身子,躲在一片缠结的横枝中。另一个男孩蹑手蹑脚地走到树下。他把手臂穿过树枝,给蹲在那里的男孩头上贴了条,然后转身跑开。那个男孩从树枝里爬出来,追赶刚才给他贴条的孩子。我站在那里,看着他们消失在树林里。

然后我靠在树上,拿出手机,从浏览器的历史记录中删除了关于泰德和扬尼斯的文章。

第二天晚上,我和亚当在里斯本的一家快餐店里吃着纸板托盘上软塌塌的薯条。我们给对方讲了各自读过的书和看过的电影。亚当吃完他的热狗,走向柜台,回来时又拿了一个。我把那盘吃了一半的薯条推到边上,说:"你读过普里莫·莱维的《羞耻》这篇文章吗?"亚当摇摇头,大口咬着他的热狗。

我给他讲了那篇文章。"他失去了整个世界,"我说,"我读那篇文章时,还企图寻找能够让他找回世界的方法。"

"嗯。去年我的朋友本杰明邀请我去他家过逾越节,"亚当腮帮子的一侧含满了食物，说："装好盘开吃之前，他告诉我们享用食物是多么重要，因为那些在集中营的人都没法享用了。"

我做了个鬼脸。"你们想到奥斯维辛集中营的人如何还能吃得下去？"

"正是这一点让那顿饭变得有些特别。你要替那些人享用它。"

我低头看着我的薯条。即便我努力去享用那顿饭，也不能不感到自己面目可憎。

"这些你要吃吗？"亚当指着我的薯条说。

"你吃吧。"我说。

几分钟后，亚当的两个朋友来了。亚当说，现在是去他最喜欢的夜店的最好时段。"我们在气氛刚好的时候过去吧。到凌晨一点，那里就变成一场不折不扣的狂欢了。"他从口袋里拿出四粒淡绿色的药片。他和他的两个朋友各吃了一粒。我说："我等到了那儿再吃。"

一小时后，我们坐在夜店的顶层，对面是一口椭圆形的游泳池。房间靠墙处摆了几张床。在其中一张床上，两个男人和两个女人正抱在一起。绸缎从天花板垂下，悬在他们上方。摩洛哥风格的吊灯发出幽暗的橙色光芒。DJ正在播放一首节拍缓慢催眠的高科技舞曲（techno track）。

亚当的瞳孔放大，脸上挂着灿烂的笑容。他从口袋里拿出一粒药片，递给我。

"我觉得太罪恶了。"我说。

"它会还你纯真清白。"他说。

"我要去游泳。"我一面对亚当说,一面脱掉了鞋袜。

"我会好好替你保管的。"亚当说,然后把药片放回他的牛仔裤兜里。

我走到泳池边,脱下牛仔裤和T恤,下到水里。我屏住呼吸,把头没入水下,潜到水底。水下,音乐的声音变得模糊不清。我把双手伸向前方,开始游泳。

上来换气的时候,亚当站在泳池边上。

"你在水下潜泳,安迪。"他欢快地说,"然后你浮出了水面。"语气很是欢快。

我看着床上的两男两女,他们在玩彼此的头发,其中一个男人快活地紧闭着双眼。

我把头没入水下,潜回水底。

几周后,我来到一个新监狱,早上我得到消息,今天要在F楼——戒毒楼——上课。听说这座戒毒楼比盖里在的B楼等地方更有疗效。犯人必须证明自己没有吸毒才能进去,我遇见过被赶出戒毒楼的人,他们谈起那里都很怀念。我还跟自愿离开监狱治疗小组的人聊过,他们离开是因为觉得听别人讨论自己犯下的可怕罪行很痛苦,或者感觉自己是害怕档案里被打上"反叛"的标签,才被迫参与讨论。监狱里有很多犯人可能会从治疗中受益,但在监禁环境下的治疗本身就是一个极其复杂的问题。

下午两点,我走向F楼。我没有开这扇门的特制钥匙。于是我按了蜂鸣器,等待开门。透过窗户,我看到栅栏上一圈圈的铁丝网上钩住的破烂塑料袋。

警官打开门,对我进行搜查后便予以放行。显然,F 楼是一片特殊安保区。警官说这座楼是 20 世纪八九十年代设计的监狱中的监狱,用来关押爱尔兰共和军(IRA)成员和可能潜逃的罪犯。但如今,F 楼严格的安保手段不再用来阻止人出去,而是用于阻止毒品进入。腐败的员工是毒品进入监狱的主要途径之一,这也是我要被搜身的原因。这座楼里的犯人仍然每隔几天就要做尿检。只要尿检呈阳性,就会被送回其他辅楼,至少三个月不能回来。

我走进楼里,听到一阵吉他声。一个男人正窝在椅子里弹奏和弦。他的脸泛着红晕,头发油润发亮。他拨着吉他的弦,哼着一段旋律。

他放下吉他,介绍说自己叫艾登。而后和我一起走向我的教室。墙上刷着一句话:"请赐我宁静去接受我不能改变的一切,赐我勇气去改变我所能改变的一切,并赐我智慧去分辨两者的不同。"一个穿着人字拖的男人走过来,问我来这里做什么。我告诉了他,他表示想进一步了解哲学。廊道上的囚犯如此公开地表达好奇心,让我感到不习惯。

我和艾登走到教室。我们摆了六张椅子。一个眼睛亮晶晶、脸颊上横着一道长约八厘米的伤疤的男人走了进来。他叫泰瑞斯。他和艾登拥抱了一下,拍了拍彼此的背。他俩紧挨着坐在一起,膝盖只隔着不到三厘米的距离。

另外三个人进来落了座。我开始上课。我们讨论起忒修斯之船是不是同一艘船，以及人随着时间变化是否还是同一个人。

"当我看到自己以前用的个人照时，我不会说，'这是我'，而是说，'这曾经是我'。"艾登说。

"所以你认为自己变成了另外一个人？"泰瑞斯问。

"我还不能说，因为那只是一张照片，只能看到表面。"艾登说。

"现在，我正在改变思考和行动的方式，"泰瑞斯说，"我清晨早早起床，浑身充满能量。这些年我一直觉得食物索然无味，但现在我老想吃东西。"

"但那又不能让你变成另一个人。你只是现在早起，并不意味着你以后不会去把别人的脸打烂。"艾登说。

"确实。以前我想让别人看到我就感受到一种杀手的气场。但现在，我希望我曾经辜负的人能够对我重拾信任。"

"但你要怎么做呢？你如何向别人证明你已经变了个人？"艾登说。

"就像那艘船。等到所有部件都修复之后，那艘船才变得不一样。我们在这里只是刚开始改变一点点，还要继续坚持。"泰瑞斯说。

"人们过去看着我，眼里就出现了一个流氓，"艾登说，"我的态度是：'如果你叫我流氓，那我就流氓给你看！'我想表现得比别人对我最坏的印象更坏。但那其实不是真实的我。我觉得我好像来到这里才开始认识自己是谁。"

"你只需要不断坚持，不断修复。"泰瑞斯说。

二十分钟后，一名警官走进来，靠着墙听课。学生们继续讨论着。艾登冲警官点了点头，警官也对他点头示意。这里的氛围比主楼里的要温和太多。学生们彼此之间坦诚相待，轻松自在。他们没有因为意见分歧转而恶言相向，我也就不必打断他们的谈话。窗户上仍然装着铁栅栏，警官的腰带上还挂着牢房钥匙，但教室里洋溢着一种乐观的气氛，我很少在监狱的学生们身上感受到。

离下课还有三十秒时，我问他们："所以，它还是同一艘船吗？"

"等所有的部件都替换后，就是一艘不同的船了。"泰瑞斯说。

"我现在还不知道答案。"艾登说。

学生们陆续离开，准备参加晚上的集体治疗课。艾登热情地和我握了手，并注视着我的眼睛说："谢谢你。"他走出教室，我在他身后关上了门。

我坐下来，看着窗外的光线变化。监狱的中央建筑在傍晚的天空下显得很单调。

我收拾好东西，走到廊道上，等待警卫打开安全门。在一间开着的牢房里，我看到艾登赤裸着上半身，弯腰俯在水池旁。泰瑞斯站在他的一侧，正在刮艾登脖子后的汗毛。艾登用小臂撑在水池上，肩胛骨凸向天花板。泰瑞斯朝艾登的脖子吹气，把剃掉的绒毛吹掉。

　　周一早上，我走进监狱。长条形日光灯让我迷醉。我推开一扇铁栅门。金属的感觉竟如此顺滑。穿过廊道时，我碰到了扬尼斯。"周末过得好吗？"我问。我一般会注意避免问监狱里的犯人这个问题，但我现在不像以前那样能够三思而后言了。但扬尼斯回答说，他周末确实很开心。周五，他收到一封几年未见的朋友写来的信。他很高兴能收到别人写满六页纸的近况。周末他把信读了好几遍，有时候他会在句与句中间暂停，这样可以有更多时间感受信中描述的场景。他现在很期待回信，但他不想立刻就写。他要再享受几天有信可回的快乐。晚上，当警官发出熄灯指令，他就躺在床上，思考着要问自己的朋友哪些问题。

　　下午五点钟，我离开监狱，去和我的朋友约翰尼到他的花园里小坐。我们聊了几个小时，发觉光线开始变化。约翰尼用一堆树枝生了一小堆篝火。我很开心我们还能在这里多待一会儿。我想起了扬尼斯，想起他要给朋友寄信的兴奋。不知怎的，这个念头让我和约翰尼在这里共度的时光显得更加特别。

　　太阳完全下山了。约翰尼站起来，把一根长树枝折成两段，扔进火里。他坐回我身边，我感受到了扬尼斯的快乐。

故事

> 不需要故事，故事不是必需的，只需要生活，想要一个自己的故事，是我犯的错，其中一个错，光是生活就够了。
>
> 萨缪尔·贝克特

四年前，我刚开始到监狱工作不久，在某个周日下午去了外婆家。电视里放着《东区人》精选集。弗兰克坐在我对面的沙发扶手上，正在卷香烟。

"有一家影碟店被我们抢了四次。"他说。

我以前听他讲过这个故事好几次，但还是让他继续说。他一遍遍地讲那些关于监狱的故事，我也一次又一次地听，就像听歌词已经烂熟于心的歌。我是为了他声音里迸发的欢乐和关键句的节奏而听的。我和我舅舅之间的关系，概括起来就是他给我讲故事。虽然经常感觉我们两个中间隔着道墙，但我觉得，当他给我讲故事时，我们中间有一条假想的线相连。好像他是迷宫里的忒修斯，拿着线的一端，而我是迷宫外的阿里阿德涅，拿着另一端。

他接着说："每次我和维尼去打劫它，走的步骤都一模一样。太容易了。我们从屋顶进去，里面是一层塑料吊顶，塑料上方是实木梁。我跪在一根梁上，用手指捅开塑料。然后不停地扒着孔洞,把它弄大。"

我知道下面的剧情,他会跟我讲塑料里埋着铜丝。

"塑料里埋着铜丝,铜丝之间隔着八厘米。如果你把它扯断,就会触发警报。所以我就扒开一个三米宽的大洞,足够让铜丝垂下来。然后我再把它们分开。"

他比画着分开铜丝的动作,手掌直插向下,再轻轻把它们拂开。

"哇!"我发出感叹声,仿佛第一次听到这个故事。

* * *

教室外面的墙上有一幅画,是艺术课一个学生的作品,画的是一个骷髅在读书。每一根骨头都画得细致入微。上周,骷髅嘴里冒出的对话泡写着"开始教育永远不要晚(to late)",但我看到后来有人试图修正,现在变成了"开始教育永远不会'太晚'(too late)"。

我倚靠着廊道的墙,等待早晨的自由活动开始。斜对面有一块展示板,上面贴着开放招录刑释人员的公司名称。女警官科林斯是曼彻斯特人,目前正在备考生命教练职业证书。她正往展板上贴LGBT的海报。其中一张里有一个跨性别男人的照片,还配有几行他对自己经历的讲述。

科林斯够不到墙的上面,无法张贴手里覆了膜的彩虹旗照片。她请我帮忙,并指给我她想悬挂的地方——距天花板大约三十厘米处。

"上个月我将彩虹旗贴得低,后来丢了。"她说。

"没啥奇怪的。这个地方太恐同了。"

"不是恐同。我们发现丢的旗子在某个犯人的牢房里,挂在墙上。"

"他好有勇气,敢这么挂彩虹旗。"我说。

"他是个领退休金的老人,根本不知道彩虹旗是什么。他只是喜欢它的颜色,想给牢房添点光彩。"

我踮起脚,把它贴到墙上。这时,一名警官大喊:"自由活动!"我便走到教室门外候着。监狱出了新规定,学生们必须在走廊里排成一列,等到自由活动口令结束,就像在维多利亚式寄宿学校一样。

托米第一个到教室。他长得高大魁梧,身体仿佛是用木材做的,走路时略微摇晃,但很稳重。上个月,他告诉我他已经在监狱里待了十年,还有十年才能出狱。"但这让世界变得更美好,"他说,"如果惩罚我意味着将来少一些人走我的老路,那我必须接受。"在内心深处,我知道他说的话并不成立。监狱是一种恶劣的威慑手段,尤其是对他所犯的那种罪行而言。但我不想对他这么说,甚至不想让自己这么想。我觉得他的沉静态度很美好,希望它能多持续一段时间。

托米手里拿着一只 A3 大小的透明文件夹。他将近三十岁开始服刑,在监狱里重新发现了自己的艺术天赋。几周前,他给我看了他的作品。有十几张他的手的素描,一张画着水壶里的几只茶包的静物画,和一幅从他牢房窗口看到的带刺铁丝网的线稿。我问他是否想画肖像画。"封闭状态总是没办法画肖像,"

他说,"画那些不依赖他人的东西更容易。"

在走廊上,我问托米现在在画什么。他从文件夹里拿出一张 A4 纸递给我。上面画的是热带鸟类和花卉:一只有着长长的黄嘴巴的犀鸟,一朵红色的木槿花,还描了几只长尾小鹦鹉和鸡蛋花,不过还没上色。

"我是根据报纸上的巴西度假广告画的。"托米说。

一名警官押送着一个老男人穿过走廊。警官的脸色红润,耳朵硕大,上唇上蓄着金色的胡须。他看起来不过十九、二十岁。那个老男人其中一只厚实的耳朵后戴着助听器,头顶整齐地梳着遮秃发型。近年来,监狱部门一直急于招收新员工,狱警的最低年龄限制降为十八岁。同时,随着历史罪行的定罪和刑期的延长,监狱里领养老金的犯人也比以往都多。

两个人走出走廊,很可能去了医疗室。

接下来的几分钟,走廊上的人越来越多。一个男人的肩膀撞了我。我往墙边让了让。托米把画放进文件夹小心护着。一个叫拉弗蒂的学生来了。他约莫六十岁,有一口浓重的贝尔法斯特口音,戴着一顶红色的毛线帽,帽子被使劲扯到下面,遮住了眉毛。

拉弗蒂指着托米的文件夹,跟我们说他往自己牢房墙上贴满了杂志上剪下来的跑车图片。"我的牢房看起来就跟百万富翁的车库似的。"他说。

"我喜欢,伙计[①]。"托米说。

[①] 原文 mate,因此有了下文动物界的延伸之说。

"你说什么？"拉弗蒂问。

"你的牢房听起来很温馨，伙计，就这。"托米说。

"你叫我伙计，你是同吗？"拉弗蒂说。

我和托米面面相觑，一脸茫然。

"注意！"拉弗蒂说，预示着他要开讲了，"你们知道动物界的'mate'是什么意思吗？是性交。如果一个同性恋叫你'伙计'，就是想和你做爱。"

我忍着笑。"那你怎么称呼你的狱友呢，拉弗蒂？"我问。

"我的同屋。"他说。接着他转过身，沿着走廊走了几步，来到一群站在展示板前的青少年面前。

"我觉得他管得太宽了。"托米对我说。

"'同屋'哪里比'伙计'的同性恋色彩少？"

拉弗蒂与那五个青少年依次击掌。"注意，"拉弗蒂说完，开始了一段独白，"三年是很容易熬过的。我来给你们讲讲我坐了七年半牢的那次。一天都不少。"青少年听他讲着，嘴巴都张得老大。拉弗蒂在监狱里的绰号是"魔笛手"。所有的小孩都想跟着他。

拉弗蒂对男孩们说："你们要永远记得还手。"他似乎没有意识到，他是在墙上高高挂起的彩虹旗下面做这番演讲的。他的毛线帽一定遮住了他的上半段视线。

更多人挤进走廊。托米得大喊出声我才能听到他说什么。我能闻到我旁边那个男人晨起的口臭味。我前面是一个高大秃顶的男人,后脑勺堆着层层叠叠的赘肉。他往后踉跄着,我用小臂推着他的腰,把他挡了下来。我透过他的T恤衫感觉到了温热的汗。

一名警官喊道:"自由活动结束。"我打开教室门,拉弗蒂和托米走进来。走廊里只剩下三个青少年。其中两个人在用口技为另一个人打拍子,他正在说唱。我只能听清几句,但他唱的似乎有关司法系统中的种族歧视。

巡视走廊的警官说:"自由活动口令结束了,先生们。请进去。"

男孩们仍然在说唱。有一句歌词提到非洲人并非向来就是毒贩,他们曾经是国王和王后。

"进教室还是牢房,选一个!"警官喊道。

其中一个打拍子的是我的学生G。他和他的两个朋友碰了碰拳,走到我身边。他的脸颊带着婴儿肥,两条手臂从指关节到二头肌都文满了图案。

"你文的是什么?"我问他。

"一条手臂文的是生命,另一条是死亡。"G说。

他的左臂上有一棵树和一位孕妇,以及一个字迹潦草的卷轴。右臂上则是一个旋涡中的头骨,还有一个卷轴。

"这两个卷轴是什么?"我说。

"就是生命和死亡。文身店的人这么说的。我本来要一条胳膊文生命,另一条文死亡,然后胸膛上文很多生死之间的图样。但还没来得及,我就进监狱了。"

我们一起进到教室。我关上了身后的门。

几分钟后,在教室里,托米和 G 面对面坐着。在外面,他俩都是混混,只是托米比 G 多混了二十年。托米穿着微喇牛仔裤,而 G 穿着运动长裤,裤腰低到臀部,但他们都经历过同样的贫困、灾祸和暴力。拉弗蒂坐在他俩中间,两条腿叉开。我拖来一张椅子,坐在这三个人面前。我给他们每人发了一张打印的图片——卡拉瓦乔的《手提歌利亚头的大卫》(*David with the Head of Goliath*)。画面上是少年大卫抓着巨人歌利亚的头发,拎着他砍下的头。人物站在阴影里。大卫神情忧郁。歌利亚的眼睛里还闪着痛苦。

"大卫很聪明。"拉弗蒂拍着自己脑袋的一侧说。

"他刚杀了巨人,可看起来并不高兴。"托米说。

我讲道:"这幅画有三个有趣之处。首先,它是一幅自画像;被斩首的巨人长着一张卡拉瓦乔的脸。其次,它可能是一幅双重自画像;大卫的脸与年轻的卡拉瓦乔的一幅画像非常相似。卡拉瓦乔向我们展示的可能是年轻的自己杀死年长的自己的画面。"

"不是吧,自杀观察?"G 说。

"再次,卡拉瓦乔希望这幅画能拯救他。"

"他做了什么?"G 问。

"讲这个之前我要先给你们做一些背景铺垫,"我说,"卡拉瓦乔出生在瘟疫时期,等他长到六岁时,他家里的所有男丁都已过世。长大成人后,卡拉瓦乔喜欢夜晚。他喜欢赌博、女人、美酒,并经常与其他男人决斗。"

"卡拉瓦乔是黑帮的。"G说。

"他很早就死了,对吧?"托米说。

"有一次,一名牧师要为卡拉瓦乔洒圣水,来清洗他的罪孽,"我说,"卡拉瓦乔答道:'没用的。我犯的罪都是不可饶恕之罪。'"

"那是什么意思?"G问。

"就是说他像个男子汉一样有自己的原则。"拉弗蒂说。

"或者他不相信他能被拯救。"托米说。

G看看拉弗蒂,然后看看托米。

"他经常因为打架而被抓起来关进牢房。但他太有才华,所以结交了很多达官显贵,第二天就能重获自由。因为总有受害者撤销指控,或者证人突然失忆。但在三十五岁时,卡拉瓦乔与一个叫罗曼纽·托马索尼的人因一个女人或赌债而发生争执,两人展开决斗。卡拉瓦乔割断了托马索尼的大腿上的一条动脉,导致他流血过多而死。教皇听说了这件事,宣布卡拉瓦乔这次必须受到惩罚。他对卡拉瓦乔的首级发出了悬赏。卡拉瓦乔逃到那不勒斯,躲了起来。"

G双手举到空中。"托马索尼玷污了他的姑娘。请问卡拉瓦乔要怎么办,干坐着忍着吗?如果他置之不理,所有人都会觉得他是个胆小鬼。"

我举起《手提歌利亚头的大卫》这幅画。"然后他画了这幅画。"

我指着横放在大卫大腿上的剑。剑刃上刻有"H-AS OS"几个字母。

"'H-AS OS'代表'谦逊杀死骄傲'①。"我说,"卡拉瓦乔把这幅画寄给了罗马的司法长官斯皮昂·伯吉斯。他寄这幅画的目的是请求宽赦。"

"这幅画值多少钱?"拉弗蒂问,"有钱能使鬼推磨。如果这幅画值很多钱,卡拉瓦乔就能从伯吉斯手里捡回自己的命。就这么简单。"

我问道:"伯吉斯该怎么回答?"

托米说:"看着这幅画,我觉得卡拉瓦乔是在跟伯吉斯说:'如果你想伤害我,那祝你好运。你对我的伤害不可能比我对自己的伤害大。我一点儿都不怕你。'"

"我会再给卡拉瓦乔一次机会。"G说。

托米继续说:"卡拉瓦乔在炫耀他的自毁能力。这张画就等于他在说:'我一直就是这样,以后也一直是这样。让我回去我还是不会改变。'"

"但这两张脸看着真悲伤。他没法不去想自己的所作所为。"G说。

托米说:"如果你原谅了他,你就开了一个坏先例。做个坏小子是他艺术生命的一部分,他知道自己是个好艺术家,这一点

---

① 原文 humility kills pride。

可以让他逃脱惩罚。如果卡拉瓦乔杀了人,罗马还原谅他,他就知道他可以随心所欲地犯罪了。"

"但他现在道歉了。"G说。

"他太傲慢了,根本不知道如何道歉。"托米说。

G"啧啧"说道:"你知道法官怎么说我的吗?'你不要表现得这么机灵!'他不喜欢我跟他顶嘴。"

"这幅画太精巧了:巨人和少年、光与暗,他是在施展才华,而不是表现自己的悔恨。"托米说。

"下次我再上法庭,我打算就站在那儿,装得像个傻子一样搞不清楚状况。他们肯定会给我判个轻点的刑。"

"我绝对不会让他回罗马。"托米说。

不一会儿,门开了。一张晒得通红的脸进到教室,他说:"这个教室后面那张桌上有本很大的硬壳字典,谁拿了要放回去。"

"不可能是我,长官,我的词汇量已经非常丰富了。"G把手插在运动长裤里说。

"是你拿的吗?"警官问G。

"如果我想抢劫你,我会正儿八经地抢,不会抢一本破字典。"G说。

"把它放回去。"警官挨个看着他们几个。

"问我干什么?"托米说,"我还有十本字典呢!那本字典的难度都不值得我偷。"

警官走了,关上了身后的门。

在监狱里，字典用的薄纸很适合卷烟，尤其在瑞兹拉卷烟纸被官方列为违禁品之后。有人还会用字典的内页纸挡住牢房门和门框之间的缝隙，这样抽烟的时候烟就不会飘到外面的廊道上，警官也就抓不到他们。如果把字典内页挖出一条深坑，还能在里面藏根短棍；或者可以把硬壳拆下来塞进裤子，藏在T恤下面，把它当作抵御棍棒攻击的盔甲。但除了这些"妙用"，字典在监狱里也很受欢迎，因为在起草法律信函或给自己爱的人写信时，那些不确定如何拼写的人会想用它来查找正确的拼法。

托米说："我之前有个狱友，他把字典的内页纸团成团，堵住牢房墙上的洞，企图阻止蟑螂爬进来。可惜，蟑螂似乎不像他想的那样尊重英语这门语言。它们啃穿了纸团，而且他也被半夜爬满全脚的蟑螂弄醒了。"

"我打赌是警官偷了字典，"拉弗蒂说，"全新的字典大概值二十五英镑。他们监守自盗，然后怪罪到我们头上。"

G歪着头看向托米椅子边靠着的绘画文件夹。"那些是你画的？"G问。托米把文件夹从拉弗蒂面前递给G。

托米说："我不相信卡拉瓦乔真的想回罗马。我觉得他在逃亡期间得到了成长，那种奔波滋养着他的艺术。它属于画家为了保持创造力而在生活里创造的一种有序的混乱。"

G打开文件夹，拿出几页纸开始看。

托米继续讲："我觉得卡拉瓦乔并不想傲慢，但他控制不住。傲慢总是不断地表现出来。虽然剑上写着'谦逊杀死骄傲'，但这是他希望出现的结果,而不是真实发生的情况。"

G 拿出画着巴西花鸟的画,赞叹道:"太酷了!"

托米说:"他并不真的在意自己是谦逊还是骄傲。他更在意艺术,而不是真实生活。我猜是因为他小时候见了太多次死亡,于是他躲进了他的绘画里。"

"我下次想文这个。"G 说。

过了一会儿,我问拉弗蒂:"你觉得伯吉斯应该说什么?"

"他应该让卡拉瓦乔回来,像个男子汉一样跟他斗争。"拉弗蒂说。

有位警官透过教室门上的玻璃往里看,G 给他抛了个飞吻。

"他们让他回罗马了吗?"托米问我。

"最后,伯吉斯想宽赦卡拉瓦乔,但没有得到足够的政治支持,"我说,"卡拉瓦乔过了几年逃亡生活,中间短暂地加入过马耳他骑士团,后因打架斗殴被驱逐。到三十八岁时,罗马新一届政府赦免了他,但只过了两天,他还没来得及返回,就死在了那不勒斯的海滩上,死因不明。可能是被仇家所杀,也可能是逃亡生活耗尽了他的身体。他的尸体被扔进了一个无名墓坑。"

"伯吉斯是个浑蛋,"G 说,"他本可以救卡拉瓦乔的。"

"但伯吉斯没有职责去照顾一个谋杀犯。"托米说。

"卡拉瓦乔在死人堆里出生,现在自己也死了。他们从来没关心过他。"G 说。

"卡拉瓦乔自找的。"托米说。

接下来的那个周日,我去了外婆家。电视里放着《东区人》精选集。我跟外婆说我不饿,但她还是用盘子盛了四片蛋奶糕,给我放到了咖啡桌上。舅舅坐在沙发扶手上,正在啜饮马克杯里的茶。他给我讲起警察试图把他的拳头掰开,往现金箱上按他的指纹的事。还有他在法庭上笑得太厉害,法官以为他在哭,给他判了轻一点的刑。还有他十几岁时挖两米多深的洞,只为了到一天结束的时候狱警让他把洞再填上。我一边听他讲,一边接连不断地吃了三片蛋奶糕。我能感觉到胃里因为糖分而燃起的烧灼感。

弗兰克和我不再是忒修斯和阿里阿德涅的关系。我们已经同时被困在一个叙事循环里,困在这个他给我讲故事的故事里。

外婆问我要不要吃掉最后一片蛋奶糕,我道了谢说不吃,然后她走到厨房,端来一盘巧克力长条泡芙放在咖啡桌上。

"有一次,我、维尼和卡尔去偷北边的一个仓库,"弗兰克说,"维尼在外面的面包车里。他因为屁股有毛病,没法帮忙搬东西。我正扛着一堆滑雪服往面包车走,就看到警车朝我们开过来。"

弗兰克把茶放到咖啡桌上,搓了搓双手。

"我和卡尔跳进面包车。维尼将油门踩到底,撞了警车。我说:'妈的,走吧。'"

这是他们开始领养老金之后的故事。我拿起一个巧克力长条泡芙，放到我自己的盘子上。

"警察在高速上一路追着我们。因为我们撞了他们，他们以为我们是年轻的窃贼，所以穷追不舍。每个岔口都有新的警车加入。最后大概有十四辆警车在后面追。太刺激了！我楼上还有这一段闭路电视监控系统监控录影带呢，我们应该看看。后来，跑了八十千米后我们的车没油了。我说：'他妈的，要被抓了。靠边停车吧。'"

我吞下一大口泡芙，感觉胃又烧起来了。

"我记得你给我讲过这个。"我说。

"一辆黑色大卡车停在我们后面，"他说，"大约六名警察拿着防暴盾牌和胡椒喷雾下了车。他们戴着头盔，穿着防刺背心，包围了面包车。"

我吮吸着牙齿，想努力把糖分吸掉。然后又咬了一大口。

"我们下了车，举起双手。警察已经举起了盾牌。他们用手电筒照着我们。维尼捂住眼睛躲避光。四个警察抓住他，把他铐了起来。我说：'小心点，他身体不好。'"

我把我的盘子放回咖啡桌上，同时尽量不用黏糊糊的手指去碰我的衣服。

"警察们放下盾牌。其中一个对另一个说：'警官，他们是退休人员！'"

"嗯。我要去洗洗手。"我说。

第二天早晨上班期间，我到图书馆用复印机，看到五个人围坐在一张桌旁,仿佛在教堂里一般肃穆。其中一个是我以前的学生文斯。他身高大约两米,双臂健壮结实。他正在翻看一本《好饿的毛毛虫》(The Very Hungry Caterpillar)。桌旁的其他人在读《丑小鸭》(The Ugly Duckling)和《外星人爱内裤》(Aliens love Underpants)这类书。

这些人中有的离家八九十千米,而火车和出租车的费用太高,所以他们的亲属很难定期来探视。今天上午,这些人将要阅读童书并录音,音频会被刻录到一张 CD 上,然后寄给他们的孩子。

我走到桌子旁,和文斯碰了碰拳。我问他近况如何,他对我说因为期待着今天,所以他在过去两个月里心态都很积极。

"这是我的声音,"文斯说,"有它我感觉好多了,这样我女儿什么时候想听就能听到我的声音。不然她只能在我打电话的时候听到我的声音,但打电话时,她就会听到我这边辅楼里的碰撞声和尖叫声。有一次,我给她打电话,从背景音中可以听出她在听我给她读的 CD。我哽咽起来,只能先挂上电话,十分钟后等我整理好情绪再给她打。"

"这次你准备给她读什么?"我问。

"我老是想着给她读一些她没听过的故事,但最后总是读我进监狱前给她读过的某一本。"

桌旁一个叫穆萨布的人跟我说:"进监狱以前,这些书我一本也没听过。"他举起一本《阳光小美女》(Little Miss Sunshine),"要我说,这本书真的不错。"

旁边另一个人正在翻看一本书,他的眼睛专注且泛着泪花。"就是这种时候,你才会意识到自己做了什么。"

我曾经跟一个犯人说我父亲进过监狱。他低下头看着地面,这样就不必看到我而想到自己的儿子。

我跟文斯道了别,走到后面的房间用复印机。我转身想再拿些纸,但我的钥匙链被门把手卡住了,我便停下来先把它解开。钥匙链掉到我身边,发出叮当声。

穆萨布和一名穿着灯芯绒夹克的图书管理员走进房间坐下。图书管理员摆好了一台录音设备。他等复印机复印完毕,便按下了这台设备的录音键。

"请对准麦克风报出自己的名字和服刑编号。"图书管理员说。

"穆萨布·阿卜杜尔维哈布,服刑编号 P44IX41。下面我要——等等,我女儿会听到我的编号吗?"

"不会,编号只供我们记录用。寄给她之前我们会把你的编号剪掉。"图书管理员说。

"我叫穆萨布·阿卜杜尔维哈布,服刑编号 P44IX41。下面我要读的是《阳光小美女》。哈喽,小宝贝——我是爸爸。"

穆萨布对着麦克风读起了故事。我一动不动,这样录音的背景声里就不会有我的钥匙链丁零当啷的声音了。

三十分钟后,我回到教室。托米坐着,绘画文件夹在他面前的桌上。他今天早上五点钟就起床了,为了冥想。他说辅楼只在这段时间足够安静,能让他完全集中注意力。G坐在对面,头枕在桌上。

"开始上课吧。"我说。

G坐直身体,伸着懒腰。

"我跟狱警说了我想赖在床上。这个地方太烂了,等我出去了,我要想睡多久就睡多久。"他说。

我开始上课。我讲道:"卡拉瓦乔的宽赦来得太晚了。但另一位艺术家,陀思妥耶夫斯基,却及时获得了赦免。陀思妥耶夫斯基因为公开抨击自己的国家而被判处死刑。他被押到圣彼得堡的一个广场,面对墙站着,蒙着双眼。行刑队用枪指着他,他听到了他们扣动扳机的声音。"

G张开嘴打哈欠。

我接着讲:"陀思妥耶夫斯基站在那里等死,这时候朝廷的一位信使骑马到来。他说沙皇已经决定赦免陀思妥耶夫斯基。现在他只要去流放地做六年苦力即可。行刑队放下手里的枪,陀思妥耶夫斯基的蒙眼布也被摘除。"

G揉着眼睛。

我说:"陀思妥耶夫斯基晚年写了一部小说叫《白痴》,里面有个人物叫梅诗金公爵,他也在面对行刑队时被赦免。获得缓刑后,梅诗金对宽恕深信不疑。每当有人伤害或侮辱他,他总是立刻释怀。陀思妥耶夫斯基的另一部作品《罪与罚》,讲的是拉斯柯尔尼科夫的故事,他杀了两个人,为的是看自己能否实现超人的幻想,超越善恶的界限。但事后,拉斯柯尔尼科夫受到良知的折磨。整个人被噩梦纠缠。"

"那是好事,对吧?如果你因为自己犯的事做噩梦,那说明你还不是个变态,对吧?"G说。

"最后,他去警局自首了,这样他才能踏上他的宽恕之路。"

"太傻了。警察要怎么宽恕他呢?"G说。

我说:"哲学家朱莉娅·克里斯蒂娃认为,陀思妥耶夫斯基应该是通过创作来排遣他对宽恕的专注。我们创作艺术品,是因为我们想寻求改变和自由。这些也是我们宽恕的原因。"

托米把他的绘画文件夹放到椅子旁边,抱起了双臂。

"宽恕需要用一种你不会感到负累的新方式去讲一个老故事。艺术与宽恕一样,是通过想象力实现的。所以克里斯蒂娃说,艺术可以是一种宽恕的形式。"

"如果她说得对,那卡拉瓦乔根本不需要把那幅画送到罗马,"托米说,"他只要画出来,然后原谅自己就好了。"

"但卡拉瓦乔可以直接原谅自己。"G说。

"世界上没有那么大的一块画布让他去原谅自己。"托米说。

"但人们不经常那样吗?我听到很多人说他们已经原谅了自己。"G说。

"但你不能用自己的手去宽恕自己啊!"

G打了哈欠,又伸起了懒腰。

"你能做的就是接受自己的所作所为,然后尽力找一个方法去忘记。"托米说。

"还有多久下课?我要睡觉。"G说。

十分钟后,G 又来为卡拉瓦乔辩护了。

"你想,那场决斗中托马索尼也很可能会杀了卡拉瓦乔啊。"G 说。

"但并没有。"托米说。

"卡拉瓦乔在画里画自己被斩首。你看他对自己的惩罚多严厉,他有权宽恕自己。"G 说。

"他把世界上原有的那条生命变成了虚无,所以他心里应该会永远有一片空缺。如果他这样毁灭自己,那么他可以宽恕自己,但仅此而已。如果你做了杀害另一个人这种事,那么你的生命就不在你的掌控之中了。"

"宽恕的定义到底是什么?"

"宽恕就是,你对某人的看法不再完全受他们犯的错左右。"托米说。

"所以就是说我们可以宽恕我们自己。我们可以不把自己仅仅视为罪犯。难道你不觉得自己不仅仅是个罪犯吗?"

"我年纪大了,不会那么想了。"托米说。

我往前倾了倾身,把手肘放在桌上。

我问托米:"卡拉瓦乔是不是年纪也太大,无法用不同的眼光看待自己的生活?"

"卡拉瓦乔在画里把自己画成一个少年,但那是假的。他已经不是少年了。他是个成年人,还杀了人。"

我问 G:"卡拉瓦乔被自己的所作所为困住了吗?或者说艺

术能给他一条出路吗？"

"如果假释室的工作人员看你的监狱记录，看到你上了艺术、写作这类课，就更有可能放你出去。"G说。

托米说："画幅画或写本书并不意味着你可以宽恕自己，但可以让你变得更值得被宽恕。"

G不耐烦道："这不就是我说的。"

托米继续说："宽恕发生在现实生活中。现实生活和艺术之间隔着一堵墙。做艺术可能会把你带到那堵墙边，但不会带你翻过去。克里斯蒂娃说得基本正确——做艺术是你最接近救赎但不会得到真正救赎的方式。"

"那你为什么要画画？"G问，"为什么你可以看电视、打牌或者抽香烟，却要坐在牢房里画画？"

"为了做一个不一样的人。"

几周后，我在外婆家的客厅，挨着弗兰克坐在沙发上。电视上重播着20世纪90年代的情景喜剧。外婆放了一盘四个樱桃挞在我面前的咖啡桌上。我腿上放着一大杯水。弗兰克讲到他十几岁的时候警察企图把他的拳头掰开往现金箱上按指纹的故事。讲到他在法庭上笑得太厉害，法官以为他在哭所以判他数罪并罚的故事。讲到他过去在牢房里"晚上出去玩"的故事。讲到警察戴着头盔、拿着盾牌包围他的面包车，他、维尼和卡尔走下车，有位警察说"警官，他们是退休人员"的故事。

"把这些挞吃完，安迪。或者你想吃别的我还有巧克力饼干。"外婆说。

"我不饿,外婆。"我说。

"你要瘦成精了。"她说。

我小口抿着水杯里的水。

弗兰克伸手到连帽衫的口袋里,拿出一只烟草袋和几张卷烟纸。电视上播放到自然节目。一只白色的猫头鹰翱翔在蓝天中。

"我十四岁在海边捡鸟蛋时,有一次捡回一只猫头鹰的蛋,那颗蛋非常圆润雪白,就像大块硬糖一样。"弗兰克说。

"你收集的蛋后来怎么样了?"我问。

"我把它们放在我特制的玻璃箱里。我被抓了之后,就托一个伙计帮我照看了几年。但他的孩子们在橱柜里发现了它。他们以为那些蛋是玩具。"

他往一张卷烟纸上撒了些烟草。电视上,一只猫头鹰左右摇晃着脑袋。

"我后悔捡了那些蛋。"弗兰克说。

"真的?"我问。

"我杀了那些没出生的小鸟,不是吗?我没有把它们的脖子扭断,但我剥夺了它们拥有生命的权利。"

我咧嘴而笑,等他开那些死鸟的玩笑。

他继续说:"我通过捡鸟蛋认识了海岸线。那是我经历的一场冒险。你在监狱里看到的那些东区的老窃贼和银行抢劫犯,我们所有人都是从捡鸟蛋开始的。"

我脸上的笑消失了。

"我被关起来的时候很想念那些漂亮的地方,不能去那里真是难过。"

弗兰克把没有卷起的卷烟纸放到腿上。

"但你要习惯。你可以习惯任何事,这就是我的经验。不管发生什么,都没关系。没什么接受不了的。"

我张开嘴,想说:"那些漂亮的地方还在。我们一起去吧,老舅。"但我忍住了。

"如果找到一个没有大鸟的鸟巢,只是用相机拍下鸟蛋,可能更好。我那时候就该让它保持原状。"他说。

我看着他,他对我痛苦地笑了笑。这就是我们的晴天。

他舔了舔卷烟纸的边缘,把它卷上了。

家庭

世界之伟大在于救赎。

丽贝卡·索尔尼特

早上七点二十,我来到监狱,在门口徘徊。我抬起头寻找天亮的迹象,但黑暗的天空里只有路灯朦胧散出的橙色光晕。有一次,我站在一间牢房门口,房间的墙上没有家人、孩子或内衣模特的照片,只有一张从报纸上剪下来的哈勃太空望远镜拍摄的图像。纸张的边缘有被撕的时候造成的破损,因为他不能使用剪刀。画面上有很多小而明亮的涡旋和星星,有黄色、蓝色和白色的。照片贴在他的枕头上方几厘米处。这张照片只捕捉到了他能从牢房窗户看到的夜空的一小部分,却包含了十多万个星系。

一个与我年龄相仿的安保警员从大门出来,在离我一两米的地方抽烟。他吐了口烟圈,说:"你在等别人护送你进去?"

"我有钥匙。但下午五点上完课天就又黑了。"

他过来和我一起看天。"确实。"

"你冬天整日在监狱上班,不想念白天的日光吗?"

他抽了口烟,用带着鼻音的嗓音说:"下个月我要去摩洛哥了。"说完吐出烟圈,"去沙漠探险。"

"员工培训吗？"

他哈哈大笑。"去年我去了埃及，看到各式各样的珊瑚。那里离这座监狱有一百六十多万千米远。我做小买卖赚的差不多是这里的两倍。今年我要去看看沙漠长什么样。"

"沙漠探险能看到什么？"

"仙人掌、蝙蝠。人全程都在骆驼背上。那里不像在海滩上能看到海，但因为沙子很白，晒黑得更快一些，而且阳光会扑面而来。"

他又抽了一口烟。我跟他道了别走进监狱。

三十分钟后，我正穿过监狱的中央，却透过门上的格栅，看到十几个人排成一列。他们被早早放出来，这样可以去领清晨份的美沙酮、丁丙诺啡、抗抑郁药和其他药物。

我以前的学生拉里在队伍中。他身形瘦削，胡须参差不齐。他服了十三年兵役，后来无家可归，最后进了监狱。监狱里大约有十分之一的犯人是三军的退伍老兵，他们相当于从一个军事政权换到了另一个。监督队伍的是纽布鲁克警官，他脖颈粗壮，穿着干净的白衬衫。他肩膀上佩戴着红黄相间的徽章，又称三军徽章，这表明他也是退伍军人。

我走进去，把身后的门锁上。我和拉里握了手，还碰了碰肩。

"有阵子没见你了。"我说。

"我出去办事了。"他说。

"真的吗？"

"纽约、米兰、巴黎、C楼。"拉里说。

纽布鲁克喊拉里去拿药。拉里说了声再见,走到柜台领了一只装着药片的小白纸杯。他把药倒进嘴里,吞了下去。纽布鲁克朝他走去。拉里张开了嘴。

纽布鲁克看着他嘴里。"舌头抬起来。"

拉里两条手臂无力地垂着。

"干净。"纽布鲁克说。

两个人开了几秒钟的玩笑。然后拉里走到旁边,和其他要被送回牢房的犯人排成了一队。

我沿着廊道继续走,到斯图尔特的房间停下敲了敲门。我从文件夹里拿出他的哲学课结课证书。斯图尔特走到检查窗前。窗户很宽,我能看到他中间三分之一张的脸。他睡眼惺忪,看起来毫无精神。我把证书从门底下塞进去。

"又来了张墙纸。"斯图尔特说。

他走到洗脸池旁边,拿起一管牙膏,用牙膏头按了证书背面的四个角。监狱里禁止使用蓝丁胶,因为担心犯人可能用它来拓印钥匙或者封堵门上的钥匙孔。

他转过身,把证书贴到墙上。我歪着脖子,透过检查窗看他牢房的四周。他的墙上几乎贴满了教育类课程和药物咨询及愤怒管理课程的证书。他已经找到了同时生活在"所是"和"所能"两个世界的方法。

几分钟后，我在教室里把椅子摆成一圈。我在白板上写下"家庭"，然后等着警官随时都会发出的"自由活动"口令。

十五分钟后，还是没有开始自由活动。我把桌上的笔摆正，又把笔记本挪了挪，让它与桌角的直角重合。

又过了二十分钟，教室里还是空无一人。外面的走廊也鸦雀无声。距离上课时间整整四十五分钟后，广播里传来消息，说犯人被关了禁闭，这意味着当天所有的课程和非必要的活动都被取消了。在餐厅打工的犯人会被释放，但教育课、户外交流和非紧急医疗预约都不会进行。犯人们今天将在牢房中度过大概23.5个小时。他们只有半个小时的时间来领取食物、打电话和洗澡，而对许多人来说，可能会因为排队太长而做不完这三项。

当廊道上出现聚众斗殴等安保问题时，就会出现这样的意外禁闭情况。另一座监狱的一桩越狱未遂案也会引发蝴蝶效应，导致监狱管理员极度警惕，关犯人禁闭。今天不允许活动的原因是监狱没有足够的员工来保障安全。监狱里人满为患，如何招揽并留住狱警是这里始终面临的问题。很多狱警精疲力竭，告病假的也不少。去年，我在一家高警备监狱工作，由于员工累倒太多，整个十二月，每周的课程都会取消三四天。到能上课的时候，学生们又困倦又暴躁。因为担心第二天又无法出门，很多都巴不得我给他们额外的阅读材料，这样他们就可以把它带回牢房。

这座监狱的狱警人数只勉强够维持整个机构的运转。今天早上，三千米开外的路上出了点状况，造成交通堵塞，结果员工无法及时赶到监狱执行"自由活动"的口令，所以才采取临时禁闭的措施。

禁闭让我感到疲惫而沮丧。我的教室本可以成为他们"两小时旅行"的目的地,但今天这些椅子却要空着了。

我把文件夹放进书包,擦掉白板上写的"家庭",离开了教室。

几天后,我坐在我哥哥家客厅的摇椅中。迪恩正在给我展示他的舞步。我哥哥出去了,但他的伴侣劳拉在家,正坐在沙发扶手上。她戴着很大的圆形耳环,肩膀上披着一条茶巾。

劳拉递给我一本儿童入门算数书。我接过来翻了翻,里面的练习是供九岁或十岁的孩子做的。

"这本在慈善商店里只要二十便士。"劳拉说。

"为什么买算术书?"我问劳拉。

"你觉得他学算术太小了吗?"

"六岁是小了点儿。"

"但我再有十一周零四天就七岁了。"迪恩说。他打开一个平板,然后朝我走过来,把它放在我腿上,让平板面对着他。他把我当成了电视架。

"告诉你叔叔八乘八是多少。"劳拉说。

迪恩耸耸肩。"六十四。"

"他很快就可以学算术了。"劳拉说。

迪恩点击平板打开一个视频。我低头看屏幕,看到一个顶着南瓜脑袋、穿着银靴的虚拟形象。它在扭着屁股跳舞。迪恩退后,也开始扭屁股。

"工作怎么样?"她问。

"我室友觉得我有毒瘾,有时候到家我头发里都是那种味道。"我说。

"有很多囚犯监外服刑的时候是会这样。他们会把毒品顺进去,真是噩梦。"

"现在安检处装了身体检测仪。"

"不错。我在的时候,唯一变过的只有墙上涂料的颜色。"

* * *

劳拉以前是监狱的安保警员,还在我工作的一家监狱待过。为了多赚钱,她经常上夜班和周末班,所以很难跟不在监狱工作的人维持关系。这样做了十二年后,她来到一座青少年监狱上班,有一次,四个男生在小教堂里扭打成一团,她去劝架,结果卷进战局,被推倒在地。那些男生踢打她的头、脸、肋骨、肾,还狠狠踩她的手。后来又有七八个男生跑来一起施暴。

几天后,她躺在床上,靠可待因镇痛。她浏览了手机通讯录,想找个人说话,但几乎所有人都是狱警。她把手机放一边,又吃了一片可待因,昏昏睡去。

监狱不希望脸上带伤的员工来上班。据说会搅扰那些男孩,或让他们其中一些人兴奋。劳拉等眼周的紫色瘀伤退了之后才回到监狱的关押层。但她感到焦虑,因为她没能看清所有袭击自己的男孩的脸,所以现在当她跟某个男孩讲话时,都不知道他是否就是其中一个对自己施暴的人。每换一次班,她的焦虑就增加一分,结果一周后,她某天早上醒来,躲在羽绒被下没起床。

她真的胆怯了。

她不再去上班。每过一天,她都要服更多的可待因来缓解焦虑。

几年后,她加入了一个康复小组,在那儿遇到了我哥哥。

* * *

迪恩转了三百六十度。

"你还会回去吗?"我问劳拉。

"如果监狱有种工作能让我只待在一个房间,不需要见任何囚犯,或者不需要见其他狱警,而且不用携带一个每两分钟就会在我耳边鸣响的应急无线电对讲机,也不需要在有人拉响警报的时候急忙跑进辅楼;又如果我可以只待在一个房间,旁边只有文件和囚犯名单,而我只需要把它们输入电脑,记录他们去工作室或去取了药;或者如果我不需要看那些东西,只要在'某某有人探视''某某已获释'这种选项上打钩,我就回去。我会把窗帘拉上,待在自己的工位里。"

迪恩的双拳在头顶互击。

劳拉继续说:"那些男孩知道我什么时候下班。如果我凌晨两点下班,他们会提前五分钟按铃,我就不得不过去,他们会跟我说自己身体不舒服或者想自杀,或者干脆和狱友打一架,拖得我不能走就对了。"

"不知道你是怎么熬过来的。"

"他们大部分人都会误叫我妈妈。"

贾森和劳拉各自在监狱里生活了十多年,虽然牢门内外有别。他们因为都要从那段监狱时光恢复而遇到彼此,但他们在一起时,却几乎从不提及监狱。回顾各自的过往,他们都有种蹉跎岁月、耗费才华的感觉。迪恩十八个月时,贾森和劳拉给他买了一台儿童笔记本电脑,虽然那款电脑适用的人群是三岁及以上儿童。他们客厅一角的地上堆满了教育类玩具和书籍,适合的对象是比迪恩大几岁的儿童。

还是在我哥哥的公寓,我坐在摇椅上,迪恩点开了另一段视频。音乐响起,他跳起来转了三百六十度。贾森回到家,走进客厅。他站在迪恩身后,以防他摔倒。

劳拉在厨房喊道:"我给安迪看了那本算术书。他觉得对迪恩来说太难了。"

"很快就能学了,"贾森对我说,"我每天都看着他学习、成长。真的不可思议,安迪。"

音乐声逐渐变大。迪恩蹲下,用手指触地,然后纵身跳起。

不一会儿,贾森脱掉了连帽衫,里面穿的T恤跟着皱起来,露出半截肚皮。我看到他髋骨上蜿蜒着一道疤。

音乐停了。迪恩转向爸爸,伸出手臂要抱。贾森把T恤拉下来,抱住了他。我感到胸腔里一阵止不住的喜悦。于是拿起手机,拍了一张他们的合照。

几天后,我在廊道里看到杰罗姆,他上过我的"运气"和"欢笑"课。我上次见他时，他应该要获释出狱，所以现在可能是又被召回或又犯了罪。我在廊道的一头冲他招手。他露出灿烂的笑容，也对我招了招手。

我穿过两楼，感到有什么东西落在我头上，湿乎乎的。我抬起头，原以为会看到一个年轻人在三楼拿着水瓶笑话我，结果一个人也没有，只有隔开上下廊道的防自杀金属网在往下滴水。我又走了几步，来到一大片浅浅的水滩前。面前的金属楼梯底部泡在水里。水珠滴落，水面泛起涟漪。

纽布鲁克警官从一扇门后出来，拖着一只巨大的空垃圾桶走过廊道，把它放在了楼梯底部。他对我说，四楼有一个囚犯为了抗议，把自己的牢房淹了。一滴水落下，砸到空空的塑料桶底部，发出清脆的响声。我蹚过水滩，上了楼梯。

进到教室，我把椅子摆成一圈，在等待学生到来的过程中，我充满期待。走廊里一名警官喊道，"自由活动"，学生们陆续来到。哈里也来了。他年纪在二十五到三十岁，但因为红润的脸颊和上唇上的绒须，看起来还像学生一样。他几乎从不说话。在我的印象里，唯一来探视过他的人是他十四岁便认识的一名青年工作者。

上节课里，来自阿尔巴尼亚、越南和哥伦比亚的犯人聚在教室后墙上贴的地图前面，给彼此指认自己的家乡。有一个甚至找到了所在的城市，便用指甲掐进去做了标记。等他们回到座位后，哈里走到地图前，想找到他的家乡。哈里是英国人。他用手指圈出了印度洋。他知道英国周围是海域，所以他的手指从巴西一直挪到了印度尼西亚。

我给他指出了英国。

"哦对。我以为它在那——"他最后一个字没说出来。

哈里大部分时间都在一个不到五平方米的牢房中度过。我不知道来监狱之前他的世界有多大，出监狱之后又会有多大。

最后几个学生进了教室，其中一个叫安东尼。在街上流浪了两年后，三十岁出头的安东尼是第一次入狱。他把所有的衣服和随身物品都堆放在床边，如果需要转监狱的话，他就可以在十秒之内把它们装袋打包好。

坐成一圈的学生们在猜测明天会不会再封闭一次。有人在窃笑，那是伊斯顿。他在教室后面的一个角落，靠在那里的一张桌子旁。他穿着运动长裤，但裤腿被截到膝，改成了短裤。大冷天他照样这么穿。他说全长的运动裤让他有幽闭恐惧感。我去过伊斯顿的牢房。他的牢房一幅画也没贴，墙上只散布着一些白斑，是前一个人用牙膏粘图片留下的痕迹。

我关上门，开始上课。

我讲道："'怀乡'（nostalgia）这个词是希腊语'nostos'（意谓'归乡'）和'álgos'（意谓'痛楚'）合成的。怀乡即思念家乡。在 17 世纪，身患思乡病的士兵被认为不适合执行任务，还可能会被开除。瑞士军队将思乡之情归咎于士兵们唱的一首关于挤奶的瑞士歌曲。任何唱这首歌的人都可能被处决。"

"普丽蒂·帕特尔。"有人小声说。

"一位俄国将军因为两名士兵说思念家乡，就将其活埋。医生们尝试了各种方法治疗思乡病。有人认为这种病是身体里一根病变的骨头引发的,但他们终归没找到那根骨头。还有人试了水蛭吸血、洗胃和温热的催眠乳剂。一个法国医生建议用'痛苦和恐惧'来治疗思乡病。在美国军队里,军医认为怀乡是怯懦软弱的表现,应该用暴力解决。有时候,医生会建议把士兵送回家来治疗思乡病,但如果他们思念的家乡发生了变化的话,就不一定有用。"

安东尼说:"我在牢房里体会到的思念不是对毒品或流浪的街道,或我在外面浪费时间做的那些事。而是对我侄子,以及从未放弃我的那些朋友。思乡让人神志清楚,也让人记起重要的事。"

"所以思乡是一种病吗?"我问。

"神志清楚是混沌的解药,它让事物回归正位。疾病是自然产生的,而思乡病是军队等机构发明的。监狱是一种刻意让人思乡的机构,目的是让犯人改邪归正。"

"你在说什么?"伊斯顿的声音从教室后面传来,"你的意思是我们在这儿体会到的思乡之情是好事?"

安东尼继续说:"监狱刚被发明时,发明的人并没有预想到犯人对它的适应程度。我还记得我第一天进监狱的时候,看到牢房的厕所就在我床边,我躺在床上都能闻到狱友的屎味。晚上太吵,我根本睡不着。我对自己发誓再也不犯罪了。但过了一两周,我就能睡着了。我也习惯了闻屎味。"

"这和思乡的关系是?"我问。

"你也会适应思乡病的,"安东尼说,"当我想到家的时候,我并不是真的思念它;就像我把它记在了脑海中,而不是身体里,而记忆其实空空如也。"

几分钟后，伊斯顿从桌边溜下去，站了起来。

"假设有人被关了十五年，"他说，"每天都在牢房度过。在监狱里，他认识理发师、他所在廊道的每个人，以及体育馆的每个人。"

他双脚叉开站着。他用拇指和食指指着我，手形像一把手枪。

"然后这个人出狱了，"他说，"在外面的第一晚比在里面的第一晚更难熬。摩天大楼里，他一个人都不认识，没有人打招呼，也找不到工作。监狱里节奏缓慢，而现在到了外面，生活飞速地将他甩在身后。"

伊斯顿踱过了教室地板的短边。

他继续说："他听到钥匙的声音，心里便减了几分焦虑。他整天无所事事，但记得看时间，他知道十一点半的时候会自由活动，过了六点要关牢门。"

他转过身，又踱过一条短边的长度。

"他躺在床上睡不着，因为太安静了。"

他以脚后跟为支点转身，运动鞋在地板上发出吱呀声。他继续踱步。

"有人在地铁站台上撞了他，没有道歉，他心想，'如果你知道，伙计，如果你知道我是因为什么进监狱的'——在廊道里没有人对他这样莽撞无礼。最后，他想念监狱，对监狱生出怀恋，想回去。"

他又踱过一条短边。这让我想起来尼采的祈使句:"尽量少坐;如果不是在户外或因自由活动而产生的观点,不要相信。"我不知道关在这里的犯人要如何分辨自己可以相信的观点。

伊斯顿继续:"思乡不是一种病,但思念监狱,就是一种病。"

"如果你思念监狱,说明监狱已经变成了你的家。"安东尼说。

伊斯顿迈开腿走了几大步,用两根手指指着安东尼说:"思念监狱就是思念一种病态的存在。"

"所以如果思念——"

"思念监狱的人不是患了思乡病,而是病入膏肓了。"他在教室的一角停下来,转向我。"监狱不是我的家,我不生活在这里。"他伸出两根手指戳着胸膛正中央,"这不是我。到外面的我才是我,离开后的我才是我。"

几分钟后,帕普开口发言,他是一个二十五岁左右的马来西亚小伙,四颗门牙全部镶金。"这种事在我的国家绝对不会发生,"他说,"在我的故乡,如果你做了什么坏事,他们会拿藤条抽你,抽到皮开肉绽。没人想念监狱。不过他们打你是因为关心你。这里的人一点儿也不在乎你。他们甚至不屑于好好惩罚你,所以犯人会想念监狱。这叫什么事儿啊?"

"你的口气就像那个要用痛苦来给士兵治病的医生。"安东尼说。

"这有用啊,不是吗?如果你想让犯人戒除想回来的心,就让监狱变得更严酷点儿。"

"听起来你是想家了,"安东尼笑道,"你怀念挨打的日子吗?"

"我跟你说,这座监狱太温和了。"帕普说。

我让学生自行讨论。学生们分组聊了起来。伊斯顿坐进椅子围成的圈,挨着一个和他同住在二楼的年轻人。他们狡黠地一起笑着。两周前团体活动时,就在狱警要发出关牢门指令的前几分钟,伊斯顿和十几个年轻人从二楼跑到了四楼。他们逗留在廊道的一端,那是他们能去到的、离自己牢房最远的地方。这为他们争取了十五分钟的自由,因为狱警把这群人赶回二楼需要十五分钟。接下来的几天,伊斯顿和那些年轻人故技重施,所以上周,狱警把关牢门的时间提前了十五分钟,这样便可以在正常时间把伊斯顿锁起来。第二天,伊斯顿和他的小兄弟们为了抢得先机,提前二十分钟跑上四楼。但伊斯顿越想争取更多牢房外的时间,监狱就会收回越多的时间。昨天,狱警比原计划提前了三十分钟发出关牢门的指令,那时团体活动才进行了一半。

哈里颓在椅子里,双手插进口袋,怔怔地望着前面。我说:"你怎么想,哈里?"

他抿紧嘴巴。

"思乡是一种病吗?"我问。

"我真的不知道。"

"那帕普说的呢?监狱应该更严酷些吗?"

"我不知道。我真的不知道。"

监狱里有很多像哈里一样的人,从来不知道说什么,也不知道自己有什么想法。他们只是在规定的时间进食,在规定的时间去团体活动操场,在规定的时间返回楼里。他们的门只在外面上锁,而他们声若蚊蝇。

一个小时后,警官来敲门,下课时间到。安东尼拍着肚子,准备吃晚饭。学生们离开了。我以前从未见过的一个人进到教室,对我说:"老师,帮帮我。"他打开一张纸给我看,这张纸的褶皱处又脏又破。"保释,拜托了!"他指着表格上应填地址的方框。那里除了邮编的前两个字母,他什么都没写。

"你叫什么名字?"我问。

他用蹩脚的英语告诉我,他正在想办法获得保释,但他不记得自己的地址。他有房东的号码,也试着打给他要地址,但电话总是转到答录机上。因为给房东打电话,他监狱电话卡上的余额已经用完了。"你能帮我打给他吗?"他说。

我看着他的身份证,知道他叫弗洛林。于是我说:"弗洛林,你住在哪儿?"

他用手掌根敲着脑袋,说不记得了,他说他总是酗酒,只在那儿住了几个月。他回忆起门牌号,是29、31或39。我问他是否认识其他室友,也可以联系他们,他回答说:"一个是波兰人,另一个是罗马尼亚人。"但他不记得他们的名字。

"所以你想获得保释,然后回家?"我问。

"是的,请帮帮我。"弗洛林说。

"但要回家你需要知道家的地址,既然不知道家里的地址,岂不是没办法回家?"

"是的。"

我跟他说我不能代他打电话,但我写了一张便条,解释了他的情况,让他把便条递给狱警求助。他转头走向自己的牢房。

三十分钟后,我离开教室,穿过走廊,来到廊道的楼梯口。这里仍然有水从今早淹没的牢房滴下来。楼梯上也是水。往常几十个人下楼梯的踏脚声不见了。相反,他们走得小心翼翼,只溅起很小的水花。

我走下楼梯,看了看垃圾桶,里面已经积了几厘米深的水。一滴水从眼前掉落,在我的绿色衬衫上留下了一片深色水印。我抬起头,看到伊斯顿和一帮年轻人在四楼,从容地走过了"小心地滑"的黄色警示牌。

几小滴水落在我的额头和鼻子上。一名狱警走向伊斯顿他们。这些年轻人转过身,往四楼的另一端走去。

又有三个狱警过来。伊斯顿垂下头,随年轻人们一起慢慢走向楼梯。

一滴水落到了我的脸颊上。

几周后,我在一家书店看到一本童书,讲代达罗斯及其子伊卡洛斯的故事。书中讲到他们如何被米诺斯王关押到了克里特岛上。里面有一整页插图,描绘他们用鸡毛和金色的蜡做翅膀,试图飞离这座岛回到家乡雅典。我把它买下来,然后登上了去我哥哥家的火车。

火车开了。穿过泰晤士河时,我望向窗外。伦敦沐浴在冬日暗淡的阳光里。我想到托米,他上过我的卡拉瓦乔课,且还是在牢房里画茶包的那个画匠。如果他在,他可能会注意到圣保罗大教堂的白色石块和附近灰蓝色河水的对比,他的注意力可能会落在黑衣修士桥的水平线以及桥下开过的、船尾拖着斜斜的涟漪的小船上。站在托米的角度,我替他欣赏他无法看到的风景,使得这座城市看起来更美了。

去年在火车上有过一种不真实感之后,我担心我对狱内生活的关注会吞噬我在狱外的世界。我开始觉得,也许终于是时候看向别处了。但在监狱里遇到的一些人,如托米、安德罗斯和扬尼斯,其实丰富了我对世界的体验。我可以走出监狱大门,欣赏美、食物和友谊,而且不再觉得这种美好体验会触怒那些在押犯人。相反,这是与他们维持人性关联的一种方式。

我不想看向别处,但也不想"做见证"。几周前,我课上来了一个叫尼克的学生,他住在一间单人牢房里服长期徒刑。他对我说,有时候他会半夜醒来,深感自己的情绪和心理麻木不堪,这让他觉得自己并不是真的活着。监狱里很多犯人向我表达过类似的苦闷:他们担心自己正在消失,不仅从社会层面,而且从自我层面上。有一次上完课,警官敲响教室的门,要把犯人们带回牢房。他们陆续走了出去,但尼克来到我面前。

"哲学很好,"他说,"让我感到我还有脑子。"

门口的警官说:"走吧。"

尼克迎上我的目光。

"下周一定要来。"我说。

他冲我点点头,跟警官走了。

尼克让我发觉,作为一名教师,我能做的不只是见证他们的消失,还可以帮助他们看到自己。

一个小时后,我来到贾森家,电视里正在播《法官朱迪》(*Judge Judy*)。贾森坐在沙发上,正在吃迪恩午餐时剩下的炸鱼条。我把书递给迪恩,劳拉说:"你应该怎么回答呀?"

"我再有七周零四天就七岁了。"迪恩说。

"你要说,'谢谢你,安迪叔叔'。"劳拉说。

"谢谢你,安迪叔叔。离我生日还有五十三天。"迪恩说。

电视上,法官朱迪正从眼镜上方注视着跟她争辩的被告人。

"她要开始数落他了。"贾森说。

"现在争辩太晚了。"劳拉说。

法官朱迪宣布,被告欠款 850 美元,并告诫他下次再上她的法庭之前应该先学会数数。观众拍手叫好。贾森和劳拉相视而笑。

几分钟后,我坐在沙发上。贾森那件形状怪异的绿色套头毛衣在我旁边的沙发扶手上皱成一团。我把它叠整齐然后收好。今天我发现贾森的物件有种奇妙的动人之处。我用大拇指抚过他那缠着塑料胶带的电视遥控器,用手指肚滑过他的烟草罐边缘,从触觉上感受他在场的确切证据。

"让你看看这个!"劳拉跟我说。我挨着哥哥坐在沙发上,看着她打开一张巨大的世界地图，她说这是她花一英镑从慈善商店淘来的。她把地图斜靠在墙上，地图的四角卷曲着，然后问："墨西哥在哪儿？"

迪恩伸手指向美国下面橙色的地方。

"印度尼西亚？"劳拉问。

他跳到旁边，指出了印度尼西亚。

"'阿根廷别为我哭泣'①呢？"

"你这些太简单了。"迪恩边说边指向阿根廷。

"好吧，万事通先生，"贾森说着，咽下了刚进嘴里的炸鱼条，"冰岛在哪儿？"

"那儿。"他懒洋洋地指着冰岛说。

"蒙古国呢？"劳拉问。

迪恩在地图上从左到右地找着。

"难住你了吧？"劳拉说。

他走近地图，仔细打量着非洲。

"你不知道蒙古国在哪儿。"劳拉逗他。

迪恩双手抱着头。

劳拉指向蒙古国。

"啊啊啊！"他上蹿下跳，"我知道它在哪儿！"

"不，你不知道。"劳拉说。

"你再问我一次，我知道它在哪儿，再问我一次。"

---

① 此处劳拉唱了一句歌词"Don't cry for me Argentina"。

善良

> 我们想要忏悔我们的罪恶,但却没有听众。
> 白云拒绝接受它们,而风
> 忙着参观一片又一片的海洋。
> 我们也没能吸引到动物。
> 狗,失望着,等待指令,
> 一只猫,总是邪恶的,进入梦乡。
> 一个看似十分亲近的人,
> 不在意听那些早已过去很久的事。
>
> 切斯瓦夫·米沃什

自新冠肺炎疫情大流行以来,我已经一年没去过监狱了。我供职的几家市中心监狱,除了那些要出去打扫廊道或在餐厅帮工的,其余的犯人每天要被关在牢房里二十三小时。监狱里的死亡率比外面高出三倍。韦恩——在《等待戈多》课上出现过的、服不定期刑的学生,本该九个月前开听证会,却一直被延期。何时能开还没有消息。我以前的学生索菲亚也陷入了困境。索菲亚十几岁时从罗马尼亚来到这里,没过几周就进了监狱,当时她只会说少量英语单词。但在监狱里服刑的十年,她拿到了

英语学位。2019年年底,她得到自己即将被释放的消息。但释放过程是循序渐进的。第一年里,她可以白天去大学念书,晚上回监狱。她一边因为这个消息欣喜若狂,一边问我:"我有伦敦口音吗?"她只在监狱里讲过英语,不确定自己的口音属于哪里。

"有一点儿。"我说。

"所以我应该能融入?"她说。

索菲亚的出狱也延期了,而且同样不知道何时能重启。

有些人在牢房里给我写信,分享他们对自由、时间和希望的想法。那些信通常很难读,因为里面的拼写错误太多。而这种时候,他们很难拿到词典。我写了回信,狱警会把它们从牢房门下面塞进去。我的一名狱警朋友对我说:"我不知道我还能坚持多久。每天进到监狱,我都感到力不能及。犯人在牢房里静悄悄死去,你又不可能真的在他们身边。我知道这话听起来奇怪,但我做不了关牢门这件事了。"

我认识一位叫史蒂夫·纽瓦克(Steve Newark)的作家,他在监狱里一共待了大约十四年。新冠肺炎疫情刚开始的时候他还在监狱,但现在已出狱。我昨晚和他通电话。他说辅楼里很多人都在抱怨待遇不公,既不允许探视,禁闭时间又这么长。"我没时间抱怨。我必须想办法解决眼前的困境,而不是幻想理想的局面。"听到他这么讲,我感到自愧不如,因为他在这样极端的境地还能集中精力。他在疫情管控最紧的时候被释放。"我感觉我有点儿不知所措,"他对我说,"外面每个人都学会了适应封闭生活。我不确定我上街是否要戴口罩,究竟什么时候该去排队——有点儿像我进监狱的第一天。"他出狱以后,不少人跟他说:"我现在知道你在监狱里是什么感受了。"这些人竟然如此欢快地对他说这种话,我不禁替史蒂夫感到愤怒。我问他别人说这话的时候他是否生气。"我就一笑了之,"他说,"人们只知道自己所知道的事。"

封控两个月后,刽子手向我逼近。我在凌晨两点钟醒来,身体因恐慌而虚垮。谴责之声在我脑海中循环播放。在将近一个星期的时间里,每天晚上都是如此,直到我脑海的角角落落都被羞耻感占据。而在白天,我脑中仍充满羞愧,没有任何空间容纳别的念头。我感到呼吸短促,仿佛要晕倒。

接下来的一周,我开始在一座大公园里跑步,但过了几天,我发现我所有的步伐都是围绕着同一片一百平方米的草地。打开健身软件,我的跑步热图是一个小小的红圈。图片显示出一幅狭隘、单调、无趣的景象,这就是在刽子手统治下我大脑内部的图像。就好像他为我规划好了路线。第二天,我随意变换路线跑完那座公园,但惊吓到了公园里的狗。它们不停地朝我吠叫。

现在,我踏出房门,随心所欲地往下跑。起初,我的脑海中会闪过让人痛苦的画面。但我继续跑。风拂过我的脸庞,吹散了我的思绪。等到我想起之前的画面,我已经跑到了另一条街。我不停地跑,直到越过某个槛,纷乱的念头不再出现。我感到空气进到我的口腔,填满肺部,房屋的红砖看起来更加红艳,世界变得比我内心的愧疚更阔达。在那些瞬间，我既不是在奔向刽子手，也不是在逃避他。我只是在跑步。

我重读了卡夫卡。与之前一样，我仍不确定这是在靠近还是远离刽子手。但我最近发现，卡夫卡在一个瞬间让笔下的人物得到了某种解脱。在普罗米修斯的故事中，他讲到他如何被缚山上，诸神如何派兀鹫去啄食他反复生长的肝脏，但他给了一个不一样的结局。"如此千年以后……所有人都厌倦了这件事，它也就失去了存在的理由。诸神厌倦了，兀鹫也疲了，连伤口都累了，愈合了。"起初，这结局对普罗米修斯来说来得太晚了，但后来便不再如此。我在想卡夫卡是否要告诉我们他终于厌倦了自身的痛苦。他是否因为厌倦了自身的症结而获得了自由？如果我继续读卡夫卡的作品，是否会因为厌倦他而获得自由？

也许，让我不再关注刽子手的最快方法是把兴趣转移到其他事情上。几天前，离睡觉还有几个小时的时候，我随机打开了一个广播电台。这是我为了抵抗刽子手单调重复的影响而采取的一种先发制人的方法。电台播放着迈尔斯·戴维斯（Miles Davis）、埃拉·菲茨杰拉德（Ella Fitzgerald）和艾哈迈德·贾马尔（Ahmad Jamal）的音乐。我听着这些旋律，想重新找回音乐带来的惊喜，希望它能阻止我的思绪在夜晚偏狭无度。虽然预防焦虑有时候偏偏会引发焦虑，但听新的音乐让我燃起了对生活的热爱。这也是一种跳脱刽子手圈套的方法。

过去几周，我在跟一个叫艾奥娜的译者交往。她对我说，冬天封控的时候,有一天她主动把自己的书、衣服、沙发垫、烛台和其他物品塞到几十个黑色袋子里,丢出房门,因为腾出来的更多空间让她感到轻松,但没过几天,她又感到拥挤逼仄。于是她把花瓶、多余的餐具、地毯、墙上的照片、椅子、储物箱和钢笔也清理掉了。晚上,她坐在沙发上想放松一下,但感觉还有更多的东西要清理。

上周我第一次去她的住处。我们坐在客厅,她挑了几本最喜欢的小说,给我读了几段,边读边把它们翻译成英语。我们做了爱,然后在沙发上睡去,书和衣服散落在地板上。

清早醒来,她的头枕着我的胸膛。我感到一丝恐惧。刽子手说过,我应该被剥夺一切。我伸出胳膊搂住艾奥娜,觉得自己非常勇敢。

我们一起起床,到她的厨房里泡茶。我打开冰箱,看到她有几包奶酪,已经过期四个月了,旁边还有三罐未开封的豆子。

"罐装食品不用放冰箱。"我说。

她耸耸肩。

"我看这奶酪你还是别吃了。"我说。

"好吧,反正软蛋才用吃饭呢!"

"你要了解我的一点是,早上我需要先吃饭才能干别的。"

"哦,那我如果不涂口红的话一整天都过不好。"

在疫情引发的经济动荡期,艾奥娜的日子非常漫长。她一直在办公桌前工作到深夜,嘴上涂着弗拉门戈红色唇膏,脸上映着笔记本电脑的蓝光。她偶尔会停下来泡麦片,再把麦片端回办公桌,一边吃一边继续工作。

我回到家。已经将近周日的中午时分。我口干舌燥,到厨房的水龙头下接了一杯水喝。我正沉浸在解渴的快乐中,脑海里浮现出一幅画面。我被锁在一间暗室,双臂都没有足够的空间活动。我嘴巴焦渴,却没有水喝,我因为缺水快要昏倒,刽子手告诉我这是我应得的。

我把杯子放在厨房台面上。随后拿出手机,给约翰尼打视频电话。他接起来,我看到他正在自家花园里,坐在一棵尤加利树下。我们聊了几分钟。我仍然感觉心头乌云笼罩,但不知为何,我不太信任这种感觉。暗室的画面仍旧在我脑海的某个地方,但我不能总想着它。

"你还好吗?封控期间你是怎么过的?"他问。

"我在写东西。"我说。

"好玩的吗?"

"关于监狱的。"

他"啧啧"道:"你啊。"

我笑着抿起了杯里的水。

整个封控期间,每当我几乎要被羞愧感吞没时,我还能拿起手机,给朋友打电话,从而认清真实的自己。与此同时,监狱里的犯人却不被允许外人探视。社交活动和感官体验的丧失正在把人消磨得不成人样。今天早上,我在《狱内时光》(*Inside Time*)网站上听了一些监狱囚犯的录音。一个叫戴维的人说:"有时候你会期待有人开门给你送饭,这样你就可以说句话,哪怕只是说句'谢谢',你要确保自己还发得出声音,对吧?"

一个小时后,我骑自行车去艾奥娜的住处,耳机里继续放着《狱内时光》网站上戴维的录音。"我没办法动,"他说,"我的肾脏乃至全身都疼,因为一天封闭二十三个小时,我只能躺着或者坐在椅子上,什么都做不了。"

我突然感觉到了自己踩自行车时的运动、速度和平衡。

我把自行车锁在艾奥娜住的楼外,摘下耳机,穿过马路去一家食杂店。我拿了一个牛油果、几个番茄和一条面包。在过道里,我看到一个光着头、黑眼睛的男人。他的口罩遮住了下半张脸,但他好像某个上过课的学生。我望着他的眼睛,冲他笑了笑,但随即意识到我戴着口罩,他看不到。他侧过身,我看着他的侧脸,发现他并不是我以为的那个人。去年有很多次,我都把陌生人误认为以前的学生。由于无法到监狱里面见他们,我感到非常无力,因而总幻想能在外面看到他们。

我排队去付款。收银台后面的男人站在一个刺眼的荧光灯下,他把口罩扯到距离脸几厘米的地方,擦了擦唇上的汗。他扫描着顾客的商品,然后把它们放进一个蓝色购物袋。那位顾客正在刷手机,耳朵里还戴着耳机。

"13.42英镑。"收银员说。

顾客摘下一只耳机。

"13.42英镑。"收银员重复。

顾客在机器上刷完卡便走了。我走到柜台前。收银员扫描且装好了我买的东西。我从他的脸上能看出来现在这工作有多难做。他每天要冒着感染的风险工作十二个小时，给根本不正眼看他一眼的伦敦人打包水果和蔬菜。

"谢谢。"我说。

他望着我的眼睛，说："谢谢。"

我把现金从透明玻璃下面的洞口递进去。他找了我零钱。我走出商店，过街过了一半，站在路中央的安全岛上，等待车辆驶过。在我身后，一辆汽车飞速驶过一个坑洞，那声音听起来像从一具尸体身上碾过去一样。刽子手告诉我，我对那个收银员其实没有任何感情，我的关怀是假的。

我走到马路上。一辆车冲过来，司机按了喇叭，我又退回路边。

他经过我身边时透过车窗对我破口大骂。

我站在安全岛上。汽车从我的两侧飞驰而过。

当刽子手指责我会烧了房子或可能持刀伤人时，我知道如何不落入他的圈套。但还有些时候，他对我说我没有能力去做善事。在我所有隐秘的想法中，这是最让我感到孤独无助的一个。这也是我的愧疚感最密不透风的时刻。我不知道如何逃脱。

新冠肺炎疫情开始大流行前的几个月，有一次我正在监狱的停车场锁自行车，一辆囚车经过我身边。车里的那个人一边用头撞车厢，一边大声喊叫。我心里感到不舒服，于是掏出手机，编辑了一条信息给约翰尼："你有空吗？"

我的拇指悬在"发送"键上方。我无法驱散脑子里的想法，即我必须靠自己来克服恐惧。因此我删掉信息，收起了手机。

二十分钟后，我在教室填写新的安全调查表。其中一个问题是："你是否曾有过任何犯罪记录？请勾选是或否。"在"是"的方框旁边，我写道，几年前我因骑车闯红灯被罚款二十英镑。

自由活动开始了。马丁，一个头发花白油腻、胡子乱蓬蓬的男人，第一个来到教室。我在两米外就能闻到他身上的味道。他是第一次入狱，刑期一年半。两天前，马丁已经成年的儿子第一次来探望他，但马丁待在他的牢房里，没有脸面对自己的儿子。他进监狱大概三个月了，还没有刮过胡子。他总是第一个到教室，仿佛守时也是他忏悔的一部分。

监狱里很少有犯人有马丁那样的负罪感。这里的很多人都认为自己是受害者而不是犯罪者，如果你听过他们的童年经历，就不会觉得奇怪了。不过，那些确实心怀愧疚的人要忙着在廊道上求生，所以直到出狱后才能真正开始悔恨。马丁看起来被心里的羞愧压得很颓丧。我担心他要如何度过他的刑期。

一分钟后，比利和基特走进来，两人正在争辩谁是昨晚《爱情岛》(*Love Island*)真人秀里最性感的女人。比利今年二十三岁，不过已经谢顶，浓密的胸毛从 T 恤领口露出来，让他看起来比实际年龄要老十岁。基特头发斑白，穿着一件红色运动衫，衣领竖着。比利觉得体态丰满的安娜最漂亮。基特则支持娇小的卓丹。

基特转向马丁说："告诉他我说得对。就是卓丹。"

马丁没反应。

"你没看那些姑娘吗,马丁!"基特喊道。

马丁始终是一脸严肃的表情。

基特和比利在马丁的两侧坐下。比利皱起鼻子,把椅子往后挪了几厘米。基特坐在马丁右边的椅子里,似乎并不在意他身上的味道。

几分钟后,我开始上课。我在白板上画了一只恶魔。

我讲道:"哲学家皮埃尔-西蒙·拉普拉斯说过,如果现在有一个恶魔知道宇宙中每一个原子的确切位置和走向,那么根据自然法则,它就能推算出每个原子明天所处的位置,以及此后每一天的动态。"

"深奥。"基特说。

"人由原子构成,而且服从自然法则。理论上说,这个恶魔看到一个孩子,就能够准确知晓他三十年后长大成人是什么模样。"

"自由意志呢?"基特问。

"如果拉普拉斯说得对,那我们可能并没有自由意志。"

"如果按自然法则来讲的话,没人应该进监狱。"

"对。我们所谓的选择其实是由更早的条件决定的,比如出身背景和生理状况。没人应该为自己的所作所为负全责。"

"第一次犯罪时,法官在量刑的时候还会考虑到你悲惨的童年。但到第二次,他们可一点儿都不关心你的过去。"

"他们应该关心吗?"我问。

"判决第二次犯罪行为时,之前进过监狱的经历应该算作减刑证据。这地方不也给人造成创伤吗?"

"你觉得我们的命运是注定的吗?"

"我觉得有时候上帝会显灵,带来些改变。"

"比如?"

"我在外面的生活一团糟。我妈说如果我没有被抓,现在应该已经入土了。她说进监狱是天意的安排,它救了我的小命。"

比利知道我还在离这座监狱不远的一座高警备监狱任教。他知道是因为他父亲就关押在那里。

"你觉得那座监狱怎么样?有什么优点吗?"他问我。

"我在那儿工作,但不是真的了解那儿。"我说。

"我爸说那里很有规矩,开门就是开门,关门就是关门,不像这里乱七八糟。说了要开门,然后把你关一整天。我更愿意去那里。"

因为比利和他父亲都在监狱里,所以很难通过电话交流。监狱廊道上的电话只能往外打,不能接电话,所以一座监狱的公用电话无法打到另一座监狱的公用电话上。比利和他的父亲想说话时,必须到各自监狱的办公室,用办公室的线路通话。通话期间,两边都有狱警站岗,监听两人的通话内容。

我指着白板上的恶魔问比利:"你觉不觉得没有人真的有罪?"

"你这话会惹恼所有人的。"比利说。

"你不觉得我们的过去决定了我们成为什么样的人吗?"

"如果没有监狱,社会就是一团糟。必须有人要承担后果才行。"

马丁阴沉着脸陷入了沉思。
"你怎么看,马丁?我们应该为自己的结局负责吗?"我问。
"我想不到还有谁能负责。"马丁说。
"尼采说道德责任是一种严苛而乏味的概念。"我说。
马丁暗笑。
"他认为,当我们惩罚自己的愿望超过生活的愿望时,就会沉浸于罪责感中。他说自由意志是刽子手的哲学。"
"那么尼采是一个会造成危害的人吗?"他说。
"一个什么人?"基特问。
比利在一旁偷笑,还把T恤的领口挂到了鼻尖上。
"每个人在生活中不都会做点坏事?我们和外面的人没有什么区别。"基特说。
马丁抱起双臂。
我追问道:"你怎么看,马丁?道德责任是刽子手的哲学吗?"
"尼采听起来是个非常聪明的男孩。"马丁说。
跟马丁的对话迅速画上句号。我问他关于很多观点的看法,他总是一开口就终结交流。那节课的后来,我对学生们说:"我觉得当你脑袋里同时有两种想法时,就会打开新局面。"我是冲着马丁说的,但他的脸仍旧毫无表情。好像他觉得哲学来得太晚:不管他思考不思考这个或那个想法,他都在监狱里了。

上完课，我把白板上画的恶魔擦去。马丁往门口走的时候折到我身边，握住了我的手。

"谢谢你，安迪。你能让我来上课真是太好了。"

我紧张地笑了笑。我不知道该说什么。好像他对我的感激又是一种自责行为。我不想当他的帮凶。

"真的很感谢。"他说。

我不得不移开目光。

* * *

如果约瑟夫·K生活在拉普拉斯的宇宙中，那么无论他的生命重来多少次，每一次周日早上他穿过那条街，停下来看过周围的世界后，还是会奔赴那场对自己的审判。他永远逃不掉他那原子构成的命运。

另一位哲学家卢克莱修认为，原子固然重要，不过空间也很重要。他发现空间不只存在于物体之间，还在每个物体内部。两块石头之间有空间，一块石头内部也有空间。甚至在最庞大的巨石中，也有空间。

如果约瑟夫·K住在卢克莱修的宇宙中，那么周日早上他便会停下脚步，感受街道与法庭之间的距离，感受他的罪责感和别人悠然抽香烟的景象之间的距离，感受他被传召和迈出下一步之间的距离。

卢克莱修认为，有了空间，原子才能够运动，才能够时不时地偏离原来的轨迹。现实世界不总是可以预测的，它有时候具有自发性。在卢克莱修看来，事件可以按不同的方式发生。约瑟夫·K可以转身离开法院,走上另一个方向。

当我处于最隐秘的恐慌中时,我被罪责感压垮,满脑子都是刽子手的声音。但我会想到卢克莱修,想到哪怕是最怪异的念头,里面也有空间。然后让刽子手继续他的谴责,我则从他的话语中溜走。

* * *

从食杂店出来没多久,我来到艾奥娜的厨房,拿出袋子里的食物。厨房台面和煤气灶一尘不染,因为她几乎从没用过。艾奥娜站在我身边,眼镜推到头顶,暂时放下工作休息一会儿。

"买太多了。"她说。

"还不够一天的量呢!"我说。

"你准备怎么处理它们?"

"放进冰箱等着变质。"我说。

她"啧啧"道:"不好玩,我要回去工作了。"

她站在我身后看着,我切开面包,在台面上摆了两个盘子,一个盘子上放一片。接着把牛油果切开,果肉挤出来。艾奥娜从背后抱着我,一只手放在我的胸膛。我感到她腹部的温热传到了我的后腰。

"你要做两个三明治。"她说。

"可惜只有软蛋能吃。"我说。

我把西红柿切片。艾奥娜把脸埋在我的脖子里。她眨眼的时候,睫毛扫得我痒痒。

"我昨晚又做了一个梦。"她说。

我把刀放在了台面上。艾奥娜的妈妈是在几年前的这个时节去世的。她也是个译者。她以前常跟艾奥娜用四五种不同的语言轮换着交流。

"今天过马路的时候想起来的，"她说，"我一直没想起来，直到白天在街上走或者马路过了一半才记得。结果那种悲伤又席卷过来。"

听她的声音，似乎随时要落泪。

她把话咽回去，说："我话太多了，得去工作了。"

我从那条面包的一端揪下一小块，转过身，把它送到她的嘴唇前。

"说吧，我保证不告诉任何人。"我说。

她吃了面包。我用手指背轻抚她的脸庞。

我又转过去，继续做饭。艾奥娜把下巴放在我肩膀上看着。我把西红柿放进三明治，再撒上盐和胡椒粉。

"看看，我都感觉像在餐厅里了。"她说。

"我知道，我都觉得穿得不够庄重。"

"盛装打扮一下应该很好玩。"

我转过身面对着她。我把油腻腻的双手放到肚子旁边，手掌朝上，这样不会弄脏艾奥娜的衣服。

"我可以穿条裙子，你可以穿件衬衫。"她说。

她解开了我衬衫最上面的两粒扣子。

"你会带我去哪里？"我问。

她用手指摸着我的手掌根："这里。进城去。"

我扬起一条眉毛。

她的手指歪歪扭扭地划过我的手掌。"我们要走过这些狭窄的老街，街边都是石头造的房子。夜幕降临，每个人都来到街上，各种不同的面孔川流不息。我们可以听到某间地下室传来的音乐声。我拉着你的手腕，带你进去。"

我羞窘地笑笑。

她把手指挪到我的掌心。我把手掌再张开一点点。

"我们会在这儿跳一整夜的舞。"她说。

我莫名有种做了什么错事的感觉。

"等我们的腿太酸，跳不动了，我们就去这儿，"她说着，把手指移到我的小指和手掌的连接处，"去海边。"

罪责感压迫过来。我想要艾奥娜给的这份温柔，但我不知道如何把自己洗刷清白。

"我们一起去看海。"她说。

我做了个鬼脸。"太美了。"我说。

她握紧我的手。"你还好吗？"

"好啊。"我说。

"你确定？"

"现在你的手也沾上油了。"我说。

我转过身，端起盘子，我们一起走到沙发边坐下，餐盘放在腿上。艾奥娜咬了一口三明治，然后闭上眼睛细细品尝味道。这一刻有种残酷的痛楚。刽子手对我说这餐饭是我能为艾奥娜做的最后一件事。

艾奥娜咽下食物，睁开眼睛。她把手放在我的膝头。"谢谢你，"她说，"你真是太好了。"

我紧张地笑了。

"有什么好笑的？"她问。

"抱歉。"我说，但又笑了起来。

她把手从我膝头拿开。"你为什么要笑？"

* * *

在讲完拉普拉斯的恶魔那节课的第二天，我到监狱，跟另一个老师讲了我在安全调查表上写的话。他捧腹大笑。

"他们不用知道你闯过红灯。"他说。

"我是想，万一他们发现了这件事说我没有老实交代呢？"

"你真逗，安迪。"

"没那么好笑吧。"

我走到我的教室，准备好上课。走廊里一名警官喊道："自由活动！"几分钟后，比利和基特走进来。基特愤愤地讲他早上给孩子们打电话，结果孩子们对他说他们去伦敦塔玩了一天。"你能相信吗，他们出去玩都不来探视我？"基特说，"他们还跟我描述伦敦地牢的样子。我他妈差点儿把电话给他们挂了。"

他们俩落了座。比利说他下次课可能不能来。"我要去做个评估，有可能现有刑期会打个七五折。"他说。

"打折？"我问。

"如果他们判定你心理健康的话，你就可以打个七五折。但首先你要去参加评估。"

"估计能成?"我问。

"祝我好运。"他说。

自由活动口令结束。我站在门口,看走廊里是否有马丁的身影,但没找到。

我问基特:"你见到马丁了吗?"

基特摇摇头。

"你知道他怎么了吗?"我问。

"有时候他就在自己牢房里待一整天。"

我关上门,在比利和基特对面的一张椅子上坐下。

"哲学家阿瑟·叔本华认为,生命仿佛是一种惩罚。"我讲道。

"振作点,叔本华,惩罚可能永远不会来。"基特说。

"叔本华认为惩罚已经发生了,"我说,"从出生的第一天起,我们就开始受苦,虽然什么错事也没做。他说,我们不禁会想,我们是怀着对父辈所犯罪行的愧疚来到这个世界上的。"

说到"父辈所犯罪行"时,我原本不想看比利,结果开口的时候却定定地注视着他的眼睛。

我继续讲:"叔本华认为,如果你想活下去,就要把世界当成一座监狱。这样当别人不如你的意时,你就不会失望,因为你知道他们也在监狱里,努力受着自己那份罪。"

"等我出了监狱,我要去喝顿酒,然后吃份肯德基,然后吃掉一整盒巧克力冰激凌,最后去我女朋友那儿。"比利说。

"你的意思是叔本华讲得不对?"我问。

"叔本华需要性的滋润。"比利说。

我接着说:"叔本华说,如果你把世界当成一座监狱,我们对待彼此就会更宽容、更有耐心,也更善良。"

比利说:"监狱让人更宽容,没错;让人更有耐心,没错。但更善良,并不。你会更加宽容,因为你要和平时不在一起的人共用一个牢房,如果你不学会顺其自然,你他妈会疯掉。你在监狱里会更有耐心,那不是因为你更善良,而是因为你手头时间太多了。"

"监狱会让人知道什么是善良。"基特说。

"监狱可没把我变善良。"比利说。

"这里的人很善良,虽然他们用不着这样。"基特说。

"我最不希望的就是廊道里的人觉得我善良。"

"其他人怎么看你并不重要。"

"如果善良的名声传开了,他们就知道他们可以闯进我的牢房,拿走我的东西,而我不会反抗。"

几分钟后,基特说:"如果监狱里的人不善良,为什么一直也没人闹事呢?"

"因为如果你闹事,你的刑期就会加长。"比利说。

"那每天自然发生的无数友爱行为呢?比如注意到廊道里有人几个晚上没下去吃饭了,就过去敲敲他们的门,问他们还好不好。"

"但这也不算真的善良,对吧?"比利说。

"或者把自己的电话余额借给别人,因为他们要给小孩打电话。星期天是烹饪日,你们六个把你们那没滋没味的鸡肉堆在一起,然后一个人放了他的香草,另一个人加了他的调料,最后你们都美美地吃了一顿。"

"没错,但……"

"在廊道上,我知道人们的名字,以及茶里是否放糖。但住在高层建筑里,我一直都不知道。"

比利抱起双臂:"我就是不喜欢'善良'这个词。听着觉得自己像个奇葩。"

"我以前也是。但现在,注意到自己善良的举止,即便是最细小的事情,对我来说也非常重要。"

"为什么?"我问。

"因为我想摆脱这种生活方式,"基特说,"除非我确信自己可以做一个宽厚善良的人,否则我永远也不会改变。"

* * *

坐在艾奥娜的沙发上,我为我的失笑道歉。接下来的几分钟,我尝试跟她解释。

"一个刽子手?"她问。

"我是说,不是阿尔伯特·皮埃尔伯恩特(Albert Pierrepoint)本人在跟我说话。"

"好吧,不管这人是谁,我都不想见他。"

她低头看着盘子里的食物。我把衬衫拉到胸前合好。

她说:"我跟你说我觉得这个很棒的时候,心里感到很舒畅。把话说出口,我的一点点悲伤也随之溜走了。"

"抱歉。我不想让刽子手把那个也收回。"

"他会吗？"她一边问，一边打量着我的脸。

* * *

给基特和比利上完课半小时后，警官开始关牢门，下午不允许囚犯外出。我匆忙穿过廊道到马丁的牢房。他的房门开着。我向里张望，看到了他。他刮了胡子，头发也洗干净了，显得很蓬松。

"我找马丁，你知道他去哪儿了吗？"我说。

他咯咯笑了。"我觉得我最好把自己收拾干净。我准备跟我儿子见一面。"他说。

他笑着，眼里泛起泪花。

"我昨天给他打了电话，"他说，"我告诉他，如果他不能原谅我让他承受的一切，我也理解。他很生气，说：'你是我爸爸，没有原谅这一说。'"

"他爱你。"我说。

"我知道，我感觉很糟。但我觉得会好起来的。"他说。

一名警官走到门口。"要锁门了，先生们。"他说。

我退出去。

"课堂上见。"我说。

警官把钥匙插进门。

"他说他可以两周来看我一次。如果他来看我的话，我的刑期就很快到了。"马丁说。

警官把门关好，上了锁。

马丁和我通过他牢门上的检查窗互相挥手告别。

此后，马丁开始更频繁地走出牢房。后来和所在辅楼的另一个中年男人建立了深厚的友谊。他成功申请到了一份厨房的工作。他白天工作，晚上躺在床上兴致勃勃地看书，其余时间则在研究出狱后如何到一家康复慈善机构工作。他跟我说："我在监狱里再也不无聊了。有时候我觉得一天的时间都不够用。"偶尔，他还是会因为自己的所作所为骂自己"贪心"或"愚蠢"。虽然羞愧感仍在，他却也为生活中的其他事情留出了空间。

* * *

在我跟艾奥娜讲过刽子手的几天后，这天中午，我从商店出来，回到艾奥娜的公寓。她正坐在桌前。看着我手里装满食材的购物袋，她说："一小时内我要吃上饭。"我翻了个白眼，走进厨房。我知道她想要我的关心，但她不想因为接受这份关怀而显得软弱，所以她用一种类似命令的方式来向我表达。我从购物袋里拿出蔬菜，把它们洗干净做成汤。

午饭时分，我把她的碗放到餐桌上。她走了过来。

"真不赖。"她说着，手放在我的臀部。

我隐约感到一阵恐惧，但我还是把手放到了她的手上。

过去我总认为，我要先想办法把自己的罪责感洗刷干净，才能接受艾奥娜的柔情。但我知道刽子手是个顽固的钉子户，等他离开我再继续我的生活是不可行的。相反，当我和艾奥娜分享某个时刻，我感到我内心因罪责而紧张时，便尽量让自己在罪责之外感受她的温柔。即便我无法从刽子手的魔爪下脱身，我也能为艾奥娜留出空间。

我们坐下吃饭。我看着她把汤喝完。

"我记得有人说软蛋才吃饭呢。"我说。

"我发现我挺喜欢当个软蛋。"她说。

"我今天晚上可以再做个饭。"

她望着我的眼睛说:"你真好啊!"

我眨了眨眼。我感到一阵罪责感,胃里像灌了铅一样重。

"只要你做得动。"她说。

"做得动。"我说。

我在艾奥娜家里住了一个星期。她因为我总是把衣服丢在地板上过几天才捡起来的坏习惯而愤然咒我。爱比克泰德说:"如果你听到有人说你的坏话,不要试图为自己辩解,而应该说:'他显然不太了解我,因为我还有那么多缺点值得被说。'"今天早上,我在艾奥娜的床上醒来,刽子手告诉我,我一定是做了什么无法挽救的坏事。几分钟后,我来到客厅,艾奥娜把我的衬衫从地上捡起来,扔回给我。我笑着说对不起。我很高兴艾奥娜比刽子手更了解我。

对约瑟夫·K来说,一切总是为时已晚,卡夫卡的过往决定了K的未来。现在,我仍会觉得我来不及改变,但我也发现自己很期待和艾奥娜一起解除封闭。这种期待是我转身离开刽子手,踏上另一个方向的良机。在今年第一个温暖的春日,我和艾奥娜来到公园,斜躺在白蜡树下的草地上,眺望着一方湖水。

朋友、恋人和带着小孩的家庭都坐在水边。一个男人走下草地跨上浮桥，把几只小划艇上的防水布揭掉。一切顺利的话，接下来几周他又能把划艇租出去了。

艾奥娜指着我们头上的白蜡树枝条。我仰起头。

"Havina。"她说。

"什么？"我问。

"芬兰语，描述的是枝条摇摆的样子。"

我凝望着上方，枝条在微风中轻轻舞动。

"这个词是母亲教我的。"艾奥娜说。

我看着她，问："你昨晚梦到她了？"

她依然凝视着上方，但笑着摇摇头："只是看到这棵树这么美，瞬间想起她了。"

我又仰起头。

"Habona。"我说。

"Hav-in-a。"她说。

"Havina。"

"对了。"

接下来的一个小时，湖边来了更多人。两个孩子在我们背后玩耍，我听到了他们咯咯的笑声。空气里弥漫着一股兴奋。我感觉这可能是这座城市走上重新开放之路的第一天。但刽子手告诉我，我不会和其他人一起走上自由之路。我的呼吸变得短促，罪责感让我窒息。

微风吹来。我仰起头看到白蜡树的枝条在轻舞，树叶翻动，簌簌作响。

我叹了口气。

"Havina."我说。

"没错。"艾奥娜说。

过了几个月,商店和餐厅都开业了。我收到通知,监狱里回到常态还要再等几个月。我昨天跟弗兰克舅舅聊了一会儿。他告诉我他临时起意去了一趟桑威奇,还带着一台非常先进的相机(他有个朋友最近搞到三百台)。今天我要去看望他。我把自行车推出艾奥娜的公寓楼,来到街上。天一直在下雨,地面湿漉漉的。一辆只载着两个人的双层巴士停靠在一个公交站,其中一个人下了车。我骑上车,穿过了几条后街小巷。

轮胎带起一股细密的水珠。我顺着风,被推着前进。我索性靠惯性滑行,闭上眼睛,享受这种毫不费力的行进。

我睁开眼睛,转入一条大路。一个戴黑色口罩遮住口鼻的户户送(Deliveroo)外卖员从我身旁经过。我骑到一个正在变红的交通灯前,停了下来。

沿着这条路前方大约二十米,一辆警车停在路边。人行道上,一个脸颊上长满痘痘的年轻人站在那里,两边各有一名警官。他戴着手铐。一名警官打开警车后门,他低下头钻了进去。警官把门关上。两名警官上车坐在前排,其中一个发动了引擎。黄色的指示灯闪烁起来。

我身后的警车响起了警笛。我抬起头,交通灯已经变绿。

教学资料及来源

过去十年,哲学基金会(The Philosophy Foundation)的同事们给了我源源不断的想法和启发,我感到非常幸运。感谢彼得·沃利(Peter Worley)关于塞壬、爱比克泰德、青蛙和蝎子、快乐的囚犯、第欧根尼和忒修斯之船的教案。这些教案散见于他的著作 *The If Machine*、*The If Odyssey* 和 *40 Lessons to Get Children Thinking*,均由 Bloomsbury Education 出版。另外,感谢戴维·伯奇(David Birch)关于潘多拉的魔盒的教案,见收于其著作 *Thinking Beans*,由 One Slice Books 出版。

监狱教学法的形成,离不开迈克·考克斯黑德(Mike Coxhead)和安德里亚·法索拉斯(Andrea Fassolas)的帮助。在与他们一起教学的过程中,我感受到了他们是何等的敏锐、坚定、慷慨而公允。关于小野田宽郎、打扫庙堂、西蒙·维森塔尔和道德机运这几节,他们与我共同完成了课堂材料的撰写。

题记出处:
马塞尔·普鲁斯特,《追忆似水年华》
让·热内,《小偷日记》

西蒙娜·薇依,《重负与神恩》

纳齐姆·希克梅特,"给将要进监狱服刑者的几条建议"

弗兰茨·卡夫卡,《审判》

费尔南多·佩索阿,《惶然录》

迈克尔·翁达杰,《英国病人》

普里莫·莱维,《这是不是个人》《休战》

约翰·伯格,《几点了》

陀思妥耶夫斯基,《卡拉马佐夫兄弟》

乔治·艾略特,《丹尼尔·德龙达》

特勒马科斯,摘自《荷马史诗·奥德赛》

玛丽·博伊金·切斯纳特,《迪克西日记》

阿娜伊丝·宁,《乱伦之屋》

王鸥行,《大地上我们转瞬即逝的绚烂》

米兰·昆德拉,《被背叛的遗嘱》

扎迪·史密斯,"迷上虚构:为小说辩护"

爱德华·圣奥宾,《希望》

亚历山大·普希金,摘自普希金致纳什金的信(1834年3月)

萨缪尔·贝克特,《无所事事的故事和文本》

丽贝卡·索尔尼特,《遥远的近处》

切斯瓦夫·米沃什,"到一定年纪"

致谢

感谢我的经纪人山姆·科普兰（Sam Copeland）始终对我报以信任。感谢克里斯·多伊尔（Kris Doyle）和安萨·卡恩·卡塔克（Ansa Khan Khattak）这两位敏感、睿智而聪颖的编辑，我感到非常幸运。Picador团队对我十分热情，对本书也充满期待，是他们的鼓励让我更有勇气写下这个故事。

在监狱教学中为我提供帮助的人，我也表示衷心感谢，他们是迈克·考克斯黑德、安德里亚·法索拉斯、彼得·沃利、埃玛·沃利（Emma Worley）、基斯汀·齐弗里斯（Kirstine Szifris）、乔治·皮尤（George Pugh）、何塞·阿吉亚尔（Jose Aguiar）和海伦娜·巴普蒂斯塔（Helena Baptista）。同时感谢对我的部分工作提供资助的机构，如国王学院、监狱哲学慈善会和皇家哲学研究所。

感谢罗伯特·埃利斯（Robert Ellis）和维里亚纳·埃利斯（Viryanaya Ellis）的不吝赐教，感谢他们对我的深情厚谊。

感谢所有腾出时间配合我的研究工作的作家、艺术家、记者和学者，他们是达伦·切蒂（Darren Chetty）、伊沃娜·卢斯佐维奇（Iwona Luszowicz）、彼得·沃利、露西·鲍德温（Lucy Baldwin）、皮耶特·莫斯特尔特（Pieter Mostert）、利维乌·亚历山德雷斯库（Liviu Alexandrescu）、蕾切尔·泰南（Rachel Tynan）、爱丽丝·莱文斯（Alice Levins）、劳拉·多林皮奥（Laura D'Olimpio）、史蒂夫·洛（Steve Lowe）、贝蒂娜·乔伊·德·古兹曼（Bettina Joy De Guzman）、戴维·布雷克斯皮尔（David Breakspear）、伊冯·朱克斯（Yvonne Jewkes）、乔安娜·波考克（Joanna Pocock）、克里斯托弗·伊姆佩（Christopher Impey）、凯特·埃里蒂（Kate Herrity）、贾森·沃尔（Jason Warr）、乔安娜·李尔（Joanna Lear）、萨拉·费纳（Sarah Fine）、杰米·隆巴迪（Jamie Lombardi）、戴维·肯德尔（David Kendall）和贾森·巴克利（Jason Buckley）。

感谢我的朋友们，感谢他们在我小时候、大学期间、刚开始写作或是本书创作期间的陪伴。他们是亚历山德拉（Alexandra）、塔夫（Taf）、西蒙·B（Simon B）、史蒂文·CH（Steven CH）、莉莉（Lily）、蕾贝卡（Rebecca）、保罗（Paul）、杰西卡（Jessica）、摩根（Morgan）、凯特·H（Kate H）、马萨利（Marsali）、皮普斯（Pips）、迈克（Mike）、莉兹（Liz）、戴维（David）、瓦妮莎（Vanessa）、威尔（Will）、亚当（Adam）、史蒂夫·H（Steve H）、凯特·B（Kate B）、帕维尔（Pawel）、艾奥娜（Iona）、克里斯托弗（Christopher）、吉列尔莫（Guillermo）、罗伯（Rob）、蕾哈娜（Rehana）、布鲁斯（Bruce）、卡罗尔（Carol）、伊利安（Irian）、西蒙·K（Simon K）、史蒂文·G（Steven G）、简（Jane）、菲欧娜（Fiona）、海伦（Helen）、罗西（Rosie）、马克（Mark）、贾科莫（Giacomo）、苏菲（Sophie）、塔里（Tari）、安迪（Andy）、爱丽丝（Alice）和托米（Tommy）。

特别感谢我的母亲、哥哥、舅舅和嫂子，感谢他们的信任，让我能够讲述他们的故事。